COLLECTION FOLIO

Arto Paasilinna

Les dix femmes de l'industriel Rauno Rämekorpi

*Traduit du finnois
par Anne Colin du Terrail*

Denoël

Titre original :

KYMMENEN RIIVINRAUTAA

© *Arto Paasilinna, 2001.*
© *Éditions Denoël, 2009 pour la traduction française.*

Arto Paasilinna est né en Laponie finlandaise en 1942. Successivement bûcheron, ouvrier agricole, journaliste et poète, il est l'auteur d'une quarantaine de romans dont *Le meunier hurlant*, *Le lièvre de Vatanen*, *La douce empoisonneuse*, et, en 2003, *Petits suicides entre amis*, romans cultes traduits en plusieurs langues.

I

DISTRIBUTION DE FLEURS

1

Annikki

La mort vous fonce droit dessus telle une mons-
trueuse locomotive à vapeur, broyant tout sur son
passage, et nul n'échappe à ce cataclysme. L'horaire
varie, mais votre dépouille finit immanquablement
par être chargée à bord du train des enfers. Avant
ce dernier voyage vient cependant la vieillesse, et
avant elle la force de l'âge, et le jour où l'on fête
ses soixante ans. Plus que quiconque, les hommes
devraient à ce stade se résigner à attendre leur tour,
s'assagir et se ranger, mais certains s'y refusent.

Le dos encore fumant de la chaleur de son sauna,
l'industriel Rauno Rämekorpi sortit prendre le frais
sur le balcon du premier étage de sa maison du quartier résidentiel de Westend, à Espoo, dans la banlieue
ouest de Helsinki. En tenue d'Adam, il contempla
les eaux grises du golfe de Finlande qui léchaient
le rivage au bas de la rue. On était vendredi matin,
7 septembre. Derrière, soixante années chaotiques,
superbes, étranges. Devant, au moins dix ou vingt
autres, avec un peu de chance. Que lui réservait le
restant de ses jours, que pouvait-il en attendre, à quoi

devrait-il renoncer ? Rauno était né en Laponie, dans le hameau de Riipi, près de Sodankylä, en 1941. Les troupes allemandes venaient de prendre pied dans la région. La Seconde Guerre mondiale faisait rage sur tous les fronts.

Le ciel s'emplit de craquètements. Des grues cendrées tournoyaient dans les airs à la recherche de courants ascendants, prêtes à se grouper en chevron. À force de les fixer, les yeux de l'industriel se mouillèrent, mais pour rien au monde il n'aurait manqué le spectacle des majestueux oiseaux partant pour leur long voyage. Quand la troupe se fut organisée et eut mis sans hésiter le cap au sud, Rauno baissa la tête et sécha ses larmes. Les grues étaient passées. Sa vie aussi s'enfuyait à tire-d'aile.

La migration des grues n'avait en soi rien de funeste. Elles se rassemblaient chaque année pour s'envoler vers l'Afrique. L'industriel se demanda ce qui les poussait à partir, au bout du compte. Elles auraient sans doute pu résister au froid et à la bise, mais comment trouver de quoi s'alimenter dans les tourbières lapones quand les grenouilles s'enfouissaient pour l'hiver à l'abri du gel, dans les profondeurs de la terre ? Les grands échassiers descendaient vers le sud en quête de nourriture, rien de plus. Les grues cendrées ne mangent pas d'écureuils et ne grimpent pas aux arbres. Mais si l'évolution les avait dotées de serres, on aurait pu assister dans le blizzard boréal à la scène fascinante d'oiseaux au long cou se frayant un chemin jusqu'à la cime touffue des sapins à la poursuite de martres et de fouquets dont ils ne feraient qu'une bouchée. Satisfaits de leur chasse, ils se tiendraient en équilibre sur leurs grandes pattes au sommet des arbres, laissant échapper des glapissements repus.

La femme de Rauno, Annikki, le rejoignit sur le balcon et posa une main légère sur son bras nu.

Annikki : Tu vas prendre froid. Viens, je vais t'aider à enfiler ta queue-de-pie. Mais va d'abord te raser et te sécher les cheveux.

L'industriel la regarda : pleine de douceur, les cheveux châtains, d'une beauté sans âge. Ils étaient mariés depuis près de trente ans. C'était sa deuxième épouse, son premier mariage s'était terminé par un divorce. Deux fils en étaient nés. Avec Annikki, en revanche, il n'avait pas d'enfants. Malgré les décennies, il se sentait toujours aussi amoureux d'elle, bien que la passion de leur jeunesse se fût émoussée. Le couple faisait chambre à part. Annikki ne supportait pas l'odeur de tabac des cheveux de Rauno qui, surtout quand il lui arrivait de boire, fumait à la chaîne des North State sans filtre. Elle souffrait d'asthme et partager son lit avec un bonhomme puant la clope n'avait rien d'idéal. Chaque matin vers six heures, quand elle se réveillait, elle allait toutefois rejoindre son mari dans sa chambre pour se rendormir quelques instants à son côté. C'était, de la part d'un couple vieillissant, une marque de tendresse et d'amour silencieux, un geste intime et beau devenu une douce habitude quotidienne.

Annikki montait tous les jours à Rauno son petit déjeuner et son journal, qu'il avait l'habitude de lire couché sur le flanc gauche, en le posant par terre près de son lit à côté de sa tasse de thé, d'un

13

quartier de citron et de deux délicieuses tranches de pain garnies de saumon salé, de jambon, de salami ou d'autres charcuteries, agrémentés en général de quelques rondelles d'oignon, de kiwi ou d'œuf dur. L'industriel mangeait donc à même le sol, comme un chat ou un chien. C'était un arrangement pratique, qui lui évitait d'avoir à se lever pour aller s'attabler au rez-de-chaussée. Il avait au chevet de son lit une petite table haute sous le plateau de laquelle il avait vissé deux liseuses orientées vers le plancher. Sur le meuble s'entassaient une pile de livres, quelques flacons de médicaments, un calepin et un crayon, un téléphone portable. Annikki, quant à elle, buvait son café en bas avant de revenir se blottir contre le dos de son mari. Ces occupations matinales témoignaient de l'harmonieuse relation du couple et des liens profonds qui l'unissaient.

Une insouciante mésange charbonnière, entrée se mettre au chaud par la porte-fenêtre ouverte, vint se percher sur le grand plafonnier du séjour. L'objet — un élégant globe de verre — dénotait la sûreté du goût d'Annikki, qui l'avait personnellement choisi. La pièce était une vaste salle de plus de treize mètres de long sur près de six de haut. Au fond, une mezzanine d'une vingtaine de mètres carrés abritait le bureau du maître de maison, derrière lequel se trouvaient les chambres et le sauna.

Il fallait faire sortir la mésange, car les lieux se rempliraient bientôt de visiteurs venus fêter l'anniversaire de l'industriel et il serait malséant qu'elle se mît, effrayée par le brouhaha, à lâcher des fientes dans les verres de champagne ou les savantes coiffures des dames. Rauno descendit en courant au rez-de-chaussée ouvrir toutes les fenêtres et les portes donnant sur l'extérieur. Annikki claqua des mains, mais la petite mésange ne semblait pas comprendre ce qu'on attendait d'elle. La tête penchée, elle regardait l'homme nu grimpé sur un escabeau qui tentait de la chasser de son refuge. Alors qu'il était sur le point d'atteindre l'abat-jour, elle s'envola sur la tringle à rideaux — des tentures en tissu gaufré blanc, elles aussi choisies par Annikki. Le héros du jour sauta à terre et s'empara d'un balai à franges. L'oiseau venait de lui échapper à nouveau quand on sonna à la porte.

Rauno Rämekorpi alla voir. C'était une jeune fille venue livrer des fleurs. Elle jaugea d'un regard expert le vieux monsieur dévêtu. Le spectacle n'était pas déplaisant : une haute silhouette musclée, des mollets et des cuisses solides, le sexe posé sur un épais paillasson de poils, une respectable bedaine, une poitrine velue, une nuque robuste et un visage typiquement finlandais, avec un front haut et large couronné d'une tignasse rêche encore humide. Belle bête, songea la fleuriste. À vue de nez, l'homme pesait dans les quatre-vingt-dix kilos. On ne devait pas s'embêter à batifoler avec lui. De concert, ils portèrent à l'intérieur trois énormes bouquets.

Annikki : Laisse, Rauno, je vais m'en occuper. Va t'habiller.

Rauno : Il faut d'abord mettre cette mésange dehors.

Annikki : Je te signale que tu n'as rien sur le dos.

Rauno : Je n'ai pas froid, je sors à peine du sauna.

La fleuriste déclara savoir s'y prendre avec les oiseaux fourvoyés dans les maisons. Il en entrait parfois plusieurs en même temps par l'imposte de sa boutique, à l'automne, quand le temps fraîchissait, et un bouvreuil était allé jusqu'à faire son nid dans un thuya du Canada et à y couver des œufs d'où avaient éclos douze petits.

Rauno Rämekorpi se permit d'en douter. Pour ce qu'il en savait, les bouvreuils nichaient au sol ou dans des creux de rocher, et ne nidifiaient de toute façon pas à l'automne, ce n'était plus la saison. Il n'était décidément pas normal de venir prétendre qu'il pouvait y avoir chez un fleuriste un nid de bouvreuil et une ribambelle d'oisillons.

La jeune fille se fâcha presque. Elle répliqua d'un ton sec que ce qui n'était pas normal, c'était qu'un vieux type se pavane nu sous ses yeux. Voilà qui semblait plus inhabituel qu'un nid de bouvreuil dans une boutique. Mais la normalité était une question d'habitude : si tous les mecs se mettaient à se promener en costume d'Adam et à contredire les fleuristes chaque fois qu'ils en voyaient une, eh bien OK, mais c'était quand même la première fois qu'elle se trouvait face à un client encore fumant qui ergotait les fesses à l'air à propos de bouvreuils.

Annikki : Ce n'est pas le moment de discuter de nidification. Rauno, va te raser et te peigner. Nous arriverons bien à faire sortir cette étourdie de mésange sans toi.

Rauno Rämekorpi fila en grommelant dans la salle

de bains. Du seuil de la porte, il vit les deux femmes se lancer dans la chasse à l'oiseau.

La fleuriste : Puup, puup !

En entendant ce frouement proche du cri nuptial de la chouette chevêche, la petite mésange comprit tout de suite qu'elle n'était plus à l'abri dans la maison. Elle s'envola promptement par la double porte donnant sur le patio. Annikki Rämekorpi signa le bon de livraison des fleurs et les préparatifs de la fête purent reprendre.

Des employés du traiteur firent leur apparition, les bras chargés de matériel. Ils préparèrent des coupes de champagne et dressèrent dans le fond de la salle de séjour un buffet où s'alignaient tasses à café, canapés et pâtisseries. Rauno Rämekorpi aurait préféré fêter ses soixante ans seul avec sa femme, si possible dans sa vieille cabane de pêche de Sodankylä, au bord des sombres eaux du lac Riipi, mais son statut de PDG d'une prospère entreprise industrielle le lui interdisait. Il devait penser à ses associés et autres partenaires. Annikki n'avait d'ailleurs pas non plus accueilli avec beaucoup d'enthousiasme l'idée de se réfugier dans la triste toundra lapone noyée sous les pluies d'automne. Elle avait proposé de s'évader dans les Caraïbes pour une croisière en première classe, ils en avaient les moyens, après tout. Rauno consacrait sa vie entière à son travail, sans un instant de repos. Il aurait pu ralentir un peu le rythme. Deux semaines de navigation dans les îles leur auraient fait du bien à tous les deux. L'industriel avait trouvé la suggestion idiote — lui, aller roucouler sous les tropiques ? Au début de l'été, ils avaient eu à ce sujet une longue conversation au cours de laquelle il avait mis les points sur les *i*. Annikki et lui étaient à son avis un peu trop vieux pour des vacances en amoureux. Et il avait toujours détesté les nouveaux riches qui s'entassaient à bord de bateaux de luxe pour lézarder et se faire dorloter. Il fallait aussi se rappeler qu'il parlait très mal l'anglais, et encore plus l'angloaméricain, car il n'avait pas eu les moyens de faire des études, dans sa jeunesse. Un Finlandais devait s'exprimer en finnois, tant pis pour les autres. Et passer deux semaines entières à picoler serait désastreux pour son foie.

Annikki : Rien ne t'oblige à trop boire. Il y a aussi sur ces bateaux des bibliothèques, des cinémas et tout ce dont on peut rêver.

Rauno : Je ne vais pas dépenser des dizaines de milliers de marks pour pouvoir feuilleter des romans de gare américains ou regarder des acteurs de série B débiter des âneries dans de vieux films.

Annikki : On pourrait s'offrir des séances de spa, se baigner dans l'océan et profiter des escales pour découvrir la vie et la culture locales. Et la nourriture est délicieusement saine, là-bas, lis donc le prospectus au lieu de rouspéter.

Rauno avait répliqué qu'il préférait se prélasser dans un bon vieux sauna à l'ancienne plutôt que dans un bain de boue à bord d'un bateau de croisière. Dieu sait quelle vermine marinait là-dedans, il finirait couvert de pustules pour le restant de ses jours, sans compter les larves de bilharzie qui se nicheraient à coup sûr sous sa peau... mieux valait ne pas plonger sans précaution dans l'océan, les courants marins avaient emporté des centaines de touristes irresponsables, surtout dans les Caraïbes. Il fallait aussi penser à l'environnement : quand un énorme navire mouille dans la rade d'une petite île, ses ancres lourdes de plusieurs tonnes détruisent un hectare de récifs de corail, uniquement pour que des mémères obèses puissent exhiber leurs varices et leur cellulite. L'indigène affamé n'a droit de la part de ces richissimes m'as-tu-vu qu'à un regard indifférent, et la fillette mendigote d'une mère célibataire aveugle au mieux à une piécette ou deux.

Rauno Rämekorpi s'était mis à beugler : le tourisme de masse était un moyen de blanchir les narcodollars sud-américains servant à corrompre des dictateurs, et tandis que des millions de personnes pleuraient misère, Annikki et lui, gavés d'huîtres en voie d'extinction, roteraient sous le clair de lune tropical des Caraïbes en buvant des vins hors de prix dont le raisin avait été cueilli par de petites filles aux doigts gercés dont les mains ne feuilletteraient jamais de livres de classe ! Ce n'aurait été que justice que le plus terrible des cyclones nés dans la zone équatoriale balaie la région, renverse le bateau cinq étoiles et noie dans les profondeurs de l'océan tout son chargement de noceurs !

Annikki avait rétorqué d'un ton acide qu'elle préférait partir seule pour cette croisière de rêve, puisqu'il se montrait si récalcitrant. Son mari avait accueilli cette déclaration avec soulagement, trouvant même soudain de bons côtés au projet.

Rauno : En même temps, une femme aussi menue et bien élevée que toi ne grèverait pas trop lourdement la nature tropicale... et tu sauras mieux que personne, grâce à ta maîtrise des langues étrangères, tirer parti de conversations avec des compagnons de voyage cultivés. Tu pourras partager sans souci la table du capitaine... et tu n'as pas à avoir mauvaise conscience si tu te baignes dans les vagues tièdes de l'océan ou si tu participes à une expédition soigneusement planifiée pour photographier des iguanes ou autres lézards. Tu mérites plus que quiconque de vraies vacances reposantes, après tout nous sommes mariés depuis des dizaines d'années. La vie est pleine de nouveaux défis, Annikki chérie, il suffit de les relever avec audace. Je te l'aurai dit !

Annikki : Arrête de te fiche de moi, je te crois à moins. C'est juste que j'apprécie ta compagnie, surtout quand tu veux bien t'abstenir de te donner en spectacle après avoir bu.

On avait, dans le plus grand secret, proposé Rauno Rämekorpi pour le prestigieux titre de conseiller à l'industrie. Son épouse, mise dans la confidence, avait été priée de veiller en toute discrétion à ce que le récipiendaire soit sur place le jour de son soixantième anniversaire. Tout voyage à l'étranger s'était donc trouvé exclu d'office.

Cette haute distinction n'était pas tout : la directrice des relations publiques de la société Rämekorpi, Eila Huhtavesi, avait rédigé un historique de l'usine, accompagné d'une biographie de son fondateur, actionnaire principal et président-directeur général. Le tout présenté dans un ouvrage cartonné de deux cents pages au titre évocateur : *Du bois au métal — parcours d'un battant*. Annikki avait pu relire les épreuves, auxquelles elle avait même apporté quelques corrections. Le livre était maintenant prêt et tiré à mille exemplaires, dont cent numérotés. Il constituait non seulement un bel hommage au self-made-man qu'était Rauno Rämekorpi, mais aussi un superbe cadeau à offrir à ses partenaires commerciaux. L'intéressé lui-même n'était pas au courant de ce projet, et n'aurait d'ailleurs sans doute pas accepté de le financer. Il jouait volontiers les modestes, comme souvent les nouveaux riches, mais on avait pensé qu'il serait malgré tout aussi enchanté du livre que de la distinction qui l'attendait. Il appréciait comme tout le monde les marques d'estime.

La maison se remplissait peu à peu de féliciteurs. Le PDG semblait avoir un nombre impressionnant d'amis et de relations commerciales haut placés. Les toasts et les percutants discours teintés d'humour se succédaient comme il se doit. Le héros du jour avait beau avoir demandé que les cadeaux soient adressés à la Fondation Rauno Rämekorpi pour l'apprentissage, les visiteurs arrivaient les bras chargés de bouquets de fleurs, caisses de champagne, foie gras, caviar, cigares et autres coûteux présents, transformant peu à peu le séjour en une odorante vitrine de fleuriste et d'épicerie fine.

Au centre de toute cette attention, le sexagénaire ravi multipliait les ronds de jambe et trinquait avec ses invités. Il manifesta la plus grande surprise quand on lui remit le livre commémoratif publié pour l'occasion. Sa directrice des relations publiques prit la parole. Elle résuma le contenu de l'ouvrage, évoquant l'enfance lapone du PDG pendant la guerre, puis sa jeunesse, au cours de laquelle il avait travaillé comme bûcheron dans les grandes forêts du Nord, et enfin l'entreprise de construction de chalets en bois qu'il avait fondée. Avec une infatigable opiniâtreté, il l'avait au fil du temps développée et industrialisée en y ajoutant une grande scierie tournée vers l'exportation. Celle-ci avait malencontreusement brûlé au seuil de la crise des années soixante-dix — le moment était venu d'abandonner le secteur de la transformation mécanique du bois pour celui de la métallurgie, moins vulnérable aux risques d'incendie.

Mais le meilleur restait à venir. Le directeur général adjoint de la société Rämekorpi s'avança et remit à son patron le décret de nomination par lequel la présidente de la République accordait à l'ingénieur Rauno Tapio Rämekorpi le titre et la dignité de conseiller à l'industrie. La démarche avait été engagée longtemps avant l'anniversaire de l'impétrant et ses promoteurs avaient obtenu gain de cause depuis déjà deux mois. Même les droits de timbre — qui, pour un titre aussi convoité, se montaient à la peu modique somme de 172 000 marks — avaient été réglés, bien sûr aux frais de son entreprise.

Rauno : Bande de sacripants ! Ça fait déjà deux mois que je suis conseiller à l'industrie et vous ne m'aviez rien dit ! Quand je pense que j'aurais pu plastronner tout l'été… En même temps, je me demande un peu si c'est vraiment utile ; à ce prix-là, j'aurais pu m'acheter une belle voiture. Mais ce qui est fait est fait. Merci, votre geste me va droit au cœur.

Dans l'après-midi, quand les derniers visiteurs furent partis et que le traiteur eut fini de ranger, le couple épuisé se retrouva enfin seul. La fête avait surtout fatigué Annikki, qui avait dû rester tout le temps debout aux côtés de son époux à faire la conversation aux invités. Elle l'embrassa tendrement et lui offrit un étui à cigarettes en argent.

Annikki : Joyeux anniversaire, Rauno. Tu as toujours été un bon mari, fidèle et attentionné, un vrai trésor.

Rauno : Sans toi, je ne serais jamais arrivé si haut, si tant est que ma réussite puisse se mesurer à mon usine et à ce titre de conseiller.

Annikki : Mais regarde donc ces masses de fleurs et de cadeaux… les gens ne se rendent pas compte que j'ai de l'asthme et que je ne peux pas respirer dans un jardin pareil.

Rauno : Il va falloir se débarrasser de ces floralies… on pourrait les mettre dans le garage, mais il n'y a pas vraiment la place, et qui les y admirerait ? Je suppose qu'il ne reste plus qu'à les porter à la décharge.

Annikki appela un taxi. Un chauffeur, qui déclara s'appeler Sorjonen, répondit en personne de la borne. On ouvrit grand les portes et les fenêtres pour chasser de la pièce les odeurs de cigare et les parfums de fleur.

Rauno : Va faire la sieste, ma chérie, je me charge de porter les bouquets à la déchetterie et les meilleurs restes du buffet à l'usine. Les ouvriers pourront en profiter la semaine prochaine à la cantine.

Annikki : Merci, c'est vraiment gentil.

Rauno : Repose-toi tranquillement, je n'en ai pas pour longtemps.

Par la porte-fenêtre ouverte du balcon, une mésange — peut-être la même que plus tôt dans la journée — entra d'un coup d'aile. Elle se percha sans hésiter sur l'abat-jour et observa la salle de séjour. Cette fois, Rauno Rämekorpi ne chercha pas à la déloger; la fête était finie, elle ne faisait aucun mal. Un superbe taxi monospace vint se garer devant la maison. Aidé du chauffeur, le nouveau conseiller à l'industrie y porta les fleurs et les victuailles. Plus une caisse de champagne, que l'on posa sur la banquette arrière.

Rauno Rämekorpi songea qu'il n'était pas le premier de sa famille à porter un titre honorifique. Son oncle avait été conseiller paroissial et son beau-père grand chantre.

2

Tarja

Le chauffeur de taxi, Sorjonen, était un barbichu blond d'une quarantaine d'années. Il portait une casquette de fonction mais pas d'autre uniforme, juste un jean et un blouson de toile bleu. Vigoureux, l'air déterminé. Il conduisait un monospace flambant neuf où il y avait toute la place nécessaire pour charger les bouquets. Au moment de partir, il regarda d'un air curieux le conseiller à l'industrie.

Sorjonen : Vous êtes Rauno Rämekorpi ? J'ai vu votre interview ce matin dans le journal, soixante ans, c'est ça ? Félicitations ! Moi c'est Sorjonen, Seppo Sorjonen. Où est-ce qu'on va ?

Rauno : À la décharge d'Ämmänsuo. Et on peut se tutoyer, si tu veux.

Sorjonen demanda à son client s'il avait l'intention d'organiser une fiesta à la déchetterie, habillé en queue-de-pie comme il était et avec les brassées de fleurs, la caisse de champagne et les victuailles qu'on avait embarquées.

Rauno : Il s'agit surtout de se débarrasser proprement de ces bouquets. Impossible de les garder chez nous, ma femme est allergique.

Sorjonen trouvait dommage de jeter ces merveilles à la décharge, et quel gâchis ! Le PDG n'avait-il pas quelques amis ou connaissances à qui les distribuer ? Rauno fit remarquer que c'étaient justement ses amis et connaissances qui les lui avaient offertes. Ils n'étaient pas du genre à acheter souvent des roses, même à leur propre épouse, sauf en cas de panique — ou en un jour comme celui-ci, parce que c'était son anniversaire. Hors de question de les retourner à l'expéditeur.

Sorjonen : Les hommes sont exclus, d'accord, mais ce ne sont pas les femmes qui manquent, dans ce pays. Statistiquement, près d'un Finlandais sur deux est de sexe féminin.

Rauno Rämekorpi réfléchit à la suggestion du chauffeur. Il connaissait bien sûr des femmes à foison. On n'arrivait pas à son âge sans en avoir rencontré un certain nombre. Elles avaient leurs bons côtés, avouons-le… et elles appréciaient les fleurs. Comment n'y avait-il pas pensé ? L'idée était excellente ! Dans l'esprit du conseiller à l'industrie se dessina la séduisante vision des extraordinaires possibilités que la distribution de fleurs lui ouvrirait sans trop de préliminaires. L'eau lui monta à la bouche, en même temps que le sentiment d'être un grand seigneur. Mais aussi un sacré cochon, un verrat de la plus belle espèce.

L'opération exigeait le concours du chauffeur : celui-ci devrait l'attendre dans son taxi pendant qu'il offrirait ses bouquets. Il avait de quoi payer la facture, mais Sorjonen risquait de trouver le temps long, car il y avait une pleine voiturée de roses. Il faudrait, d'une adresse à l'autre, parcourir toute la ville. Le chauffeur s'engagea volontiers à soutenir l'entreprise, dont il ne pensait pas qu'elle puisse le lasser. Rauno Rämekorpi ne savait trop par où commencer. On pouvait bien sûr aller déposer des fleurs et des victuailles à l'usine, chemin des Intrépides, dans la zone industrielle de Tikkurila, mais la journée de travail tirait à sa fin, il n'y aurait sans doute plus grand monde pour prendre livraison des colis. La directrice des relations publiques, Eila Huhtavesi, ne serait sans doute elle-même plus à son bureau. Voilà quelqu'un avec qui on pouvait discuter, une femme sans chichi, mais avec du caractère.

En chemin, Rauno Rämekorpi s'avisa qu'il pourrait au passage faire un saut chez Tarja Salokorpi, qui habitait Malmi. C'était une enseignante, professeure de dessin, dont il avait fait la connaissance une bonne dizaine d'années plus tôt alors qu'il se trouvait en Tunisie pour faire la promotion de ses saunas en rondins. Il n'en avait pas vendu beaucoup aux hommes du désert, mais quelques-uns quand même, grâce à une magnifique publicité pour ce produit typiquement finlandais. L'industriel avait en effet mis la main sur la plasticienne Tarja Salokorpi, venue enseigner la perspective aux élèves d'un lycée arabe de Sfax. Il l'avait convaincue de peindre un grand tableau représentant une oasis saharienne, puis avait collé à la lisière de la palmeraie une photo en quadrichromie d'un sauna de son catalogue. Il s'intégrait à merveille dans le paysage, et Rauno Rämekorpi avait

conclu un certain nombre de ventes avec une éton-
nante facilité.

En dehors de cette affaire de sauna, il avait noué
avec Tarja des relations plus personnelles. Ils avaient
passé de bons moments. Ils s'étaient aussi rencontrés
plus tard par hasard à Helsinki, après la fin de sa mission commanditée par l'Unesco. Elle était déçue, car
ses élèves tunisiens n'avaient pas pleinement assi-
milé le concept européen de la perspective, ce qui
n'avait rien d'étonnant : les peintres du désert n'ont
pas naturellement le sens du relief, car leur regard
n'embrasse en général, avant l'horizon, que d'infi-
nies étendues de sable. De grands artistes, pourtant,
avec en particulier un don inné pour la couleur, et de
très habiles architectes.

Rauno Rämekorpi demanda à Sorjonen de le
conduire chez Tarja, 16, rue de la Demi-Lune, en
espérant qu'elle serait chez elle. Sinon, on reprendrait le chemin de l'usine.

À la porte de l'appartement, une fillette d'une
dizaine d'années coquettement habillée, à l'air vif et
à la peau sombre, peut-être métisse, vint ouvrir. Un
instant, Rauno Rämekorpi craignit de s'être trompé
d'adresse. Mais lorsqu'il demanda Tarja Salokorpi,
la gamine expliqua avec candeur que sa mère était au
cimetière de Malmi. Sa marraine était morte.

La fillette : Maman n'a pas osé m'emmener, je
suis trop noire.

Le conseiller à l'industrie lui confia un bouquet
de fleurs en la priant de le mettre dans un vase. Il lui
remit aussi une bouteille de champagne qu'elle plaça
au réfrigérateur.

Il se fit conduire en taxi au cimetière, où se tenaient deux enterrements. Le conseiller à l'industrie et son chauffeur se munirent chacun d'une superbe gerbe et, s'avançant avec naturel dans les allées sablonneuses, emboîtèrent le pas au plus proche cortège funèbre, dans lequel Rauno avait repéré Tarja Salokorpi. Une troupe de vieux messieurs en costume noir suivaient la famille, chargés de couronnes de fleurs. On voyait à leur mine que la défunte, de son vivant, leur avait été très chère. Reconnaissant Rauno Rämekorpi, Tarja lui prit la main et chuchota à son oreille.

Tarja : Regarde-les, ce sont tous d'anciens amants ou compagnons de Saara.

Sorjonen : Il y en a assez pour remplir au moins dix taxis !

Les vieillards éplorés ne se connaissaient visiblement pas les uns les autres, mais il en aurait fallu davantage pour troubler leur dévotion. Brisés de chagrin, ils marchaient d'un pas raide et traînant derrière le cercueil conduit sur un chariot jusqu'à la chapelle mortuaire. Après une brève oraison, le pasteur bénit le corps. Puis le cortège fit demi-tour pour se diriger vers la tombe.

Ce n'étaient pas les porteurs qui manquaient. Au terme d'un bref conciliabule, la cohorte en deuil désigna pour se charger du fardeau six de ses membres les plus vigoureux. Au pied de la fosse, on entonna un cantique funèbre. Lentement, douloureusement, on descendit la dépouille de la chère défunte dans le sein de la terre. Les femmes sanglotaient, pas un des vieillards n'avait les yeux secs.

Au moment de retirer les cordes passées sous la

bière, il y eut un léger flottement, personne ne semblant savoir par quel côté les remonter. Les porteurs du milieu tirèrent en même temps sur leur sangle et, aucun des deux ne voulant lâcher prise, celui qui se trouvait à gauche bascula cul par-dessus tête dans la tombe. Avec un bruit sourd, le maladroit s'écrasa sur le couvercle du cercueil reposant dans la fosse. On entendit monter des profondeurs un gémissement de douleur. Le noble vieillard, blessé à la jambe, était incapable de se remettre debout. Le bedeau, qui n'était également plus tout jeune, ne savait que faire. Il n'était pas fossoyeur et n'osait pas rejoindre le malheureux pour l'aider.

Après avoir réfléchi un moment, on eut l'idée de faire descendre quelques hommes supplémentaires dans la fosse pour porter secours à celui en péril. L'un des vieux messieurs se vanta d'avoir été dans sa jeunesse membre d'un club de gymnastique et d'avoir souvent, l'été, participé lors de fêtes à l'édification de pyramides humaines. Il suggéra d'en improviser une afin de remonter proprement le blessé hors du trou. Trois hommes se dévouèrent, puis deux de plus, quand on se rendit compte que les forces des premiers ne suffiraient pas à la tâche. Les six vieillards serrés sur le cercueil de la défunte commençaient à manquer de place, mais réussirent cependant à hisser sans trop de mal la victime sur leurs épaules, et de là à la surface. Quatre des volontaires parvinrent à sortir de même, aidés par leurs camarades, mais le dernier se trouva coincé seul au fond, sans personne pour lui prêter main-forte.

Le bedeau courut chercher une échelle, et l'on put enfin sauver le héros restant.

Il fallut un moment pour que chacun reprenne son souffle et éponge la sueur de son front. Puis on remonta le cercueil de la tombe car, par respect pour la chère défunte, on ne pouvait, après cet intermède, la laisser reposer ainsi. On décida de recommencer la cérémonie, cette fois si possible sans fausses manœuvres, peu compatibles avec la solennité des obsèques. On replaça la bière sur le chariot et l'on reprit tout depuis le début.

On rechanta un cantique funèbre puis l'on descendit à nouveau le cercueil dans la fosse, dignement, et, instruit par l'expérience, sans anicroche.

On ne voit pas souvent au cimetière de Malmi de mers de fleurs aussi abondantes que sur la tombe de la marraine de Tarja. Rauno Rämekorpi et Seppo Sorjonen furent les derniers à déposer leurs bouquets. La cérémonie terminée, le pasteur serra les mains de la famille puis se précipita pour secouer celle du PDG.

Le pasteur : Mes plus sincères condoléances. Permettez-moi en même temps de vous féliciter pour votre nouveau titre, monsieur le conseiller à l'industrie. J'en ai vu l'annonce ce matin dans le journal, en même temps que votre interview en l'honneur de votre anniversaire. Figurez-vous que mon père spirituel figure dans la même fournée de nominations, en tant que pasteur doyen. Il habite maintenant Sodankylä. Il est à la retraite depuis déjà des années, après avoir exercé son ministère à la frontière russe.

Rauno : Je suis aussi de Sodankylä.

Le pasteur : La défunte était très aimée et appréciée… mais vous n'étiez pas vous-même ?…

Tarja Salokorpi prit le bras de Rauno.

Tarja : Non. Saara était ma marraine. Ce monsieur est là pour moi.

Le pasteur sortit un bloc-notes de la poche de sa redingote, ouvrit sa bible, la compulsa un moment puis écrivit quelques mots sur une feuille de papier.

Le pasteur : Si vous voulez bien, maintenant que nous avons fait connaissance, j'aimerais vous offrir quelques saintes paroles, en souvenir et en guise de nourriture spirituelle pour les années à venir, tenez ! Ce sont les versets un et deux du chapitre neuf du livre d'Ésaïe. Encore une fois toutes mes félicitations, et bien sûr mes condoléances.

Le pasteur parti, on put reprendre le chemin de l'appartement de Tarja. Sorjonen exprima le souhait de s'occuper d'un ou deux autres clients pendant que le conseiller à l'industrie tiendrait compagnie à la filleule éplorée de Saara. Il avait tout lieu de penser qu'il lui prodiguerait ses consolations pendant un certain temps.

Pas de problème.

Chez Tarja, on entreprit d'honorer dignement la mémoire de la disparue. La petite métisse, Sirena, se chargea de remplir les verres de champagne agréablement frappé. Puis elle partit à son cours de danse. Avant de s'en aller, elle recommanda à sa mère de ne pas trop boire.

Mais qui était donc Saara ? Quel genre d'existence avait-elle mené ?

D'après sa filleule, Saara Lankinen était née dans

la région de Kotka. Elle avait été belle et sensuelle, dans sa jeunesse, et allait avoir soixante-dix ans lorsqu'elle était morte. Elle avait eu une vie mouvementée : fille d'ouvrier, elle était montée à Helsinki pour y travailler comme vendeuse et bonne à tout faire, avait suivi des cours du soir et étudié les langues étrangères. Mais, jolie et délurée comme elle était, elle n'éprouvait que peu d'attrait pour une morne existence de prolétaire et avait vite abandonné le commerce pour les restaurants chic. Elle s'était mise à se maquiller, à s'habiller à la mode, à croquer la vie à belles dents. Elle avait été entourée d'admirateurs fervents et, grâce à eux, avait eu assez d'argent pour prendre soin d'elle-même et vivre plus confortablement que la plupart des ouvriers. L'histoire classique d'une fille de la campagne, au début, donc, mais au lieu de finir misérablement sur le trottoir, Saara était devenue une demi-mondaine célèbre, tenant salon et pouvant se permettre de choisir ses chevaliers servants en fonction de leur éducation, de leur physique et de leur fortune. Toute jeune déjà, elle avait laissé tomber son nom trop commun à son goût pour celui, plus aristocratique, de Saara Langenskiöld. Elle avait loué un appartement en bordure du parc de Kaivopuisto, cinq pièces avec vue sur la mer.

Saara avait même été mariée, deux fois, bien que ces unions eussent été de courte durée. Elle n'avait pas d'enfants, mais veillait sur de nombreuses filleules, dont Tarja. Elle avait payé ses études, comme celles de plusieurs autres, et n'avait jamais manqué d'argent, sauf ces dernières années quand sa beauté s'était fanée. Ses vieux amis ne l'avaient pourtant jamais abandonnée, elle avait toujours eu du charme et un cœur d'or. La nuée d'anciens amants réunis aujourd'hui encore sur sa tombe le prouvait.

Tarja : Quelle mine d'enterrement ils faisaient !

Il s'en était fallu de peu qu'une partie de ces messieurs ne suivent leur égérie dans la tombe.

Rauno et Tarja levèrent leur verre à la mémoire de la chère disparue. La professeure de dessin confia qu'elle avait elle aussi parfois très sérieusement envisagé de se prostituer après être revenue d'Afrique du Nord avec son bébé métissé. Elle n'avait heureusement pas été jusqu'à épouser son amant arabe, ç'aurait été la fin des haricots. La fillette aurait à coup sûr été séquestrée en Tunisie et elle-même serait restée le bec dans l'eau comme les innombrables têtes de linotte finlandaises tombées amoureuses de beaux bruns exotiques sur les plages méditerranéennes. Mais Tarja avait échappé au plus vieux métier du monde grâce à Saara Langenskiöld, qui avait gagné à la sueur de son corps assez d'argent pour éviter le pire. La courtisane n'avait jamais laissé ses filleules dans le besoin. Avec ses dernières forces, elle avait rouvert les portes de son salon pour accueillir avec son élégance coutumière ses chers admirateurs et, grâce aux fonds ainsi levés, avait empêché sa protégée de suivre le chemin qui avait été le sien pendant des dizaines d'années tumultueuses.

Rauno Rämekorpi écouta stupéfait le récit de Tarja. Il ne savait pas qu'elle avait dû élever seule un enfant. Pourquoi ne s'était-elle pas tournée vers lui dans sa détresse ? Il l'aurait bien volontiers aidée dans l'adversité.

Tarja : J'ai souvent pensé à toi, mais je n'ai pas osé te faire signe. J'avais trop honte, et j'étais furieuse contre moi-même de cet égarement stupide.

Elle se plaignit d'avoir été en butte à une double jalousie. Son compagnon finlandais l'avait quittée quand il avait découvert sa grossesse, mais ce n'était pas tout : le pays entier la méprisait pour s'être donnée à un étranger. C'était affreux. L'idée que des peuples puissent être jaloux les uns des autres lui était insupportable. Cela portait un vilain nom — le racisme.

Tarja Salokorpi n'aurait jamais cru que les Finlandais puissent être aussi xénophobes. Sa fille était charmante et douce, mais on l'avait malgré tout considérée comme une bête curieuse, et parfois même franchement rejetée. Que pouvait une innocente enfant à la couleur de sa peau ? D'ailleurs Sirena était le produit de deux grandes races, les Arabes et les Finnois, elle avait un joli teint café au lait, un nez droit, de merveilleux cheveux frisés.

Rauno Rämekorpi n'éprouvait pas beaucoup de sympathie pour les Arabes. Selon lui, les peuplades méditerranéennes et levantines étaient non seulement infantiles et fourbes, mais aussi d'une horrible cruauté. En Afrique du Nord, on voyait courir partout dans les rues des meutes de chiens errants dont beaucoup claudiquaient sur trois pattes, la truffe ensanglantée par les coups de pied. L'industriel n'arrivait pas à comprendre une telle sauvagerie :

les femmes étaient contraintes de porter le voile et enfermées chez elles, et les bêtes constamment martyrisées. On n'avait là-bas pas plus de scrupule à battre les animaux qu'ici à planter sa hache dans un tronc d'arbre. Les Finlandais, au moins, étaient persévérants et travailleurs, et qui plus est d'une grande propreté — sauna deux fois par semaine et douche matin et soir les autres jours.

Tarja répliqua qu'en Finlande, les hommes en tout cas étaient des abrutis, des balourds prétentieux à la démarche de baudet, accoutrés de pantalons informes, puant l'alcool et la bière, toujours à se gratter, à péter en public et à rire trop fort de blagues idiotes, incapables d'accorder aux filles du Nord l'attention qu'elles méritaient.

Une fois lancée, la garce s'en donna à cœur joie. Elle accusa le Finlandais d'être râblé, court sur pattes, maussade et enclin au suicide ; il avait le vin mauvais, jalousait férocement ses supérieurs et en venait aux mains à la première occasion. Inutile d'en attendre la moindre conversation intelligente, il préférait se taire, ce qui, d'un autre côté, n'était pas un si mauvais choix car, quand il ouvrait la bouche, il n'en sortait que des âneries.

Selon Tarja, Rauno Rämekorpi avait tout du Finlandais type. Le coup était rude pour l'orgueil du héros du jour.

Le conseiller à l'industrie tenta de faire valoir que ses congénères, et surtout lui-même, étaient malgré tout des rocs inébranlables qui n'avaient leur pareil nulle part ailleurs.

Tarja revint à sa fille.

Tarja : Basanée ou pas, Sirena est un amour. Et elle est jolie, tu ne trouves pas ?

Exact. Rauno Rämekorpi fit remarquer qu'il aurait bien aimé lui aussi faire un enfant à la professeure de dessin, si elle ne lui avait pas préféré un Arabe aux yeux de braise. Mais il pourrait désormais servir de parrain à la fillette, un peu comme Saara Lankinen avait été la marraine de Tarja. Il avait plus d'argent que la vieille courtisane n'en avait jamais eu, étant conseiller à l'industrie et non putain. Il n'était cependant guère plus vertueux qu'elle, et peut-être même moins.

Tarja : Nous n'avons rien à faire de toi comme parrain. Mais si tu veux un bâtard, tu n'as qu'à me mettre enceinte. Nous sommes entre nous, alors vas-y, tombe ta queue-de-pie, même si tu es un affreux cochon, un homme marié et un coureur de jupons. Je connais ta réputation, mais c'est ton problème.

Rauno accueillit la proposition avec stupeur, bien qu'elle fût sans conteste séduisante. Tarja l'encouragea à tenter le coup. Elle était en pleine forme et pas encore trop vieille, trente-sept ans au printemps. Et en tant qu'enseignante, elle savait élever les enfants.

Tarja : Y a qu'à !

Pendant que le conseiller à l'industrie ôtait son habit de gala, la professeure de dessin feuilleta l'ouvrage publié en son honneur. Elle parcourut la table des matières, surprise d'y trouver autant de choses. Quelle énergie ! Les chalets du début, les scieries forestières, l'entreprise exportatrice de bois d'Olhava, près d'Oulu, et l'incendie qui l'avait détruite, la reconversion dans la métallurgie. Il y avait maintenant une dizaine d'années, la société Rämekorpi s'était lancée dans la production de cabines préfabriquées pour navires de croisière. Depuis une commande déterminante de six cents unités de luxe pour les chantiers navals de Hietalahti, l'usine de Tikkurila en livrait des milliers par an, en plus du reste. Sa situation financière était excellente, elle employait mille personnes, sous-traitants compris.

Tarja : Tu es devenu un vrai magnat, un gros bonnet ! Attends que j'enlève ma robe de deuil !

Rauno s'aperçut que, malgré son attitude provocante, Tarja était nerveuse. Elle semblait triste, aussi, elle devait en fin de compte avoir beaucoup aimé sa marraine.

Lui n'avait en revanche aucun motif de se morfondre. La chemise à plastron, les chaussettes et le caleçon sur le dossier d'une chaise, et en avant la musique !

Ça faisait longtemps, songea béatement Rauno Rämekorpi en allumant une North State. L'avenir dirait ce qu'il en résulterait. Un enfant de l'amour était peut-être en route, s'il en croyait ses tripes. Cigarette, douche, et réendossage de queue-de-pie. Paresseusement, Tarja aida son visiteur et lui embrassa l'épaule, revenue envers lui à des sentiments plus amènes. Ils burent quelques coupes de champagne. Ils se sentaient bien.

L'industriel demanda à la professeure de dessin si elle avait récemment revu le père de son enfant.

Tarja : Non, et je n'y tiens pas. Sirena lui écrit de temps en temps, et il est venu en visite à Helsinki il y a deux ans.

Elle raconta avec un peu d'amertume qu'elle avait eu le plus grand mal à le convaincre de repartir au Maghreb. Sirena n'était pas non plus particulièrement attachée à son père biologique, elle le détestait, en fait, car le misérable avait eu envers elle des gestes d'affection fleurant l'inceste.

Tarja : C'est triste à dire, mais c'est ainsi. Je lui ai quelquefois envoyé de l'argent en Tunisie, mais plus depuis un certain temps.

Ils parlèrent de l'éternelle misère du tiers-monde, des guerres sans fin, des catastrophes qui se succédaient en Afrique noire et en Asie du Sud-Est. Tarja avoua qu'elle n'avait plus la force de se préoccuper du sort des milliards de pauvres de ces continents sans espoir. Elle avait fait sa part. Elle avait consacré plusieurs années de sa vie à l'aide humanitaire, et pour quel résultat ? Une gamine de couleur et un coup de pied au cul. Pourquoi les pays pétroliers n'aidaient-ils pas leurs voisins déshérités ? L'islam n'était pas en soi intolérant, mais les cheiks et les mollahs interprétaient le Coran à leur manière.

Pour Rauno, Tarja était juste mal tombée, on trouvait sûrement aussi de bons maris à l'étranger.

Tarja : Je tombe toujours mal, je suis un véritable aspirateur à tocards. La preuve, me voilà avec un vieux schnock un peu timbré, conseiller à l'industrie et Dieu sait quoi d'autre. Je me suis encore fait avoir, mais tant pis.

Elle alluma une cigarette avant de balancer soudain que ce n'était pas sa marraine qu'elle avait enterrée, à Malmi, mais sa mère. Elle était la fille d'une pute, s'il voulait tout savoir.

Tarja : C'est si dur, la vie.

Elle raconta à Rauno que sa mère n'avait naturellement pas pu l'élever dans son salon. Mais Saara avait bien pris soin d'elle, avait réglé aussi régulièrement que possible ses frais de pension, lui avait fait faire des études et était toujours restée en contact avec elle. Elle avait malgré tout grandi seule, en proie à des sentiments contradictoires, sans père, et n'avait compris qu'à l'adolescence quel était le métier de sa mère. Ce n'avait pas été facile, et elle n'avait jamais vraiment réussi à s'habituer à cette idée. Mais aujourd'hui sa chère maman était morte et enterrée, et elle ne saurait jamais si son père était venu, parmi tous ces amants, déposer des fleurs sur la tombe de la mère de son enfant. Son géniteur était-il seulement encore vivant ? Elle préférait croire qu'il n'était plus de ce monde, qu'il n'avait pas assisté aux funérailles, mais comment savoir ? Le mystère ne serait jamais percé car l'intéressé ne savait rien de sa paternité.

À la fin de sa vie, la vieille courtisane s'était étiolée, rabougrie et ridée, mais elle avait gardé jusqu'au bout ses yeux brillant d'étoiles où passait de temps à autre une lueur coquine. Rien d'étonnant à ce que les hommes fréquentant le salon de Saara Langenskiöld soient tombés sous son charme. Mais l'âge l'avait affaiblie, elle était devenue comme asexuée, frêle et fragile. L'ex-beauté fatale s'était couchée pour mourir dans son grand lit, avait dissimulé son corps fané dans les plis de ses draps de soie et exhalé son dernier soupir, qui s'était envolé, léger, vers l'inconnu. Elle avait elle-même fermé ses beaux yeux bordés de jolis faux cils bleu foncé.

Tarja ne savait pas, en fin de compte, combien d'enfants sa mère avait eus, ni donc combien de demi-frères ou sœurs elle pouvait avoir. Ça n'avait plus d'importance.

Elle avait trouvé affreux de devoir jouer les filleules en deuil sur la tombe de Saara, mais elle n'avait tout simplement pas le choix, il n'était pas question de déclencher un scandale au cimetière.

Tarja : Jusqu'à la fin, j'ai dû faire semblant d'être la filleule de ma mère… voilà quelle vie et quelle mort nous ont unies.

En raccompagnant Rauno à la porte, la professeure de dessin lui promit qu'elle serait une bonne mère pour son enfant si jamais elle s'avérait être enceinte de ses œuvres, il pouvait lui faire confiance.

Tarja : Tout va bien pour moi, maintenant que ma mère est morte et a trouvé la paix loin des hommes… et que je peux compter sur un amant fidèle.

En montant dans le taxi de Sorjonen, Rauno Rämekorpi songea qu'il venait de faire l'amour avec une femme dont la mère était une prostituée et qui non seulement avait elle-même une fille métisse illégitime, mais risquait maintenant de tomber enceinte et d'avoir un second enfant. Il n'y avait pas vraiment de quoi se réjouir.

3

Eila

Eila Huhtavesi accueillit avec plaisir le coup de fil du tout nouveau conseiller à l'industrie. Ce dernier se proposait d'apporter quelques victuailles à l'usine, ainsi que des fleurs, car il ne pouvait les conserver chez lui à cause de l'asthme de sa femme et il aurait été dommage de jeter d'aussi beaux bouquets à la décharge. Elle le prévint qu'elle se trouvait à cet instant chez elle, et non plus au bureau, mais bienvenue quand même ! Rien ne lui convenait mieux que des roses pour clore cette rude journée, organiser l'anniversaire de son patron l'avait épuisée.

Eila habitait à Lauttasaari dans un immeuble assez récent, face au square de Pajalahti. Sorjonen resta à attendre dans son taxi pendant que le conseiller à l'industrie s'engouffrait dans le hall avec un superbe bouquet et une bouteille de champagne sous le bras, ainsi que des pots de caviar et de foie gras dans les poches de sa cape.

La directrice des relations publiques de la société Rämekorpi occupait un agréable deux-pièces au deuxième étage. Rauno était un peu gêné de rendre visite à sa collaboratrice à son domicile, mais c'était pour la bonne cause. Eila, quand elle vint ouvrir la porte, n'avait absolument pas l'air fatigué. Elle invita l'industriel à s'asseoir, déboucha la bouteille et disposa du pain frais sur la table basse du séjour avec le reste de la collation. Ils y goûtèrent.

Rauno regarda sa directrice des relations publiques. Élégante, l'allure décidée, une belle femme, pour tout dire. Dans les quarante-cinq ans, si ses souvenirs étaient bons. Elle travaillait pour lui depuis déjà de nombreuses années.

Eila mit le bouquet dans un vase. Elle remercia son patron de le lui avoir apporté. Par qui avait-il été envoyé, déjà?

Sans doute par le PDG de Nokia, Ollila, croyait se rappeler Rauno.

Eila : À moins que ces fleurs ne viennent du maire, il me semble en avoir discuté avec sa secrétaire. Elles sont magnifiques. À ta santé, et félicitations encore une fois pour ta nomination.

Ils trinquèrent dans une chaleureuse atmosphère, puis feuilletèrent l'ouvrage commémoratif dont Eila avait dirigé la publication, *Du bois au métal — parcours d'un battant.*

Eila : Je dois dire, maintenant que j'ai travaillé sur ce livre, que tu m'impressionnes… monter aussi haut sans titres universitaires, bravo. Ça n'a pas dû être facile, pour un bûcheron de Sodankylä. Même si tu es bien sûr ingénieur, mais ce n'est pas pareil.

Elle parcourut un passage, au début du livre, sur la jeunesse de Rauno Rämekorpi. Il avait grandi pendant la guerre dans le village de Riipi, près de Sodankylä, et quand les Allemands avaient incendié la Laponie, il avait reconstruit avec son père la maison familiale, puis travaillé sur de nombreux chantiers d'abattage de bois, creusé des fossés pour assécher les tourbières et cultivé de la fléole… comme tous les gars du coin. Il s'était lancé dans les affaires après son service militaire, à la fin des années cinquante, en bûcheronnant à son compte. Il n'avait pas vingt ans qu'il fabriquait déjà des chalets en madriers. Il en avait vendu en Suède, au début, puis en Allemagne et très vite jusqu'au Japon. Il avait fondé une scierie forestière à Sodankylä. À la même époque, il s'était marié. Résultat, deux fils et un divorce quelques années plus tard.

Eila lut un extrait du texte : «L'impulsif jeune homme s'attaque sans hésiter à d'autres défis. Il sait prendre des risques, travaille avec acharnement et conçoit sans cesse de nouveaux projets qu'il met en œuvre avec détermination, contre vents et marées, mû par une ténacité typiquement finlandaise qui, combinée à une vision stratégique, lui permet d'obtenir presque à coup sûr d'excellents résultats. C'est à n'en pas douter un formidable tour de force pour un homme sans bagage universitaire. Rauno Rämekorpi s'est en effet formé aux langues étrangères et aux matières enseignées à l'époque au lycée grâce aux cours par correspondance de la Société pour l'éducation du peuple.»

Le conseiller à l'industrie repensa à sa jeunesse dans le Nord. Ses traits se durcirent.

Rauno : J'en ai toujours voulu à ces crétins qui avaient la chance de préparer le bac puis de faire des études à l'université ou dans les grandes écoles. Nom de Dieu ! Il y en a qui ont vraiment la vie facile. Même à Riipi, on en voyait se pavaner tout l'été avec leur casquette de bachelier sur la tête. Le pire, c'était le fils du pharmacien qui se mêlait de faire les foins sous prétexte d'apporter son aide au bon peuple. Il m'énervait tellement que je lui ai mis mon poing dans la figure. À l'époque, la filière académique n'attirait qu'un ramassis d'imbéciles, il suffisait qu'un père ait les moyens de mettre son fils à l'école et, après quelques années d'études, cet âne bâté devenait automatiquement un monsieur. Aussi facilement qu'on tire aujourd'hui de l'argent d'un distributeur. Et ces crânes d'œuf dirigeaient ensuite la nation, bordel ! Ils pouvaient passer des années à feuilleter des livres assis le cul sur une chaise et à faire la foire comme tous les étudiants et, quand ils obtenaient enfin un diplôme, ils avaient un gagne-pain assuré pour le restant de leurs jours, sans qu'on leur demande d'avoir de la cervelle ou de la poigne, rien !

Selon Rauno, la bourgeoisie finlandaise avait toujours été plus stupide que les gens ordinaires, et les universitaires encore plus. L'intelligence ne se commandait pas, mais ce qui était inadmissible, c'était d'être à la fois bête et arrogant. Les révoltes naissaient de là.

Eila lui fit remarquer qu'elle sortait de l'université.

L'industriel répliqua que, dans les années cinquante, elle n'aurait sans doute pas pu faire d'études, elle venait d'un milieu modeste. Il avait d'ailleurs élaboré une théorie sur l'imbécillité des milieux d'affaires finlandais : toute famille riche compte quatre générations — l'ancêtre fondateur, d'abord, qui retrousse ses manches et ouvre une première usine. Son fils l'agrandit et devient un gros patron, tandis que son héritier se voit conférer le titre de conseiller aux mines et se met à boire. L'arrière-petit-fils est déjà si pourri par l'argent et le pouvoir qu'il laisse tout aller à vau-l'eau, perd une immense fortune, succombe à des maladies infectieuses ou mentales et finit par se tirer une balle dans la tête, pauvre comme Job. Le même processus était à l'œuvre au sein des élites culturelles, tout particulièrement en Finlande. Lors du réveil de l'identité nationale, dans la seconde moitié du XIXᵉ siècle, on avait vu naître une intelligentsia locale, Kivi, Snellman, Lönnrot et les autres, auxquels on pouvait aussi associer l'âge d'or de la peinture. Sibelius entrait encore, ric-rac, dans cette première génération d'intellectuels.

Haussant le ton, Rauno Rämekorpi beugla que la deuxième génération de penseurs était celle du début du siècle dernier, grâce à qui on avait obtenu le droit de vote et l'indépendance. Le progrès avait été stoppé net par la guerre civile. Les années trente avaient été dominées par les réactionnaires, avec le mouvement de Lapua et autres idioties, suivies après la Seconde Guerre mondiale par une nouvelle vague de crétinisme. Résultat, aujourd'hui, les descendants de ces débiles avaient envahi le pays et vantaient en mauvais anglo-américain l'excellence de la culture universitaire…

L'industriel fit pour la peine la démonstration de

son anglais. C'était assez atroce à entendre. Il baragouina que c'étaient toujours les plus demeurés qui se répandaient sur la mission civilisatrice de l'université et se vautraient dans leur supériorité académique. En oubliant un peu vite qui payait leurs études : le commun des mortels.

Rauno : *The common people*, nom d'un chien !

Au souvenir de sa jeunesse, il laissa éclater sa colère. C'était dans les communes du nord du pays qu'avaient été instaurées en premier les neuf années d'école gratuite et obligatoire qui avaient enfin permis à tous de s'instruire, quels que soient leurs revenus. Et ses enfants avaient pu user leurs fonds de culotte sur les mêmes bancs que les gosses de médecin et d'ingénieur forestier.

Rauno : Je me rappelle un blanc-bec de la Direction des affaires scolaires, à un séminaire, à Oulu, qui s'insurgeait contre ce nouveau système en rabâchant que rien ne remplacerait jamais le lycée. Je me demande où cette andouille éclaire maintenant le monde de sa pensée, s'il n'est pas mort et enterré dans un cimetière réservé aux seuls universitaires.

Dans son emportement, le conseiller à l'industrie serra si fort la cuisse d'Eila qu'il y laissa des marques de doigt écarlates. Elle sauta du canapé et lissa sa jupe, puis se pencha soudain pour prendre une cuillerée de caviar. Elle fit signe à son invité de la suivre dans sa chambre. Tiens, tiens ! nota-t-il, un lit à deux places, chez une célibataire. À son pied se trouvait un petit banc supportant un aquarium. Eila éparpilla les œufs d'esturgeon à la surface de l'eau et bientôt dix tortues émergèrent pour s'en régaler. Rauno s'étonna qu'on puisse vivre avec de pareilles bestioles à son chevet.

La directrice des relations publiques de la société Rämekorpi expliqua qu'elle aimait se relaxer, couchée sur le dos, en les regardant nager dans leur bocal… les petits animaux s'ébattaient en bonne entente, c'étaient à leur manière des hommes du monde.

Eila : Profitez de ce mets de roi, mes chéris ! Ils ont l'air d'apprécier ton cadeau, Rauno… ces polissons sont un peu mes enfants, je les observe, quand je me couche seule après une longue journée de travail. Ils vivent plus vieux que toi ou moi.

Le conseiller Rämekorpi en conclut que l'heure n'était plus à la controverse sur les mérites de l'université. Il culbuta la directrice des relations publiques sur son grand lit et se mit à la peloter.

Eila : Enlève d'abord ta queue-de-pie, et laisse-moi le temps de passer dans la salle de bains.

Au lit, Rauno remarqua sur le ventre d'Eila une tache de naissance de la taille d'une pièce de dix centimes, placée à cinq centimètres de son nombril à quatre heures trente environ, autrement dit au sud-est si l'on prenait la tête pour nord. L'ensemble formé par l'ombilic et le nævus lui parut soudain étrangement familier.

Eila : Tu ne te rappelles pas ? Ce n'est pas la première fois que tu me vois nue.

Rauno : Euh… ça ne me revient pas.

Eila : Nous avons déjà fricoté ensemble, il y a six ans, après le cocktail d'inauguration de la nouvelle chaîne de montage. Tu avais tellement bu que ça ne m'étonne pas que tu aies perdu la mémoire. Les préliminaires étaient malgré tout prometteurs, merci, même si tu es plus efficace à l'usine qu'au lit. Mais c'est bien toi qui disais « entrepreneur un jour, entrepreneur toujours », ou quelque chose de ce genre.

Cette fois, Rauno Rämekorpi ne resta pas les yeux rivés sur le nombril d'Eila et mena l'entreprise à son terme. Dans le feu de l'action, le couple se rapprocha dangereusement de l'aquarium. Au moment d'atteindre le septième ciel, Eila se mit à donner de tels coups de pied qu'elle heurta le bocal qui se renversa et répandit son contenu sur le sol. Heureusement, la ligne d'arrivée avait été franchie, et en beauté, mais ce n'était pas le moment de rester à reprendre son souffle car le plancher était inondé et les tortues paniquées couraient en tous sens.

Encore haletant, Rauno Rämekorpi saisit son téléphone portable pour appeler au secours le chauffeur de taxi Seppo Sorjonen qui l'attendait dans la rue.

Rauno : Catastrophe, dégât des eaux ! On a des tortues qui cavalent dans tout l'appartement ! Monte tout de suite, deuxième étage, je t'ouvre la porte du hall.

Aidé de son chauffeur, l'industriel en costume d'Adam se hâta d'éponger le parquet de la chambre. Eila se drapa dans un peignoir et se lança à la poursuite des fugitifs, munie d'une casserole à pommes de terre qu'elle avait pris soin de remplir d'un litre d'eau. Dès qu'elle en tenait un, elle le laissait tomber dans le récipient et repartait en chasse. Bientôt toutes les tortues furent en lieu sûr et le sol nettoyé. L'aquarium, en plastique, était intact.

Sorjonen : Je suis Sorjonen, le chauffeur du conseiller Rämekorpi.

Eila : Ce monsieur a glissé en allant prendre un bain, il a renversé l'aquarium. Il se fait vieux et il a des crampes. Ses membres sont plus raides les uns que les autres.

Sorjonen : Nous vieillissons tous un jour, sauf à mourir avant.

Rauno Rämekorpi se rhabilla. Sorjonen l'aida à passer sa queue-de-pie, puis ils se préparèrent à prendre congé. Eila leur demanda cependant encore de lui trouver du sel de mer, car elle n'en avait plus. Les tortues, qui étaient des animaux marins, avaient besoin pour nager d'une eau légèrement salée.

Mais où diable trouver du sel de mer à cette heure ? Ni les stations-service ni les kiosques à journaux n'en vendaient, a priori. Inutile d'essayer. Il ne restait plus qu'à frapper aux portes pour tenter d'en emprunter. Les voisins accueillirent avec un certain étonnement les deux quémandeurs, dont le plus âgé était vêtu d'un habit et le plus jeune d'une casquette de chauffeur. Heureusement, la chance leur sourit dès leur troisième coup de sonnette et Eila, qui s'était entre-temps habillée et discrètement maquillée, put préparer à ses chères tortues une eau de mer à leur convenance. Sorjonen s'en fut.

La directrice des relations publiques versa trois cents grammes de sel dans de l'eau tiède prise au robinet de la cuisine. En attendant qu'il fonde, elle souleva le couvercle de la casserole à pommes de terre pour parler à ses animaux.

Eila : Pauvres petits chéris de maman. C'est bien,

soyez sages, Heikki, Jere, Mara, Sakke, Jalmari, Rauno… Tu as vu ? Tu as un homonyme qui nage là-dedans, il n'y a pas plus bagarreur et cabochard que lui… Allez, je vous enferme encore un peu, bisous, bisous. Votre maison sera bientôt prête.

Eila se rappela soudain qu'un journaliste de TV-matin avait téléphoné, il voulait interroger Rauno Rämekorpi sur les perspectives conjoncturelles de l'industrie métallurgique.

L'intéressé beugla qu'il ne mettrait jamais les pieds dans les studios de Pasila.

Rauno : Je me rappelle, dans les années soixante, une fois que j'étais à Kuusamo pour le championnat de ski de Ruka, c'était une célébrité de l'époque, Anssi Kukkonen, qui le commentait à la télé. Il y avait une meute de gens qui lui collaient aux basques pour lui réclamer des autographes. C'est là que j'ai décidé que jamais cet instrument ne me réduirait en esclavage. Imagine un peu, on vénérait Anssi comme un dieu !

Rauno Rämekorpi respira un grand coup. Puis il grommela que, même à la radio, on vous abreuvait de sports cinq minutes par heure, les journalistes débitaient du matin au soir à intervalles réguliers d'assommants résultats de base-ball. Dès qu'on allumait le poste, impossible d'y échapper, on vous en farcissait la tête de force. C'était du gavage pur et simple, et en plus les sportifs étaient des criminels. Ils se dopaient à qui mieux mieux et escroquaient les sociétés de paris. Les pistes de ski étaient peuplées d'un ramassis de bons à rien.

Sa diatribe terminée, l'industriel revint au sujet du jour.

Rauno : Ce n'est donc pas la première fois que nous nous frottons le lard ?

Eila : Ni la dernière, tu peux me croire.

Rauno hésitait : ne devrait-il pas augmenter le salaire de sa directrice des relations publiques, maintenant qu'ils étaient intimes ?

Dans son for intérieur, Eila songea qu'elle avait devant elle un bel exemple de patron finlandais, prêt à tripoter ses subordonnées à la moindre occasion. Le pelotage était une pratique universelle, mais le PDG de la société Rämekorpi ne s'en tenait pas là. Elle aurait eu envie de lui dire son fait, si elle n'avait craint de perdre sa place. En même temps, pourquoi ne pas coucher avec son patron, le frisson était le même qu'avec n'importe qui d'autre, mais le vieux en prendrait pour son grade dans sa prochaine biographie, s'il atteignait ses soixante-dix ans. Un porc est un porc.

Rauno : Je crois qu'il est temps que j'aille distribuer le reste de ces fleurs.

C'est ainsi que le conseiller Rämekorpi reprit le taxi de Sorjonen avec sous le bras quelques exemplaires de l'ouvrage commémoratif *Du bois au métal — parcours d'un battant.*

4

Tuula

En grimpant sur le siège avant du monospace, Rauno Rämekorpi soupira : « Quelle aventure ! Et il faudrait que j'aille demain matin à Pasila exposer à la télé mes vues sur l'avenir de la métallurgie. »

Son téléphone portable sonna, c'était Tuula, une employée de bureau de l'usine de Tikkurila. Le conseiller à l'industrie se souvenait très bien d'elle. Une sympathique jeune femme âgée de trente ans à peine.

Tuula : Félicitations pour ta belle promotion ! J'ai une méga-surprise pour toi. Un super-cadeau d'anniversaire.

Direction Töölö, donc, rue d'Arcadie, où Tuula Virtanen habitait un logement de fonction, un petit studio appartenant à la société Rämekorpi. Une brassée de fleurs, une bouteille de champagne et en route !

Sorjonen prévint son client qu'il passerait voir sa propre petite amie pendant que celui-ci irait voir quelle méga-nouvelle son employée avait à lui annoncer. Il aurait bien aimé lui aussi offrir des fleurs à Eeva — sa compagne, donc. Qu'à cela ne tienne, la voiture en était pleine ! Le chauffeur choisit un bouquet d'œillets provenant de la Fédération du commerce extérieur de Finlande.

Le studio de Tuula Virtanen avait tout d'un délicieux boudoir : des rideaux roses aux fenêtres, un épais tapis de laine rouge sur le sol, une alcôve avec un grand lit recouvert d'un jeté de soie, une lanterne en fer forgé rouge suspendue au plafond de la kitchenette, un tintinnabulant lustre de cristal dans le séjour et, dans l'entrée, une vitrine à jades chinoise faisant office de porte-chapeaux. Même le salon de la mère de Tarja n'était sûrement pas aussi ravissant, songea Rauno Rämekorpi. Tout était d'un kitsch incroyable, mais le décor avait son charme, résolument naïf.

Le bouquet de roses du Syndicat des métallurgistes s'harmonisait parfaitement avec l'ensemble. La bouteille de champagne trouva naturellement sa place sur une table ronde en verre, devant le canapé de velours adossé à une tapisserie sur laquelle des biches se désaltéraient à une source turquoise. Le plus adorable des meubles se trouvait dans un coin du séjour : un berceau en bambou surmonté d'un dais de tulle clair. Il s'en échappait le joyeux babil d'un bébé. Près de l'alcôve, un élégant chat blanc dormait, couché en rond sur le moelleux coussin d'une chaise bistro. Il leva un regard ensommeillé sur l'arrivant et, quand celui-ci le caressa, se mit à ronronner. C'était une femelle, Missukka, précisa Tuula. Impossible, jugea en lui-même Rauno Rämekorpi, de polluer l'atmosphère de ce nid douillet en allumant une North State.

Il était temps d'entendre la grande nouvelle.

Tuula : Il faudrait trouver un nom pour la petite. Savoir si on la baptise Päivi, Suvi, Irmeli… je pencherais pour Irmeli.

L'industriel, bien que flatté, s'étonna qu'on lui demande son avis sur le prénom de l'enfant.

Tuula : C'est parce que ça te concerne directement, si on peut dire.

Rauno Rämekorpi avait du mal à comprendre, son cerveau n'y suffisait pas. Mais c'était un beau bébé, il le prit dans ses bras.

Rauno : Je croyais que tu vivais seule, enfin je veux dire que tu n'étais pas mariée, ni même fiancée. Joli poupon.

Tuula : C'est toi le père, Rauno Rämekorpi. Félicitations. C'est ce qui arrive, quand on couche.

Le conseiller à l'industrie reposa le bébé dans son berceau. Il lui fallut un moment pour bien saisir ce qu'il venait d'entendre.

Tuula lui tendit un verre plein. Il en avait besoin.

Il aurait aimé savoir comment c'était possible. Il se rappelait bien être venu un certain nombre de fois dans cet appartement et avoir partagé le grand lit de l'alcôve avec Tuula, mais ce n'avait jamais été dans le but de faire un enfant. Il était marié, menait une vie relativement rangée et avait fêté ses soixante ans le jour même. C'était de la folie, de s'imaginer père sur ses vieux jours.

Tuula : L'enfant se porte bien, en tout cas, comme tu peux le constater. Tu mérites des applaudissements, si on peut dire.

Rauno Rämekorpi retourna regarder le bébé. À

première vue, on ne pouvait pas dire qu'il lui ressemblait beaucoup. Comment Tuula Virtanen expliquait-elle cette naissance ? Elle s'était arrangée pour tomber enceinte, en secret et sans en avertir le père. Pourquoi ? Il se demandait même si la petite était vraiment de lui. Comment pouvait-on faire un enfant à n'importe qui, quand bien même il s'agirait de votre patron !

Tuula : Tu as des gènes de bonne qualité, tu es intelligent et tu es sacrément riche, surtout. Je me suis renseignée en détail sur toi. Ça fait près de trois ans que je travaille sur ce projet.

La jeune femme expliqua qu'elle avait envisagé de se marier avec un homme de son âge, mais y avait renoncé après avoir rencontré Rauno, dont elle était même tombée un peu amoureuse. Elle avait ensuite minutieusement enquêté sur lui. Elle n'avait pas eu beaucoup de mal, on trouvait facilement dans les bureaux de la société Rämekorpi des informations sur son PDG. Il avait de toute évidence l'étoffe d'un bon père : son quotient intellectuel avoisinait 170, ses analyses sanguines étaient correctes, même l'état de son foie était encore satisfaisant, vu son âge, et son cœur était solide — Tuula avait déniché tous ces renseignements en lisant en secret le dossier médical de son employeur. Sa maîtrise des langues étrangères laissait à désirer, mais il disposait de tous les interprètes nécessaires et, s'ils partaient un jour en voyage ensemble à l'étranger, elle pourrait, en parfaite polyglotte, se charger de communiquer avec les gens et de régler tout problème éventuel. Aucun souci, donc ! Tuula se flattait d'être une mère idéale pour l'enfant de Rauno : elle était intelligente, en bonne santé, équilibrée et attentionnée. Il n'avait aucune raison de regretter cette naissance, ni surtout de faire du scandale, bien qu'elle eût sans doute dû, dans un sens, tenir compte de l'opinion du futur père sur la question.

Tuula : J'ai longuement réfléchi, si on peut dire, mais au bout du compte, il m'a paru plus prudent de ne pas t'en parler.

La jeune femme avait eu peur que l'industriel refuse de lui faire un enfant. Tout son travail préparatoire aurait alors été vain. Elle souligna que Rauno Rämekorpi s'était toujours comporté envers elle en véritable gentleman et avait même déclaré être amoureux d'elle, sans qu'elle sache trop s'il fallait prendre ces propos au sérieux, venant d'un vieux bouc comme lui. Sur ce point, souvent homme varie, et elle avait donc préféré prendre seule cette décision capitale, puis voir ce qu'il adviendrait. L'enfant était maintenant né et tout allait pour le mieux. Son plan s'était réalisé jusque dans les moindres détails, seule l'attitude du père restait à vérifier.

Rauno Rämekorpi s'inquiéta de savoir comment sa femme réagirait à cette embrouille. Tuula avait-elle oublié qu'il était honorablement marié ? Il avait une épouse et une belle maison et n'entendait absolument pas divorcer.

Tuula ne voyait pas où était le problème. Elle s'était renseignée sur les liens matrimoniaux du futur père de son enfant et avait conclu qu'il ne s'agissait que d'une union de pure forme. Elle ne pensait pas qu'un gamin de plus puisse compromettre le mariage de Rauno, d'autant plus qu'à aucun moment on n'informerait son épouse de la situation. Grâce à ses revenus de PDG, il n'aurait en outre aucun mal à prendre soin de sa nouvelle famille, il n'avait pas moindre problème financier. Subvenir aux besoins d'un nourrisson et de sa mère ne réduirait en rien son train de vie habituel.

Rauno : Comment peux-tu être aussi cynique ? Tu n'es qu'une garce !

Tuula : Dans le monde des affaires, le calcul — ou la prévoyance, si tu préfères — est considéré comme un réel atout. Un signe de compétence, si on peut dire. Je suis exactement comme toi, sur ce plan.

Pour Rauno Rämekorpi, il ne s'agissait pas de compétence mais d'impudence. Un homme ne peut pas savoir si une femme utilise un contraceptif ou laisse la nature faire son œuvre. Selon lui, Tuula s'était comportée comme une femelle en chaleur en le rendant père sans lui demander son autorisation. En général, la décision de faire un enfant se prenait à deux, et d'un commun accord.

L'industriel ajouta que, s'il avait su ce que Tuula mijotait, il aurait à coup sûr gardé son pantalon.

Tuula : Tu es toujours venu de ton plein gré, et tu m'as chaque fois ôté ma culotte de tes mains. Ne l'oublie pas, chéri, et réjouis-toi plutôt de ce cadeau d'anniversaire, si on peut dire. J'élèverai la petite comme ta digne héritière, crois-moi.

Tuula montra à Rauno Rämekorpi le dossier médical de sa grossesse : elle n'avait eu aucun problème de santé, s'était abstenue de boire et de fumer et avait fait de la gymnastique pour se préparer à l'accouchement. Les certificats étaient là. Depuis la naissance du bébé, elle avait soigneusement conservé les papiers du centre de protection maternelle et infantile : le père n'avait pas à s'inquiéter, tout le projet avait été mené de bout en bout avec ordre et méthode, dans le but d'obtenir le meilleur résultat possible. Elle avait même une cassette vidéo d'une demi-heure de l'accouchement, qu'elle glissa dans le magnétoscope.

En proie à des sentiments partagés, Rauno assista à l'événement qui l'avait rendu père. Sur l'écran, la douleur et le bonheur alternaient sur le visage en sueur de Tuula. Le médecin avait l'air compétent et faisait son travail, puis une voix annonça que tout s'était bien passé. C'était une fille, en parfaite santé. La bande se terminait par une vue de la chambre d'hôpital où la jeune mère comblée donnait le sein à un bébé adorablement rouge et ridé. Avec des roses dans un vase, bien sûr.

Tuula fit remarquer à Rauno qu'il avait de la chance de pouvoir suivre l'accouchement sans subir en direct les gémissements et les épanchements de matières peu ragoûtantes qu'impliquait inévitablement la naissance d'un être humain.

Tuula : Je voulais que tu puisses quand même participer un peu à la mise au monde de ce bébé, si on peut dire, vu que de nos jours presque tous les pères sont présents. Astucieux, non ?

Rauno Rämekorpi concéda que le spectacle lui avait fait forte impression. De son temps, on ne laissait pas les maris assister aux naissances, les sages-femmes les chassaient sans appel vers le bar le plus proche, leur intimant d'y attendre l'annonce de l'heureux événement.

L'industriel repensa aux histoires d'amour de sa jeunesse. Ç'avait été une période d'intense frustration sexuelle. Les filles n'étaient certes pas indifférentes, on parvenait, après bien des efforts, à les emmener se promener bras dessus, bras dessous, et, au comble de la passion, il avait même parfois réussi à poser un baiser sur une bouche ou, dans le meilleur des cas, à glisser une main dans une culotte, mais à ce stade il s'était toujours heurté à une opposition farouche. Impossible d'aller plus loin sans violence, ce qu'aucun homme bien ne peut faire, si excité soit-il.

S'il en croyait son expérience, rien sur cette terre ne tombait jamais bien, ni le moment, ni le lieu, ni l'argent, ni l'amour.

Quand il était jeune, les filles exigeaient pour consentir à des relations plus intimes des fiançailles et des épousailles en bonne et due forme. Il fallait patienter, se présenter aux futurs beaux-parents, acheter une bague et se ranger, mais comment un vagabond dans l'âme aurait-il pu s'y résoudre ? Rauno Rämekorpi calcula que s'il avait pris au sérieux toutes ces exigences de mariage, il aurait dû aller au moins dix fois à l'autel avant même d'avoir atteint sa majorité. C'est à ce moment-là qu'il avait finalement cédé à ses désirs et convolé en justes noces. Cette union avait vite tourné au fiasco, après quand même la naissance de deux garçons, lui laissant en souvenir une expérience de première main du corps pulpeux et de l'esprit retors des femmes. Tous deux fascinants à découvrir, surtout le premier, auquel il repensait encore tous les jours, à l'âge de soixante ans.

Rauno : Maintenant, ce sont elles qui vous sautent dessus… et plus personne ne vous oblige à vous marier, mais ça n'empêche apparemment pas de faire des enfants à tour de bras.

Le conseiller à l'industrie soupira amèrement que c'était quarante ans plus tôt qu'il aurait eu besoin d'un tel déferlement de sensualité. En y repensant, il y avait de quoi pleurer. Ce n'était qu'à la fin des années soixante que la situation avait évolué : les femmes, profitant des nouveaux moyens de contraception, s'étaient non seulement émancipées mais avaient aussi libéré les hommes qui s'intéressaient à elles. Mais à l'époque il était marié et n'avait pas vraiment osé prendre en marche le train du libertinage — la fidélité était malgré tout pour lui une valeur fondamentale. Il n'avait donc pas remis à l'heure les pendules de sa jeunesse, et ce n'était qu'après son divorce qu'il avait pu croquer sa part du gros gâteau de l'érotisme. C'était déjà ça.

Tuula : Arrête de ressasser ces vieilles histoires et viens par là. Tout va bien, pour nous.

Elle ôta le couvre-pieds du grand lit de l'alcôve et attira l'industriel dans les plumes. La queue-de-pie sur un cintre, le caleçon par terre ! Rauno Rämekorpi venait à peine de s'atteler à la besogne maintenant bien rodée qu'il fut soudain frappé par une pensée glaçante : et si Tuula se retrouvait à nouveau enceinte ?

Missukka, la jolie chatte blanche, s'était levée

de son coussin pour sauter sur le lit où le couple s'ébattait joyeusement. Elle se mit en tête de planter ses griffes dans le derrière de Rauno Rämekorpi qui allait et venait sous ses yeux, et surtout dans les bourses poilues qui se balançaient en cadence entre ses cuisses. Qui sait si l'animal, poussé par son instinct, ne s'imaginait pas qu'il y avait là deux souris velues à attraper d'un coup ?

Rauno : Chasse tout de suite cette sale bête de là. Elle va m'arracher les couilles !

Tuula : Ne dis pas de bêtises, elle a juste envie de jouer, elle ne te veut aucun mal.

Rauno Rämekorpi grogna qu'il ne pouvait pas continuer dans ces conditions.

Tuula : Arrête de bavasser, ça casse l'ambiance.

Rauno : Vire-moi tout de suite cette cinglée de chatte ou je la jette dans la rue par la queue.

Tuula : Tais-toi, maintenant, au lieu de radoter, je vais jouir.

Rauno Rämekorpi abandonna le grand lit, prit l'animal par la peau du cou, sortit avec lui sur le balcon. Il lui lança un regard noir et alluma une North State. La chatte, qui ne comprenait visiblement pas ce qu'elle avait pu faire de mal, sauta dans ses bras nus et se mit à ronronner. Sa cigarette terminée, l'industriel s'examina le sexe et constata qu'il n'avait que des griffures légères. Il enferma la coupable sur le balcon et retourna à l'exercice interrompu. Cette fois, l'affaire fut rondement menée et, quand elle se fut conclue à la satisfaction générale, Tuula laissa rentrer Missukka et alla prendre une douche.

Rauno Rämekorpi alluma une nouvelle cigarette

et jeta un coup d'œil au berceau où le bébé dormait à poings fermés. Quel joli poupon ! En y songeant à tête reposée, le coup d'éclat de Tuula n'avait rien de déplaisant. La petiote deviendrait sûrement une adorable gamine, puis une jeune fille et une épouse aimante pour on ne sait quel chenapan et, quand son vieux père reposerait depuis déjà des années dans les profondeurs du cimetière forestier d'Espoo, elle mettrait peut-être elle-même au monde un enfant, voire plusieurs. La lignée des Rämekorpi se perpétuerait jusqu'au crépuscule d'un lointain avenir. Il y avait là matière à réflexion pour un sexagénaire entreprenant, et ces pensées réchauffaient l'âme du héros du jour.

De la salle de bains parvenait le murmure régulier de la douche. Tuula était sans conteste une femme soignée, et qui plus est séduisante. Comment un vieux schnock comme lui pouvait-il lui plaire ?

Planté nu au milieu du studio, le conseiller à l'industrie se fit la réflexion que, dans cette pièce de théâtre, tout semblait avoir été prévu dans les moindres détails, le texte peaufiné jusqu'à la dernière virgule, les répliques apprises par cœur. Parfait à faire peur. Était-ce bien normal ? Combien de mères, dans la vraie vie, planifiaient-elles la naissance d'un enfant de l'amour avec une aussi froide détermination que Tuula ? Rauno Rämekorpi commençait à nourrir le noir soupçon qu'elle n'était peut-être pas l'unique instigatrice de ce complot.

Il examina la penderie, et bingo ! Sur les étagères, il n'y avait pas seulement des parures féminines, mais aussi quelques piles de sous-vêtements masculins.

Des caleçons, des chaussettes de tennis, deux chemises, un maillot de bain. Nom de Dieu ! Une vague de jalousie submergea le conseiller à l'industrie. Il repoussa les caleçons dans l'armoire. Si leur propriétaire avait été présent, il aurait pris son poing dans la figure.

Rauno repassa en accéléré la vidéo de l'accouchement, dans l'espoir d'y trouver la confirmation des incoercibles doutes qui lui venaient à l'esprit. Soudain, à la fin de la bande, il aperçut une image fugitive : à la maternité, une élégante main masculine disposait des roses dans le vase de la table de nuit et effleurait au passage les cheveux de l'heureuse accouchée. Tiens donc ! Il n'avait pas remarqué tout à l'heure cette scène qui ne durait qu'une seconde, mais elle avait dû malgré tout s'imprimer dans son subconscient : un autre homme avait plus ou moins participé à la mise au monde de l'enfant.

Ce dernier, réveillé, se mit à pleurer. Rauno s'éloigna d'un bond de l'écran et prit le bébé dans ses bras velus. Mais que faire ? Tuula était encore sous la douche, on entendait l'eau couler. Le poupon braillait maintenant à pleins poumons. Fallait-il le changer ? C'était en tout cas ce qu'on semblait faire dans les publicités. À moins qu'il n'ait faim ? L'industriel alla dans la kitchenette, le bébé hurlant dans les bras, et ouvrit la porte du réfrigérateur. Pas de biberon en vue. Il sentit sur lui quelque chose de mouillé. Voilà que cette sale gosse lui pissait dessus, gémit-il désemparé. Était-elle vraiment de lui ? Tout à l'heure, elle s'était montrée adorable, comme si elle avait été programmée pour accueillir son père, mais maintenant qu'ils étaient seuls tous les deux, elle révélait sa vraie nature. Rauno berça l'enfant mouillé comme il se rappelait avoir vu faire sa femme pour calmer leurs fils, dans les années soixante. Cette fois, le bébé lâcha un rot. Pas très féminin, mais les pleurs cessèrent. Heureusement, Tuula sortit de la salle de bains et prit la direction des opérations.

Avec naturel, elle changea le nourrisson et lui donna le sein. En regardant cette madone, Rauno songea que, même s'il y avait derrière toute cette histoire le projet retors de lui soutirer de l'argent, la mère et la fille étaient réellement charmantes et jouaient leur rôle avec brio.

Après s'être ablutionné dans la salle de bains et avoir revêtu sa queue-de-pie, le conseiller à l'industrie rembobina la vidéo de l'accouchement jusqu'à la vue où une main d'homme disposait des roses dans un vase et caressait les cheveux de Tuula.

Rauno : Qui est-ce, ce monsieur qu'on voit là ?

Tuula : Un collègue, sûrement, sans doute quelqu'un de ton usine de Tikkurila.

Elle avait rougi et ne disait visiblement pas la vérité.

L'industriel montra du doigt l'image arrêtée de la main effleurant les boucles de la jeune mère.

Rauno : Je connais cette paluche.

Tuula : Tu délires ! Comment veux-tu reconnaître comme ça n'importe quelle main qui traîne ?

Rauno répliqua d'un ton sec que ce n'était effectivement pas la pogne elle-même, mais la montre, à son poignet, qui ne lui était que trop familière. Un modèle de plongée exclusif, tape-à-l'œil, à boîtier métallique et cadran noir, dont le propriétaire ne faisait aucun doute.

Rauno : C'est Elger Rasmussen.

Le conseiller Rämekorpi était certain qu'il s'agissait bien de cet ingénieur glacial et maniéré qui, depuis des années, contrôlait à l'usine de Tikkurila les circuits d'eau pressurisée des cabines de bateau et en particulier le fonctionnement des douches et des WC. Au départ, c'était un sous-traitant danois qui avait fourni ces équipements à la société Rämekorpi, et le jeune expert envoyé pour l'occasion était — Dieu sait pourquoi — resté sur place une fois la livraison effectuée et la bonne marche des systèmes vérifiée.

Rauno Rämekorpi beugla que Tuula et Elger l'avaient fait cocu. Pour une méga-surprise, c'était une méga-surprise. Ce n'est pas tous les jours qu'un homme reçoit un cadeau d'anniversaire aussi empoisonné.

Tuula Virtanen recoucha sa fille dans son berceau et éclata en sanglots. Elle pleura un long moment, anéantie. Le bébé se mit lui aussi à crier tandis que la chatte, le poil hérissé, bondissait tel un ballon d'un bout à l'autre du studio. Rauno se versa un verre de champagne qu'il vida comme un assoiffé engloutit une bière. Une fois un peu calmé, il en tendit une coupe à Tuula, qui la saisit d'une main tremblante. Elle semblait soudain pitoyable et sans force.

Embarrassé, Rauno Rämekorpi se racla la gorge et alluma une nouvelle cigarette. Il tenta machinalement de faire des ronds de fumée, mais sans succès. Quand il s'en forme à l'improviste, ça porte bonheur, d'après de vieilles croyances, mais là, ce n'était pas le hasard qui était à l'œuvre, et l'essai resta vain ; un épais rideau de fumée s'amassa entre les êtres qui se trouvaient dans la petite pièce.

Tuula Virtanen avoua d'un ton las qu'il y avait bien un autre homme, elle vivait depuis plusieurs années avec l'ingénieur danois en question. Ils avaient essayé de faire un enfant ensemble, mais, malgré tous leurs efforts, ça n'avait pas marché. S'ils avaient eu un bébé, ils se seraient mariés et auraient fondé une vraie famille, mais rien à faire. Les examens médicaux avaient révélé que le sperme d'Elger était de si mauvaise qualité qu'il était infécond. Les Danois se distinguaient par la plus faible production de spermatozoïdes du monde, l'infertilité était chez eux un problème courant. On n'y pouvait rien. Ils étaient beaux et virils, mais quel intérêt, si leurs performances étaient aussi lamentables ? Le sperme des Finlandais, en revanche, était de premier choix. Tuula et Elger s'étaient donc résolus à recourir à la procréation assistée, car du côté de la jeune femme, rien ne clochait.

Tuula : En classant des papiers d'assurance sociale, à la comptabilité, je suis tombée sur ton dossier, on s'est toutes bien amusées à le lire, au bureau — quelle force de la nature, notre patron, quand même !

Tuula avait discuté avec Elger du patrimoine génétique de Rauno Rämekorpi et d'autres détails relatifs à sa santé. Ils avaient finalement décidé qu'elle s'arrangerait pour tomber enceinte de lui.

Le conseiller à l'industrie demanda s'il y avait à boire dans le réfrigérateur, il avait la bouche sèche, un peu d'eau minérale lui ferait du bien. Tuula répondit qu'elle n'en avait pas, mais il alla quand même vérifier, et trouva non seulement ce qu'il cherchait, mais aussi une photo encadrée de l'ingénieur Elger Rasmussen, cachée derrière la cloche à fromage.

Sans réfléchir une seconde, Rauno Rämekorpi claqua la porte du frigo et enserra ce dernier de ses bras. Il avait la force d'un ours et la hargne d'un glouton, face auxquelles cent kilos de ferraille ne pesaient pas lourd. Il arracha le câble électrique du mur et porta tête baissée l'appareil ménager sur le balcon, où il le lâcha sur le sol dans un cliquetis d'objets entrechoqués.

En se dirigeant vers la sortie, il mugit qu'il n'était pas du genre à jouer les taureaux reproducteurs. Surtout pour un foutriquet de Danois.

Tuula déclara d'un ton sec que Rauno Rämekorpi n'avait pas le choix, il était père et devrait s'y faire, et que, patron ou pas, il n'avait pas le droit de venir tout casser chez elle. On n'attentait pas à l'honneur d'une femme, mieux valait pour lui qu'il fiche le camp.

En descendant l'escalier pour rejoindre le taxi de Sorjonen, le conseiller Rämekorpi songea que Tuula lui avait vraiment fait un sacré cadeau d'anniversaire, un être humain en chair et en os, heureusement tout mignon et plein de vie.

Restait à régler le cas de l'ingénieur danois et à présenter des excuses à Tuula. Au fond de lui, Rauno Rämekorpi ne tenait pas à apparaître comme un taureau mugissant.

Sorjonen avait pris soin d'équiper sa voiture d'un sac isotherme et de glaçons, car les bouteilles de champagne avaient besoin d'être rafraîchies. Le conseiller à l'industrie lui annonça la nouvelle de sa paternité. Cet événement sensationnel, aux yeux du chauffeur, nécessitait lui aussi de la glace.

5

Sonja

L'esprit en ébullition, Rauno Rämekorpi décida de boire à son nouveau statut de père. Il avait la gorge sèche. Il s'était certes régalé de champagne toute la journée en l'honneur de son soixantième anniversaire et avait, en distribuant ses fleurs, trinqué à la santé de quelques femmes, mais tout cela était resté fort raisonnable. La naissance de sa fille exigeait à son avis des mesures plus radicales.

Il n'avait pas, pour l'heure, très envie de fêter l'événement avec Tuula, et la compagnie de son épouse Annikki ne semblait pas non plus particulièrement appropriée dans ce contexte. Quant à Sorjonen, son travail lui interdisait de lever le coude.

Mais avant de faire un tour dans les vignes du Seigneur, il fallait d'une manière ou d'une autre remettre en place le réfrigérateur de Tuula. Que ne fait-on pas sous le coup de la colère ! Rauno Rämekorpi demanda à Sorjonen de l'attendre pendant qu'il remontait voir un instant le bébé.

Tuula ouvrit la porte, le visage gonflé de larmes. Sans un mot, l'industriel alla droit au balcon et enserra le frigo dans l'étau de ses bras. Mais sa fureur avait eu le temps de retomber, la force de ses pattes d'ours n'était plus animée par la férocité du glouton enragé. Ses paumes dérapèrent sur les parois lisses, l'appareil ménager refusa de bouger d'un pouce, Rauno dut se rendre à l'évidence, jamais il ne parviendrait à le coltiner jusqu'à la kitchenette. Piteuse situation. Tuula tenta de se rendre utile, mais ses sanglots l'avaient épuisée. Il ne restait plus qu'à appeler Seppo Sorjonen à la rescousse.

À deux, les hommes traînèrent le lourd réfrigérateur dans l'appartement. Aussitôt rebranché, l'appareil se mit à ronronner et à refabriquer du froid.

Rauno Rämekorpi nota que Tuula avait eu le temps de sortir le portrait d'Elger Rasmussen de sa cachette. Tant mieux. Il avait trouvé grotesque le spectacle de son visage bouffi d'orgueil tapi derrière les petits pots pour bébé. La jeune femme expliqua qu'elle l'avait jeté à la poubelle, et les affaires de l'ingénieur qui se trouvaient dans la penderie avaient pris le même chemin.

Rauno Rämekorpi présenta sa fille à Seppo Sorjonen. Celui-ci se pencha sur le berceau et déclara que c'était un beau poupon.

«Elle ressemble un peu à son père», fit remarquer Tuula à travers ses sanglots.

En partant, les deux hommes descendirent la poubelle. Adieu la photo et les caleçons d'Elger! Mais Rauno voulait maintenant sérieusement s'atteler à boire. Il savait même où trouver pour l'occasion de la compagnie féminine.

Le conseiller à l'industrie appela une vieille amie

journaliste, Sonja, qui l'avait souvent interviewé. Elle avait dépassé la soixantaine et ne travaillait plus qu'à son compte, autrement dit en free-lance. Elle était en réalité si ravagée par l'alcool qu'elle était incapable de collaborer à plein temps avec quelque rédaction que ce soit. Elle écrivait dans un certain nombre de revues, faisait des portraits de célébrités et partait de temps à autre en reportage. Elle avait aussi publié plusieurs papiers sur la société Rämekorpi, dans la presse économique ou dans de grands hebdomadaires d'information, mais avait malgré tout pour principaux clients des magazines féminins.

Sonja fut ravie d'entendre la voix du conseiller à l'industrie, au moment même où elle avait presque abandonné tout espoir de trouver quelqu'un avec qui boire un verre ce soir-là. Elle était à court d'argent comme toujours. Une chance que son riche copain Rauno se souvienne encore d'elle ! La journaliste l'invita à passer chez elle rue Robert. Elle savait qu'il venait de fêter ses soixante ans. Il fallait arroser ça ! Le conseiller à l'industrie et son champagne étaient les bienvenus.

Sorjonen annonça son intention de faire un saut chez lui à Lauttasaari. Rauno pouvait l'appeler à toute heure sur son portable, il était prêt à le rejoindre en un clin d'œil, au besoin, pour poursuivre la tournée. Celle-ci risquait à son avis de se prolonger toute la soirée. Le conseiller à l'industrie concéda que sa vie semblait pour l'instant placée sous le signe du mouvement.

Sonja Autere habitait un appartement spacieux dans un immeuble de la rue Robert, dans la petite montée succédant à la partie piétonne. Rauno Rämekorpi choisit une brassée de roses rouges qui lui avait été offerte plus tôt dans la journée par le vice-président de l'Union des industries, Huugo Rantapere. Escamotage de la carte de félicitations et bouteilles de champagne au frais dans le sac isotherme ! Au cinquième étage, la porte palière était déjà ouverte telle une invite. Sonja Autere attendait son visiteur drapée dans un peignoir. Elle n'avait pas eu le courage de s'habiller avec plus de recherche. Elle s'était cependant donné un rapide coup de peigne et avait eu le temps de mettre du rouge à lèvres. Un parfum d'eau de toilette planait autour d'elle. Sonja s'empressa d'aider Rauno Rämekorpi à ôter sa cape et de mettre au réfrigérateur la glace et les bouteilles, sauf une qu'elle ouvrit en chemin d'un geste sûr.

L'appartement était dans un état épouvantable. Le séjour était encombré de tout un bric-à-brac, caisses de bière vides, bouteilles, chaises éparpillées ici et là, coussins jonchant le sol. La porte de la chambre béait. Le lit était défait, un verre à vin sale traînait sur la table de chevet. Une assez parfaite illustration, l'un dans l'autre, du mode de vie d'une alcoolique mondaine de la capitale. Sans prendre la peine de s'excuser du désordre, Sonja emplit de champagne des godets qu'elle avait essuyés dans un pan de son peignoir.

Avec l'avidité d'un insatiable ivrogne frustré depuis trop longtemps, Sonja Autere porta son verre à ses lèvres et but, but telle une éponge desséchée tout le pétillant breuvage glacé qu'il contenait, puis soupira profondément, les yeux fermés — on aurait dit qu'elle ronronnait comme un chat sur le point de s'endormir. Rauno Rämekorpi s'empressa de la resservir, et la même scène se répéta.

Sonja : Mon Dieu, quelle soiffarde je fais !

Rauno opina : il n'était pas non plus très sobre, mais question descente, la vieille journaliste le battait à plate couture — où qu'elle aille, elle réclamait à boire, ne serait-ce que de la bière, et d'où qu'elle vienne, elle avait toujours un verre ou une bouteille à la main.

Ce n'était pas une critique, les journalistes helsinkiennes de l'âge de Sonja étaient pour la plupart déjà mortes depuis des lustres, tuées par l'alcool, ou marchaient sur une corde raide entre le caniveau et la gueule de bois. Rauno Rämekorpi se rappelait très bien comment, vingt ou trente ans plus tôt, les milieux économiques abreuvaient la presse à longueur de journée ou presque. Dans l'affaire, les responsables des relations publiques des entreprises, sans même parler de leurs dirigeants et autres habitués des notes de frais, s'étaient eux aussi imbibés et alcoolisés. Dans les années soixante-dix encore, il était tout à fait courant de commencer la journée de travail par quelques bières, de déjeuner ensuite dans un petit restaurant où l'on faisait semblant de grignoter quelque chose pour accompagner le vin et le cognac et enfin, le soir, de prendre une cuite carabinée en l'honneur d'une rude journée. Et le lendemain matin, direction le bureau, puant l'alcool et serrant dans sa main tremblante une première bouteille de bière. Les journalistes qui avaient participé avec enthousiasme à ces beuveries déguisées en activités de communication avaient sombré dans l'alcoolisme et beaucoup en étaient morts. Sonja était un pur produit de cette époque, une dame de fer que les jeunots d'aujourd'hui auraient été incapables, même à plusieurs, de faire rouler sous une table avant eux. Mais elle ne devrait pas tarder à faire un choix, achever de dissoudre ses derniers neurones dans l'alcool ou renoncer une bonne fois pour toutes à ce mode de vie destructeur.

Rauno Rämekorpi la regarda boire son champagne. Sonja Autere avait déjà plus de soixante ans, mais son corps était encore ferme et musclé, peut-être trouvait-elle le temps de faire du jogging dans ses périodes de sobriété. Jamais en tout cas elle ne s'abaisserait à pratiquer la marche nordique, et elle ne devait guère non plus slalomer sur les pistes de ski. La boisson n'avait marqué son visage que de quelques rides discrètes, sa peau était lisse et son allure énergique. Ses cheveux presque noirs lui descendaient sur les épaules, dont l'une était cachée par son peignoir et l'autre dénudée, à force de lever le coude.

Rauno Rämekorpi révéla à Sonja qu'il était devenu père. Il lui raconta, l'œil humide, comment il avait été abusé par une jeune femme. Un misérable ingénieur danois avait conçu avec elle un complot destiné à lui extorquer un enfant, et tous les ingrédients d'un drame à trois personnages étaient maintenant réunis. La journaliste concéda volontiers qu'à l'âge mûr, la naissance d'un bâtard n'était pas un événement tout à fait banal, et elle offrit à Rauno le réconfort de son épaule blanche. Elle était maintenant pleine d'entrain et, plutôt que de se lamenter sur le sort de son vieux camarade, elle le félicita vivement.

Sonja : C'est un don du ciel, accepte-le avec gratitude.

Rauno : Mettre un enfant au monde sans autorisation !

Sonja ne voyait guère que de bons côtés à la naissance de ce bébé. Rauno était riche, il pouvait subvenir sans mal à ses besoins, et ce n'était pas un ingénieur stérile qui pouvait mettre en scène un véritable drame. Il suffisait de le réexpédier au Danemark. Elle promit de s'arranger pour qu'il quitte rapidement le pays, elle avait des moyens à elle et trouverait bien un truc.

On ouvrit une deuxième bouteille. L'ambiance se détendit. Sonja, euphorique, tituba jusqu'au frigo pour chercher de quoi grignoter. Elle ne trouva rien de très excitant, à part deux ou trois bouts de fromage trop fait et, sur la paillasse de la cuisine, quelques biscuits salés en miettes et un paquet de biscottes de seigle. D'un geste las, elle les disposa sur la table. Elle aussi avait envie de parler et de se confier.

Sonja : C'est lamentable… tu me croirais, Rauno, si je te disais que je suis une vraie pochetronne ? Une alcoolique, je veux dire. Je bois depuis toujours. Ça fait plusieurs jours que je ne suis pas sortie de ce trou à rats, je n'ai pas fait de véritable repas depuis avant-hier, si je me souviens bien.

Ce n'était pas difficile à croire, tout dans l'appartement évoquait une vie perdue dans les brumes de l'alcool. Après avoir gémi sur sa propre misère,

Sonja se mit à envoyer des baisers à son invité avant de tout oublier pour sangloter vraiment. Rauno remplit à nouveau les verres et réussit à la calmer.

La journaliste fut bientôt prise d'un irrépressible besoin d'activité : elle saisit une caisse de bière vide qui traînait par terre et la jeta dans la cour par la fenêtre du séjour. L'objet s'écrasa cinq étages plus bas sur l'asphalte dans un craquement épouvantable. Sonja déclara qu'il était temps de faire le ménage, pour une fois qu'elle avait chez elle un authentique gentleman en queue-de-pie, son ancien amant, venu annoncer d'excellentes nouvelles — il avait une jeune et jolie maîtresse, un adorable bébé, et venait par-dessus le marché de fêter ses soixante ans et d'obtenir le titre de conseiller à l'industrie.

Sonja : Et que ça saute ! Il est grand temps de nettoyer ce taudis !

Ce n'est qu'à ce moment qu'elle se rendit compte qu'elle avait l'air plutôt négligé. Elle envoya valser son peignoir et remit de l'ordre dans sa longue chevelure. Rauno resta les yeux braqués sur son corps nu. Il avait beau bien le connaître, dans la pénombre de l'appartement, sous son regard brouillé par le champagne, il semblait somptueux. Le conseiller à l'industrie aurait aimé entraîner Sonja dans sa chambre, si elle ne s'était mis en tête de faire le ménage. Elle voulut prendre un tablier dans sa penderie, mais n'en trouva pas. Elle revint dans le séjour, traînant un aspirateur derrière elle. Rauno Rämekorpi ne put qu'ôter sa queue-de-pie et ses autres vêtements chic, si bien qu'ils se retrouvèrent nus tous les deux. L'industriel brancha l'appareil et entreprit de dépoussiérer le parquet.

L'appartement de Sonja Autere comptait quatre pièces. Rauno Rämekorpi décida de transformer provisoirement la plus petite des chambres en débarras. Quand il eut fini de passer l'aspirateur dans le séjour, il y porta tout le bric-à-brac qui traînait, chaises cassées, coussins éventrés, linge sale, planches de bibliothèque écroulées et romans de gare tachés de vin rouge. Il fut vite en sueur, mais, comme il s'était judicieusement déshabillé, il ne risquait pas de salir sa chemise à plastron blanche et son caleçon propre.

Le ménage se poursuivit dans la chambre et, Rauno Rämekorpi et Sonja Autere se trouvant être tous les deux nus, ils en vinrent tout naturellement à des relations plus intimes que l'envoi de baisers. Ils y mirent tant d'ardeur que le pied gauche du lit, côté tête, cassa. Personne ne fut heureusement blessé dans l'effondrement du châlit, seul le coude de Rauno heurta plutôt douloureusement le parquet.

Sonja était si décidée à faire place nette qu'elle écarta les draps d'un coup de pied et, bandant tous ses muscles, traîna le sommier en bois mutilé jusqu'à la fenêtre, d'où elle le jeta dehors. Dans le crépuscule, le châlit fit un magnifique vol plané depuis le cinquième étage avant de s'écraser près de la caisse de bière fracassée. Rauno Rämekorpi referma la fenêtre et suggéra qu'on cesse de balancer des objets encombrants. Si jamais des enfants jouaient dans la cour, ils risquaient de se faire tuer en recevant des lits et des caisses sur la tête.

D'après Sonja, il y avait peu de chances. Les cours du quartier étaient si sombres et exiguës que les honnêtes gens n'y mettaient jamais les pieds, et la racaille ne méritait pas mieux que de prendre au moins de temps en temps un sommier sur le crâne.

Rauno Rämekorpi entassa les vieilleries accumulées au fil des ans dans la chambre du fond, qui finit presque par déborder : il y avait de tout, des meubles cassés et des vêtements sales, bien sûr, mais aussi des bouteilles vides, des lambeaux de tapis malodorants, des manteaux élimés, un hamac déchiré et même, au fond d'un placard, une tondeuse à gazon. Ces deux derniers objets étaient, à en croire les souvenirs de Sonja, des vestiges vieux de dix ans d'une petite villa qu'elle avait louée pour l'été à Somero. Elle avait employé ces vacances à boire, bien sûr, et peu avant l'automne le sauna avait brûlé — d'où un procès avec le propriétaire qui avait duré presque jusqu'à Noël. Depuis, la journaliste passait ses étés à Helsinki. La vie à la campagne avait ses bons côtés, mais sarcler le potager et arracher les mauvaises herbes était épuisant et, à l'arrivée, la récolte n'avait stupéfié personne par son abondance. Sonja ne comprenait pas ce qui lui avait pris, à l'époque, elle qui était citadine jusqu'au bout des ongles et appréciait par-dessus tout les magasins offrant des services rapides et efficaces, les tables de restaurant à nappe blanche et les gens de bonne compagnie. Les paysans étaient des brutes épaisses, les chevaux l'effrayaient et les moutons sentaient le chien mouillé.

Sonja : Il fallait tout le temps faire attention à ne pas marcher dans les bouses de vache.

Après le séjour, Rauno Rämekorpi passa l'aspirateur dans les autres pièces. Puis Sonja entreprit dans le même élan de laver par terre. L'industriel lui donna un coup de main, faisant remarquer qu'il s'était entraîné à l'exercice plus tôt dans la journée en épongeant dans un autre appartement les eaux d'un aquarium renversé. Il savait s'y prendre et bientôt tout fut propre. Chaque fois qu'ils faisaient une pause, Rauno et Sonja buvaient un peu de champagne, qui se trouva hélas fini en même temps que le grand nettoyage. Le conseiller à l'industrie téléphona à Sorjonen, à Lauttasaari, pour lui demander d'apporter quelques bouteilles de plus. Le chauffeur de taxi pourrait par la même occasion l'aider à évacuer de l'appartement le mobilier hors d'usage et les guenilles irrécupérables. Il faudrait ensuite louer une benne afin d'emporter ce fourbi à la décharge. C'était d'ailleurs le but premier de toute cette expédition.

Rauno : Est-ce que tu pourrais aussi acheter quelque chose à manger, si tu trouves de la baguette parisienne, de la charcuterie, du fromage ou autres ? Et il reste encore du caviar et du foie gras dans la voiture.

Quand le ménage fut terminé et les sols briqués à fond, la maîtresse de maison et son invité allèrent prendre une douche et s'apprêter pour le souper. Sonja enfila une longue robe du soir orange qui épousait les courbes séduisantes de son corps ferme, Rauno revêtit sa chemise à plastron et son habit. Un couple assorti, d'une grande élégance.

Une demi-heure plus tard, Sorjonen était là, les bras chargés de paquets. Rauno Rämekorpi lui montra le résultat de ses efforts, une pièce pleine de vieilleries. À deux, ils coltinèrent les objets dans l'ascenseur, avec lequel ils les descendirent peu à peu tous au rez-de-chaussée. Ils récupérèrent le lit cassé de Sonja, le déposèrent sous le porche et entassèrent dessus les vieilleries provenant de l'appartement. Quand Sorjonen apprit que le châlit et la caisse de bière trouvés dans la cour avaient été jetés du cinquième étage, il regarda son client d'un air réprobateur. Il trouvait inadmissible de balancer des meubles par les fenêtres. En cas de récidive, Rämekorpi devrait se trouver un autre taxi. Le chauffeur voulait bien qu'on s'amuse, mais pas, soûl ou non, qu'on tue des gens.

Sur ces entrefaites, on vit arriver le gardien de l'immeuble, à qui quelqu'un avait téléphoné pour se plaindre que l'on faisait dans l'escalier un raffut épouvantable, dont la responsable était sans doute la vieille peau du cinquième. Sorjonen expliqua sans s'émouvoir qu'il ne se passait rien d'extraordinaire, il ne s'agissait que d'un banal déménagement. L'opération lui avait été confiée et il emporterait le moment venu à la décharge les meubles et autres objets inutiles dont on avait décidé de se débarrasser. Pointant du doigt la silhouette en queue-de-pie de Rauno Rämekorpi, il nota incidemment que le conseiller à l'industrie était venu superviser le travail car il possédait, en plus de l'appartement en question, d'autres biens immobiliers dans le secteur.

Le gardien regarda la montagne de roustissures entassées sur le sommier. Son regard d'aigle s'arrêta sur une bergère usée par les ans dont le rembourrage perçait à travers le tissu. Sans s'en inquiéter, il voulut savoir si ce magnifique fauteuil était en route pour la décharge avec le reste, de bien moindre valeur.

Sorjonen : C'est ce qui était prévu, oui, on s'est assez vautré dessus, sûrement des dizaines d'années.

Le gardien demanda s'il pouvait sauver cette précieuse antiquité et, quand on lui en eut obligeamment fait cadeau, il partit aussitôt la porter dans sa camionnette. Il se répandit en remerciements, expliquant qu'il confierait ce trésor à un tapissier. Après avoir trimballé l'objet jusqu'à sa voiture, il prit aussi la tondeuse à gazon, dont il pensait pouvoir se servir avec profit à la campagne, dans sa maison d'Asikkala. Pour finir, il souhaita bonne chance aux déménageurs, et bonne continuation dans leurs nouveaux pénates.

Pendant ce temps, Sonja Autere avait dressé le couvert et mis au frais le champagne, dont on ne risquait plus de manquer. Il y avait aussi du caviar, des charcuteries, de la baguette à l'ail réchauffée au micro-ondes et tartinée de foie gras. La journaliste avait même trouvé des flûtes et des bougies qu'elle alluma en fredonnant au moment de prier les deux hommes de passer à table. Sorjonen était bien sûr aussi invité à se restaurer — d'ailleurs il avait faim après être resté plusieurs heures de suite au volant. Il promit de s'occuper des vieilleries évacuées à l'occasion du grand nettoyage et de les porter à la décharge dès le lendemain, ou le surlendemain — tout dépendrait du temps que le conseiller à l'industrie consacrerait encore à distribuer des fleurs. Rauno Rämekorpi pensait que le taxi serait bientôt libre, mais Sorjonen n'y croyait pas trop. Il raconta avoir véhiculé une fois un client pendant deux semaines d'affilée, de Helsinki en Laponie et jusqu'au Danemark. Une autre fois, il avait servi de chauffeur à un géomètre d'Espoo, et tout l'été y était passé.

À propos du Danemark, Rauno Rämekorpi resongea à l'ingénieur Elger Rasmussen. Il fallait faire quelque chose. Qu'en pensaient Sorjonen et Sonja ? Tous deux admirent qu'il était nécessaire de trancher d'une manière ou d'une autre dans le vif, non pas littéralement et d'un coup de couteau, sans doute, mais plutôt, si possible, en gentleman.

Le chauffeur de taxi parti, Sonja et Rauno poursuivirent leur repas dans une ambiance de fête. Le mal de tête de la journaliste avait disparu, elle rayonnait de joie. Elle regardait son appartement débarrassé des meubles abîmés, du linge moisi, du bric-à-brac inutile accumulé au fil des ans. Il y avait une éternité qu'elle n'avait pas fait le ménage, et elle ne s'y serait pas mise sans la visite surprise de Rauno Rämekorpi.

Sonja : C'est terrible, je n'arrive à rien toute seule, surtout à jeun. Mais si un généreux ami a la bonté de me prêter la main, voilà le résultat.

Elle laissa échapper une larme : personne de respectable n'était venu chez elle depuis des années. Elle se faisait vieille, en plus d'être alcoolique, et les hommes du monde, à supposer qu'on en trouve encore, ne se plaisaient guère auprès de femmes comme elle. Elle était loin, l'époque où la jeune Sonja Autere, née Ala-Näätynki, travaillait comme rédactrice de mode pour un grand magazine féminin. Les hommes se pressaient alors chez elle en rangs serrés ! Mais elle était belle et exigeante, en ce temps-là, et sélectionnait avec soin ses amis, surtout masculins.

La jeune journaliste aurait pu épouser qui elle voulait, mais aucun prétendant n'était assez bon pour elle. Elle s'était contentée de les regarder de haut, avec leurs ronds de jambe et leurs demandes en mariage. Le seul homme qui lui manquait était son père, qu'elle n'avait jamais connu. Le sergent Ala-Näätynki était mort sur le front pendant la guerre d'Hiver. Sonja était née orpheline au cours de la trêve qui avait suivi. Son enfance avait été pauvre, comme en général dans ces années-là. Dernière d'une nombreuse famille, elle avait cinq frères aînés qui avaient tous très bien réussi dans la vie. Trois étaient devenus agriculteurs, les deux autres instituteurs. La grande sœur de Sonja, Leena, avait épousé le gardien de la paix du village. Elle s'était retrouvée veuve l'année des Jeux olympiques de Helsinki quand son mari, devenu brigadier-chef, s'était fait écraser par une voiture sur le chantier d'une centrale électrique.

Sonja raconta que son père avait participé pendant la guerre à la bataille de Suomussalmi, où il avait été blessé et fait prisonnier par les Russes. L'ennemi avait ligoté le malheureux à la tourelle d'un tank à l'aide de chaînes glacées et avait foncé dans la forêt enneigée à l'abri de son bouclier gémissant de douleur. Personne n'avait rien pu y faire. Le lendemain matin, le corps supplicié du père de Sonja avait été retrouvé gelé dans la neige. Après de telles scènes, la sanglante victoire de la route de Raate et ses importantes prises de guerre n'avaient pas suffi à adoucir l'amertume des vaillants combattants finlandais.

La vieille rédactrice de mode leva son verre. Elle soupira, la gorge serrée, que tout soldat est aussi un être humain, mais pas l'ennemi.

6

Eveliina

Sous l'effet de l'excellent Bollinger Special Cuvée,
le sommeil commençait à gagner Sonja Autere, qui
se mit à dodeliner de la tête. Elle chancela jusqu'à sa
chambre et se laissa tomber sur son matelas oublié
par terre. Rauno Rämekorpi la recouvrit d'un drap
de bain. Pendant un instant, il fut tenté de déshabiller l'ancienne rédactrice de mode qui dormait
ivre la bouche ouverte et de se glisser à ses côtés,
mais il conclut finalement qu'elle n'avait peut-être
pas besoin pour l'instant de compagnie masculine. Il
rangea les restes de caviar et autres victuailles dans
le réfrigérateur, vérifia que tout était en ordre dans
l'appartement et glissa deux billets de cinq cents
marks sous une bouteille de champagne vide, avec
un petit mot priant Sonja de s'acheter avec l'argent
un peu plus de la même boisson. L'industriel n'avait
pas pour habitude de payer ses conquêtes, mais les
vieilles amies alcooliques étaient un cas à part. Leur
péché mignon revenait cher, comme chacun sait.

Rauno Rämekorpi déposa un léger baiser sur la
joue de la journaliste endormie et quitta la cham-

bre sur la pointe des pieds. Il avait heureusement pris soin d'ôter sa queue-de-pie avant tout exploit galant, et son habit était donc toujours impeccable. Avec la cape et les souliers vernis qui complétaient l'ensemble, il avait fière allure en descendant du cinquième étage pour regagner la rue Robert.

Son téléphone portable joua quelques mesures de la *Polka de Säkkijärvi*. Le conseiller à l'industrie regrettait un peu d'avoir choisi cette vieille rengaine comme sonnerie, mais pas au point de prendre le temps d'en changer. Il avait un SMS de son épouse :

Une de tes employées de l'usine, Eveliina Mäki, est malade. Elle a cherché à te joindre. Rappelle-la. Bises, Annikki.

Eveliina Mäki ? Qui diantre était cette Eveliina, pour venir se plaindre auprès du patron lui-même ? D'un autre côté, les employés de l'usine avaient toujours été encouragés à parler ouvertement de leurs affaires et problèmes personnels à tous leurs supérieurs, y compris au propriétaire et PDG de la société.

Le conseiller Rämekorpi fouilla dans sa mémoire. Il en extirpa le souvenir d'une jeune femme d'une trentaine d'années environ, en poste dans l'atelier de soudure. Il avait souvent eu affaire à elle, c'était une ouvrière métallurgiste compétente, elle l'avait même parfois accompagné lors de voyages commerciaux pour effectuer des démonstrations de travail. Le teint frais et l'air bien portant, mais voilà donc qu'elle était malade. Pourvu que ce ne soit rien de grave, songea Rauno Rämekorpi en composant le numéro donné par son épouse.

Eveliina : Je suis vraiment désolée de te déranger, mais mon cœur me joue des tours. Je me dis depuis hier que je devrais sans doute me faire examiner, j'ai été patraque tout l'été.

Rauno Rämekorpi déclara qu'il fallait toujours prendre au sérieux les problèmes cardiaques. Il promit de passer voir Eveliina, pour bavarder et réfléchir à une solution. Puis il appela Seppo Sorjonen.

Rauno : J'aurais de nouveau besoin de toi, est-ce qu'avaler des kilomètres te tente encore, ou est-ce que tu préfères prendre un jour de congé ?

Sorjonen : C'est encore pour aller chez une femme ?

Rauno : Oui, une ouvrière de l'usine est un peu souffrante.

Un quart d'heure plus tard, le monospace de Sorjonen s'arrêta rue Robert. Rauno Rämekorpi y monta. Il restait plusieurs gros bouquets à l'arrière de la voiture. Le chauffeur expliqua qu'il avait donné de l'eau aux fleurs, c'était pour ça qu'elles avaient encore l'air cueillies de frais. Le parfum, dans le taxi, était enivrant. Sorjonen ajouta qu'Eeva et lui s'étaient régalés pour le dîner de caviar et de champagne qu'il était prêt à rembourser au conseiller à l'industrie, mais ce dernier refusa son argent.

On prit la direction des quartiers est de la capitale. Rauno Rämekorpi avait beau avoir eu une journée bien remplie, par extraordinaire, il ne ressentait aucune fatigue. Beaucoup de sexagénaires ont déjà presque une apparence et des manières de vieillard, mais à sa grande joie le conseiller à l'industrie se sentait toujours vert, aucun signe du poids des ans.

Tant mieux… surtout qu'il n'était pas près de rentrer au bercail.

Rauno : Est-ce que tu as le temps de me conduire encore à différents endroits, au cas où ça se présenterait ?

Sorjonen : Toute la semaine si tu veux.

Eveliina avait donné comme adresse les jardins ouvriers de Marjaniemi, près d'Itäkeskus. C'était donc là qu'on allait. Il y avait un parking où laisser la voiture, seuls les véhicules de secours étaient autorisés à emprunter les étroites allées du quartier. Celles-ci portaient des noms bucoliques : chemin des Pommes, chemin des Poires, ruelle du Cidre. Sur la grille, à l'entrée, figuraient le nom du lotissement et l'année de sa fondation : 1946. On percevait, non loin, le grondement régulier du trafic de la radiale Est. Les jardins s'étendaient de part et d'autre d'un canal aux eaux vives où nageaient des canards. Les cabanons étaient si petits, trois mètres cinquante de large sur cinq de long, que c'en était émouvant. Certains avaient été augmentés d'abris et de vérandas.

L'industriel se demanda si ce n'était pas une faute de goût d'offrir des fleurs dans un jardin, mais il en restait tant qu'il se munit malgré tout d'un bouquet. D'après la carte qui l'accompagnait, il lui avait été envoyé par Kaija Aarikka, dont l'entreprise de design avait participé à l'aménagement des cabines de bateau de la société Rämekorpi. De grandes fleurs bleues et blanches, peut-être des lis. Une bouteille de champagne sous le bras et toc toc à la porte du chalet de jardin ! Celle-ci s'ouvrit bientôt sur Eveliina Mäki. Rauno Rämekorpi froissa la carte de félicitations de Kaija Aarikka dans la poche de sa cape et tendit son bouquet. Le cabanon était charmant, comme on pouvait s'y attendre, mais terriblement exigu et rustique. Le conseiller à l'industrie se rappelait avoir lu dans la presse que le site était menacé par un projet de construction de logements, à moins que le nouveau plan d'aménagement n'ait même déjà été adopté. Quoi qu'il en soit, l'actuelle présidente de la République, Tarja Halonen, avait disposé ici, dans le temps, de sa propre petite parcelle et d'une cabane comme celle-ci. Sacré chemin, des jardins ouvriers de Marjaniemi à la résidence d'été du chef de l'État à Naantali.

Rauno Rämekorpi s'enquit de la santé de la métallurgiste.

Eveliina : Je me suis sentie affreusement mal toute la journée. J'ai même failli appeler une ambulance, mais je me suis dit qu'on n'avait jamais vu une femme mourir d'un infarctus, alors je t'ai téléphoné. Ce n'est qu'après que je me suis rappelé que c'était ton anniversaire. Pardonne-moi, j'aurais dû te féliciter au lieu de t'embêter pour rien.

Le regard de Rauno Rämekorpi fit à la dérobée le tour de la pièce. Son œil expert remarqua le grand lit, dans l'alcôve. Dans le coin cuisine, il y avait un réfrigérateur à gaz, une cuisinière, une étagère en bois avec quelques conserves et épices. La salle de séjour elle-même était meublée de deux ou trois tabourets et d'une bibliothèque où des livres de jardinage voisinaient avec toute une série d'ouvrages à dos brun qui éveillèrent la curiosité du conseiller à l'industrie : de quel traité de botanique pouvait-il bien s'agir ? Il se pencha pour en prendre un et constata qu'il s'agissait du tome onze des *Œuvres complètes* de Lénine. Décontenancé, il le remit en place et s'excusa.

Rauno : C'est indiscret de fouiller dans la bibliothèque des gens. Où habites-tu ? Quand même pas ici ?

La soudeuse expliqua qu'elle avait été obligée de renoncer au printemps à son appartement de Hakunila parce qu'elle avait dû arrêter de travailler à cause de son angine de poitrine et que ses indemnités ne suffisaient pas à payer le loyer. Elle se trouvait très bien dans ce petit cabanon de jardin, elle y avait passé tout l'été à profiter de son congé de maladie, mais plus l'automne approchait, plus elle s'inquiétait de l'avenir. Elle n'avait aucun logement en vue pour l'hiver et ses problèmes cardiaques ne cessaient de s'aggraver.

Eveliina : Des palpitations, des articulations gonflées et parfois des vertiges. Je voulais juste t'en parler. Mais après je me suis dit que ces histoires ne te concernaient pas, tu as des centaines d'employés, tu ne peux pas t'intéresser à chacun d'eux.

Le conseiller à l'industrie s'étonna : son entreprise ne versait-elle pas des indemnités correctes en cas de maladie ? Eveliina n'avait-elle pas suivi un traitement ? Lui avait-on fait des examens ? La société Rämekorpi appliquait scrupuleusement la loi en matière de médecine du travail.

Eveliina : On m'a fait deux ECG, mais ils n'ont rien révélé de particulier. Et j'ai bien sûr touché une partie de mon salaire, mais c'est bien trop peu pour un loyer à Helsinki. J'aurais sans doute besoin d'un pontage ou de je ne sais quoi de ce genre. C'est juste que je suis encore jeune et qu'en plus je suis une femme, alors je ne sais pas… j'essaie de ne pas trop me fatiguer, en me disant que ça va peut-être passer. Les maladies cardiaques, c'est un truc de vieux, et d'homme.

Il fut décidé qu'Eveliina se ferait faire dès le début de la semaine de nouveaux examens en vue d'un éventuel traitement. Rauno Rämekorpi insista pour qu'elle prenne rendez-vous lundi à la première heure dans une clinique privée. Il jeta un nouveau coup d'œil à la bibliothèque et aux *Œuvres complètes* de Lénine qui y trônaient. Il eut envie de demander ce qu'aurait pensé le camarade Vladimir Ilitch en voyant une crapule capitaliste financer l'accès de sa soudeuse à des soins privilégiés. La société n'aurait-elle pas dû veiller à la santé de chacun de ses membres et leur assurer un logement décent ? Le moment semblait cependant mal choisi pour parler politique.

Rauno fit remarquer qu'avec l'arrivée de l'hiver, il ferait bientôt froid dans le cabanon.

D'après Eveliina, et bien que ce fût en principe interdit, beaucoup de gens, parfois même des familles entières, vivaient là à longueur d'année.

L'industriel promit que sa société lui trouverait un vrai logement aussitôt que ses problèmes cardiaques auraient été diagnostiqués et traités.

Eveliina : C'est désespérant. Devoir demander l'aumône à son patron.

L'atmosphère n'était pas très gaie. Rauno Rämekorpi réclama deux verres et fit sauter le bouchon de la bouteille de champagne. N'était-il pas temps de prendre un petit rafraîchissement ?

Il avait retenu de ses difficiles années de jeunesse que les déshérités possédaient un sens de l'honneur particulièrement développé. Plus les gens sont pauvres, plus ils sont susceptibles, comme le montrait la réaction de la soudeuse. Les riches n'accordent pas autant de valeur à l'argent que les plus démunis. Il devait faire preuve de tact s'il voulait aider la jeune femme à s'en sortir.

Rauno Rämekorpi révéla qu'il était venu chez Eveliina en taxi. La voiture l'attendait sur le parking des jardins ouvriers. Il y avait à l'intérieur toutes sortes de gourmandises, mais lui-même en avait assez du caviar, par exemple, dont il ne s'était que trop gavé. Il aurait maintenant eu envie de quelque chose de plus ordinaire. La métallurgiste lui proposa du pain et des harengs. En cas de légère ébriété, le poisson salé se mariait mieux avec le champagne que le foie gras ou les œufs d'esturgeon.

Après avoir englouti avec appétit un solide sandwich, Rauno en demanda un deuxième. La boisson lui était à nouveau vite montée à la tête. Eveliina avoua qu'elle n'aurait pas cru que le PDG aiderait aussi généreusement une simple ouvrière. C'était aussi la première fois de son existence qu'elle buvait du vrai champagne avec un riche conseiller à l'industrie. Si son père et sa mère avaient été encore en vie pour la voir en compagnie d'un grand patron, ils en auraient été stupéfaits, et peut-être même furieux. Leur fille unique en tête à tête avec un ploutocrate !

La soudeuse brandissait depuis toujours le drapeau de la cause prolétarienne, défilait dans les manifestations, défendait le féminisme et votait pour les candidates de l'Alliance de gauche.

Rauno fit remarquer que les Finlandais avaient élu une femme à la présidence de la République, une militante de gauche qui avait cultivé une parcelle voisine de celle d'Eveliina dans ces jardins ouvriers. Il ajouta avoir lui-même été toute sa vie un authentique prolétaire. Il n'y avait rien de mal, selon lui, à ce qu'un ouvrier s'enrichisse un peu, au moins une fois de temps en temps. Son argent ne faisait pas de lui un exploiteur.

Selon Rauno Rämekorpi, les défenseurs de la cause ouvrière n'étaient mus que par l'envie et la jalousie. Mais ni Marx ni Lénine n'en avaient jamais soufflé mot, pas plus que Tuure Lehén ou Otto Ville Kuusinen. Dès que la situation financière d'un camarade s'améliorait un tant soit peu, on l'expulsait des rangs du prolétariat pour l'expédier de force dans le camp adverse et du même coup au goulag ou au gibet. La métallurgiste pensait-elle être la dernière communiste au monde ? L'expérience socialiste, en Russie et ailleurs, montrait que la cause était trop noble pour être confiée à des rustres envieux.

Eveliina : On ne peut pas mettre les erreurs de l'Union soviétique sur le dos de tous les travailleurs. C'était une dictature.

Rauno : La dictature du prolétariat.

Le conseiller à l'industrie grogna que le totalitarisme soviétique avait tué soixante-dix millions de personnes, l'allemand peut-être trente.

Eveliina lui suggéra de considérer la question sous un autre angle. Si le Troisième Reich avait été socialiste et l'URSS national-socialiste, le nombre de morts aurait été à peu près le même. Les masses russes étaient plus nombreuses et les Allemands, malgré leur énergie et leur volontarisme, n'égaleraient jamais leur force de destruction. Rauno restait en dépit de tout un représentant du capitalisme, ses anciennes convictions de gauche n'y changeaient rien.

Eveliina : En tant qu'homme, tu es tout à fait OK, mais que tu le veuilles ou non, tu cherches à faire du profit.

Le conseiller à l'industrie répliqua qu'il fallait bien constituer des réserves pour préserver l'emploi des ouvriers. S'il distribuait ses bénéfices à ses salariés, sa société ferait vite faillite et mille personnes seraient à la rue. Il y avait une grosse différence entre des activités commerciales normales et la spéculation en Bourse. Les investisseurs internationaux s'en donnaient à cœur joie maintenant que la gauche avait cessé de s'opposer à eux. En quelques secondes, les agioteurs transféraient des milliards d'un pays à un autre, les boursicoteurs flairaient en temps réel les meilleures affaires. Si des petites filles fabriquaient en Inde des composants électroniques à moitié prix, les capitaux s'y précipitaient pour ramasser le pactole et, une fois le filon épuisé, se ruaient aux antipodes pour saigner à blanc une nouvelle victime, sans se soucier le moins du monde de polluer des régions entières et de laisser sur le carreau des dizaines de milliers de gens.

Eveliina : Ne crie pas, les voisins vont t'entendre, les murs sont comme du papier, ici.

Rauno : Ma société ne sera jamais cotée en Bourse ! S'il n'y a pas moyen de trouver des capitaux autrement, tant pis, plutôt faire faillite !

L'industriel tonna qu'il était plus à gauche que la plupart de ses ouvriers, à part Eveliina. Puis il se calma et baissa la voix, après tout il était là pour aider une cardiaque. Il lui demanda si la perspective d'une opération du cœur l'effrayait, au cas où on en viendrait là. Un pontage n'était pas une mince affaire, malgré ce qu'on prétendait souvent.

La soudeuse déclara que si elle pouvait obtenir sans attendre trop longtemps un rendez-vous en chirurgie, tout irait bien, même une lourde intervention ne lui faisait pas peur. L'important était de vivre, elle ne voulait pas mourir tout de suite, elle était trop jeune pour ça et n'avait même pas encore de famille, ni enfants ni mari, ni même de logement. La vie était en soi ce qu'elle avait de plus précieux. Eveliina se mit debout et souleva sa robe, dévoilant son ventre plat. Rauno Rämekorpi fixa avec des yeux ronds ce séduisant spectacle. Il ne comprenait pas le but de cette soudaine exhibition, mais il sentit dans son pantalon un tressaillement familier.

Eveliina : Regarde ! On m'a opérée de l'appendicite il y a dix ans, j'avais une péritonite et le médecin a dit qu'il s'en était fallu de quelques minutes que je meure. J'ai passé une semaine et demie à l'hôpital.

Rauno Rämekorpi remarqua alors la cicatrice claire, longue d'une quinzaine de centimètres, qui dessinait comme une aiguille de montre à droite du nombril de la métallurgiste. Il repensa, Dieu sait pourquoi, à la tache de naissance d'Eila. La distribution de fleurs l'avait finalement amené au contact de bien des ombilics. Il tendit la main pour effleurer l'estafilade. Eveliina le laissa faire, et se pencha elle-même pour regarder la trace du coup de scalpel.

Rauno : Très jolie cicatrice.

Il s'en fallut de peu que l'industriel ne se jette sur sa soudeuse, mais il refréna son désir et avala le reste de son sandwich aux harengs, accompagné d'une goutte de champagne. Puis il demanda une feuille de papier et sortit son stylo. D'une main sûre, il rédigea un document conférant à la métallurgiste Eveliina Mäki le titre d'ingénieur en épreuves de pression et recommandant que sa formation, son expérience et ses excellentes relations publiques soient prises en compte lors du recrutement d'un professionnel de cette branche à l'usine de Tikkurila de la société Rämekorpi.

Rauno : Ceci est une attestation officielle. Je te nomme ingénieure ! Un poste va très prochainement se libérer chez nous.

Le conseiller à l'industrie expliqua qu'un bon à rien d'ingénieur danois qui s'était incrusté à l'usine, Elger Rasmussen, s'était immiscé sans vergogne dans les affaires privées des plus hautes instances dirigeantes de la société Rämekorpi et devrait pour la peine se trouver un nouvel emploi, de préférence dans son pays natal. Grâce à ce papier, Eveliina pourrait le remplacer dès qu'elle voudrait. Après avoir réfléchi un instant, Rauno décida de lui remettre aussi un diplôme, pourquoi s'arrêter en si bon chemin, elle le méritait bien, en tout cas plus que ce faux jeton d'Elger. Il rédigea au nom de l'Université de technologie un parchemin attestant qu'Eveliina Mäki avait obtenu le grade d'ingénieur de la filière métallurgique du département de génie minier, avec pour impressionnantes mentions : en métallurgie, en métallographie, en technologie d'enrichissement des minerais et en chimie inorganique, *excellent* ; en chimie physique, *très satisfaisant* ; en radiocristallographie, *bien* ; en fonderie, soudage et prévention de la corrosion, *très bien* ; en géométrie descriptive, en mathématiques et mathématiques appliquées, en droit et en économie industrielle, *bien* ; et enfin en physique, en mécanique et en résistance des matériaux, *excellent*.

Rauno Rämekorpi ajouta encore à l'attestation un certain nombre de matières secondaires, puis contempla son œuvre. Pas mal ! Dans le temps, il avait lui-même obtenu un diplôme de ce genre, peut-être certaines mentions étaient-elles même meilleures, si sa mémoire ne le trahissait pas. Mais Eveliina n'était pas non plus de la graine d'ingénieur tout à fait ordinaire.

Pour que le parchemin soit complet, il fallait encore inventer un supposé travail de fin d'études. Voilà qui n'était pas facile. Finalement, le conseiller à l'industrie eut l'idée d'écrire que la métallurgiste avait rédigé son mémoire sur *Les propriétés des matériaux de revêtement des connecteurs électriques*, sous la direction du professeur Rauno Rämekorpi.

Il tendit galamment son diplôme à Eveliina et lui assura qu'il lui suffirait de le mettre sous le nez du directeur des ressources humaines de la société

Rämekorpi pour obtenir sur-le-champ un poste d'ingénieur. Mieux valait ne pas s'en prévaloir auprès d'autres employeurs, mais pour l'usine de Tikkurila, c'était du solide.

La soudeuse lut le papier et laissa échapper un petit rire. Elle n'aurait pas imaginé, quand elle avait été réveillée ce matin par son angine de poitrine, qu'elle serait nommée ingénieure avant le soir.

Eveliina : Je vais mettre ce papier en lieu sûr, crois-moi. Juste au cas où tu aurais la mémoire qui flanche, ou que ta cupidité prenne le dessus, ou encore que tes nerfs te lâchent.

Rauno Rämekorpi souligna qu'il s'agissait d'un travail de bureau tranquille dont même une personne cardiaque pouvait s'acquitter sans problème. Eveliina se plaignit de ne pas avoir la formation nécessaire, mais il balaya l'objection d'un geste théâtral et assura qu'il n'y avait pas à s'inquiéter pour si peu. L'expérience pratique et le tour de main avaient toujours plus compté à ses yeux que de simples résultats scolaires. Un bon soudeur était en général plus précieux que l'ingénieur qu'il avait pour chef et pouvait à tout moment le remplacer.

Rauno : Le problème, c'est que si je nomme tous les ouvriers ingénieurs, qui se chargera du soudage ? Ces messieurs sont incapables de manier le chalumeau. Soit dit entre nous, bien sûr, mais les faits sont là.

Eveliina se targua de s'y connaître en programmation informatique appliquée à la métallurgie, elle avait suivi des cours du soir et s'était entraînée seule à ses heures perdues. Elle avait travaillé sur les ordinateurs de la bibliothèque.

Rauno Rämekorpi était de si belle humeur qu'il affirma que les plus aptes à occuper des postes de responsabilité étaient les communistes, ils comprenaient les notions de coût et de résultat et connaissaient mieux les méthodes capitalistes que n'importe quel ingénieur débutant ou économiste novice. En Finlande, on avait toujours surestimé la formation théorique.

Rauno : Tu veux que je te torche un diplôme d'économie, tant que j'y suis ?

Eveliina déclara qu'elle se contenterait pour cette fois du titre d'ingénieur, elle n'éprouvait pour l'instant aucun besoin de devenir économiste, même si cette possibilité n'était pas à exclure.

Le soir était tombé. De faibles couinements se firent soudain entendre dans un coin du cabanon. La métallurgiste expliqua que c'étaient ses souris apprivoisées qui réclamaient leur dîner. Incroyable ! De sous le placard d'angle dépassaient des museaux moustachus. Les petites bêtes hésitaient un peu à s'aventurer dans la pièce en présence d'un visiteur inconnu, mais quand Eveliina les eut appelées par leur nom, elles trouvèrent le courage de se montrer. Il y en avait au moins dix, compta Rauno, plus vives les unes que les autres. Leur maîtresse leur avait gardé à manger : des flocons d'avoine, des morceaux de fromage, des bouts de saucisse de Francfort. Mais pas question de leur donner leur pitance gratis. Eveliina ôta le bracelet en plastique rouge qu'elle portait au poignet, se mit à quatre pattes et le tint à la verticale entre les friandises et les souris. Celles-ci savaient ce qu'on attendait d'elles. Elles sautèrent à tour de rôle à travers le cerceau, tels des lions de cirque, avant d'être autorisées à grignoter.

Rauno Rämekorpi était conquis : quelle virtuosité ! Eveliina trouvait certes les tours des souris amusants, mais pas si extraordinaires. Elle raconta qu'elle avait vu un jour au centre technologique Heureka des rats à qui on avait appris à jouer au basket. Dans l'espoir d'obtenir de la nourriture, ils faisaient des paniers à longueur de journée. Elle avait disposé de beaucoup plus de temps que les scientifiques du centre pour dresser ses souris, et il était donc naturel que les résultats soient meilleurs.

Le conseiller à l'industrie promit d'apporter plus tard du caviar aux talentueux petits rongeurs — peut-être cette gourmandise les inciterait-elle à faire aussi pour lui d'étonnants numéros.

Une fois rassasiées, les souris filèrent par où elles étaient venues. Elles avaient fait leur travail et gagné leur croûte. Eveliina soupira. Elle était si seule qu'elle devait se contenter de la compagnie de rongeurs, surtout depuis que Tarja Halonen avait été élue présidente de la République. Toutes deux avaient été bonnes amies, elles avaient souvent eu de longues conversations, échangé des boutures et entretenu des relations de voisinage, comme toujours dans les jardins ouvriers. Tarja avait eu un chat, mais il n'avait fait aucun mal aux souris d'Eveliina, il était trop paresseux pour leur donner la chasse.

Il était temps de porter un toast ! Il y avait de quoi, Rauno Rämekorpi avait fêté son soixantième anniversaire et Eveliina Mäki obtenu son diplôme d'ingénieur !

Rauno : Tu me montrerais encore une fois cette cicatrice ?

La métallurgiste accéda à sa demande, et ce qui devait arriver arriva : le conseiller à l'industrie se dépouilla de son pantalon soutaché de soie et roula avec elle sur le lit de l'alcôve du cabanon. Au comble de l'extase, la jeune femme poussa un cri.

Eveliina : C'est trop bon, je meurs !

Rauno : Je ne te le fais pas dire, mourons ensemble !

Eveliina Mäki perdit réellement connaissance, et Rauno Rämekorpi tourna de l'œil. Quand son cœur eut retrouvé son rythme normal, il tâta le pouls de la métallurgiste et constata qu'il battait comme un tambour de chamane. La situation était grave, Eveliina aux portes de la mort, évanouie mais un radieux sourire aux lèvres. L'industriel sauta dans son pantalon et pêcha son téléphone portable dans la poche de sa cape. Il se demanda un instant s'il devait appeler une ambulance ou alerter Sorjonen qui attendait dans son taxi sur le parking. Il fallait conduire Eveliina d'urgence à l'hôpital et il conclut vite que le chauffeur était l'homme de la situation, d'autant plus que son monospace se prêtait parfaitement à ce genre de transport.

Rauno : Au secours ! Viens tout de suite avec ta voiture, chemin des Pommes, j'ai besoin d'aide.

Trente secondes plus tard, Sorjonen entra en coup de vent. Rauno Rämekorpi lui expliqua la situation en deux mots. Il fallait rhabiller Eveliina et la conduire en toute hâte aux urgences si on ne voulait pas qu'elle leur meure dans les bras.

Parant au plus pressé, l'industriel et le chauffeur de taxi entreprirent de vêtir la malade à demi inconsciente. On put une nouvelle fois constater, au passage, que les hommes sont nettement plus habiles à déshabiller les femmes qu'à les rhabiller. Rauno Rämekorpi et Seppo Sorjonen dénichèrent dans la penderie un pull-over qu'ils réussirent, l'un tirant, l'autre poussant, à lui faire enfiler. Puis une petite culotte pour cacher son derrière — une vraie gageure ! Et enfin la première jupe qui leur tomba sous la main. Trouver et fermer le zip se révéla presque impossible. Pas le temps de s'occuper d'un collant, mais Sorjonen prit sur l'étagère de l'armoire la trousse de maquillage d'Eveliina, car il savait que les femmes n'aimaient pas partir sans cet accessoire, même pour leur dernier voyage, et en route !

Les deux hommes portèrent la malade dans la voiture. Quelques jardiniers noctambules ouvrirent des yeux ronds en voyant un chauffeur de taxi et un vieux monsieur en queue-de-pie emmener au pas de course leur voisine inerte. On aurait dit un enlèvement, mais personne n'eut le temps de s'en mêler, tout se passa trop vite. Le monospace démarra et disparut bientôt à l'horizon.

Feux de détresse allumés, Sorjonen prit le chemin de l'hôpital de Meilahti. Pendant le trajet, Rauno Rämekorpi pratiqua le bouche-à-bouche, associé à un massage cardiaque, sur la victime allongée sur le plancher du monospace, tout en priant tous les dieux qu'il connaissait de lui sauver la vie.

Deux brancardiers attendaient sur la rampe d'accès du service des urgences et, sachant qu'il s'agissait d'une grave crise cardiaque, on conduisit aussitôt la patiente en réanimation.

Rauno Rämekorpi et Seppo Sorjonen donnèrent à l'accueil les renseignements nécessaires sur l'identité d'Eveliina. Quand on leur demanda quelles étaient leurs relations avec la malade qu'ils venaient d'amener, le chauffeur de taxi déclara être son frère et le conseiller à l'industrie son oncle. La bureaucratie hospitalière y trouva son compte.

Une demi-heure plus tard, on vint leur annoncer que l'ingénieure Mäki avait repris connaissance et subirait dès que possible une angioplastie coronaire. Le pronostic vital était bon.

Soulagés, les deux hommes à femmes sortirent d'un pas chancelant, fumèrent une cigarette pour se calmer les nerfs et remontèrent dans le taxi de Sorjonen qui, dans un lent balancement, se glissa dans le flot de la circulation vespérale.

7

Saara

Les deux hommes roulèrent en silence de l'hôpital de Meilahti vers le centre de Helsinki. La distribution de fleurs avait pris un tour tragique. Chacun songeait de son côté que la vie ne tenait qu'à un fil.

Sorjonen : Ne t'inquiète pas, Rauno. Eveliina va s'en tirer.

Ce matin encore, l'industriel envisageait d'aller offrir des bouquets à quelques femmes de plus, Kirsti, et qui sait peut-être aussi Irja… mais il n'avait plus le moral. Mieux valait sans doute y renoncer pour aujourd'hui et rentrer chez soi sans tambour ni trompette.

En arrivant à Westend, Rauno Rämekorpi demanda l'avis de Sorjonen : que faire des fleurs restantes ? Pouvait-il s'occuper de les porter à la décharge d'Ämmänsuo ? Le chauffeur se prononça contre une mesure aussi radicale, les bouquets étaient encore magnifiques, on leur trouverait à coup sûr une destination moins infamante. Il gara son monospace devant la maison, coupa le contact et accompagna son camarade à l'intérieur. Il avait appris, dans l'exercice de son métier, qu'un mari rentrant auprès de son épouse aimante après une longue virée dans le vaste monde pouvait avoir besoin du soutien d'un ami. Arborant un sourire contraint, Rauno Rämekorpi ouvrit la porte.

Les lieux étaient déserts, Annikki avait disparu. Son époux inquiet visita toutes les pièces, jetant même un coup d'œil dans le sauna et dans les toilettes. Il n'y avait à côté du téléphone aucun message indiquant où l'absente pouvait être. Le réfrigérateur était plein de victuailles, aucune chance qu'elle soit allée au supermarché. Rauno appela le portable de sa femme, mais un répondeur lui annonça qu'elle n'était pas joignable.

Sorjonen : Que fait-on ? Je te conduis quelque part ?

Déprimé et angoissé, Rauno Rämekorpi se laissa tomber sur le canapé du séjour. Il se sentait terriblement coupable. Où Annikki pouvait-elle être ? Avait-elle, lassée des frasques de son mari, quitté le domicile conjugal, peut-être pour de bon ? Elle était indulgente, mais il y a des limites à tout. En général, elle ne faisait pas toute une histoire de ses escapades, mais peut-être avait-on atteint le point de non-retour... qui sait si elle n'avait pas eu vent de ses derniers exploits — il avait fait sa tournée au vu et au su de tous. Et si Annikki avait attenté à ses jours ? Elle aurait pu avoir avalé un flacon de médicaments et se trouver maintenant sous perfusion entre la vie et la mort. Pris de sueurs froides, Rauno Rämekorpi imagina son innocente épouse dans le couloir d'un sous-sol d'hôpital, conduite vers la morgue sur un brancard, le visage recouvert d'un drap, une main pendant sur le côté, inerte. Il en eut le cœur glacé.

Rauno : Le pire, dans tout ça, c'est qu'Annikki était vraiment quelqu'un de bien.

Le chauffeur de taxi posa la main sur l'épaule de son client et tenta de le consoler.

Sorjonen : Il y a quand même peu de chances qu'elle soit morte, n'exagérons rien. Elle est sans doute juste sortie se promener. Les femmes vont souvent faire du jogging quand leur mari tarde à rentrer, j'en sais quelque chose, à force de ramener des types chez eux. Crois-moi, tout va s'arranger.

Rauno : Maudites garces… je me demande bien ce que je leur trouve. Mon mariage en souffre.

Le chauffeur prit fait et cause pour les femmes, qui selon lui n'étaient quand même pas toutes des garces. Après avoir réfléchi un moment, il revint cependant sur ses propos.

Sorjonen : Encore que… dans un sens, tu as peut-être raison.

Rauno Rämekorpi passa quelques coups de fil à des couples d'amis pour savoir si personne n'avait vu Annikki, mais sans résultat. Il n'osait pas lancer de recherches de plus grande envergure, il se serait senti ridicule, à demander partout après sa femme. D'ailleurs cela n'aurait fait qu'alimenter bêtement les ragots. Elle avait sûrement eu une bonne raison de sortir, qui sait si elle n'était pas allée à l'usine dans l'espoir de l'y trouver. Elle s'y rendait deux ou trois fois par an, apportait parfois du marché des fleurs fraîches pour son bureau et bavardait avec le personnel. Annikki avait des manières simples et modestes, les salariés se sentaient naturellement en confiance avec elle. Tout le monde était bien sûr parti en week-end, mais peut-être son épouse avait-elle quand même imaginé qu'il serait sur place.

Rauno : Comment n'y avais-je pas pensé tout de suite ? Allons à Tikkurila, chemin des Intrépides.

Ils reprirent la route. Rauno Rämekorpi, la mine inquiète, était assis à l'avant du taxi aux côtés de Sorjonen. Il pensait à sa femme, qui avait déserté sans crier gare le foyer conjugal. Si seulement elle avait laissé un mot, mais non, avec une désinvolture typiquement féminine, elle avait abandonné son mari à son désespoir. Il espérait qu'elle serait à l'usine.

La société Rämekorpi était implantée à Tikkurila, dans la petite zone industrielle de la vieille route de Kuninkaala, là où se dressaient jadis des baraquements militaires de l'époque tsariste. Les bâtiments de l'usine étaient situés au bout du chemin des Intrépides : il y en avait quatre au total, dont le premier, et le plus petit, était une caserne en brique rouge datant du XIXe siècle. Rauno Rämekorpi y avait installé les services administratifs de son entreprise : bureau d'études et de dessin, secrétariat et autres, ainsi que son propre bureau et une salle de réunion, bien sûr flanquée d'un sauna et d'une agréable pièce de repos où les visiteurs de marque étaient invités à se détendre au coin du feu. Suivi de Sorjonen, le conseiller à l'industrie se rua vers la porte d'entrée de la bâtisse, sur la façade de laquelle était apposée une plaque de cuivre portant une inscription :

Compagnie d'instruction militaire
de la commune rurale de Helsinki
1825-1884

Le chauffeur de taxi n'eut pas le temps de s'enquérir de l'histoire de la plaque, son client était trop pressé de retrouver sa femme. Rauno Rämekorpi enfila au pas de course le couloir desservant les bureaux, jusqu'à une porte où figurait son nom. Il tourna la poignée et se précipita à l'intérieur, persuadé d'y découvrir Annikki, mais la pièce était vide.

Le PDG explora tout le bâtiment avant de se rendre à l'évidence, la disparue n'était pas à l'usine. Il lui fallut un moment pour l'admettre. Il tenta de nouveau de la joindre sur son portable, mais en vain. Assommé, le héros du jour se laissa tomber dans son imposant fauteuil de cuir. Et si Annikki, nom de Dieu, entretenait en secret une liaison avec un autre homme ? Mais bien sûr ! Rauno Rämekorpi se sentit totalement idiot de ne pas avoir songé plus tôt à cette éventualité. Son épouse n'avait certes jamais manifesté aucun signe d'infidélité, mais ce n'aurait pas été la première fois qu'une femme d'un certain âge aurait perdu la tête au point de vouloir retrouver sa jeunesse en séduisant n'importe qui… on voyait ça tous les jours.

Une vague de jalousie submergea l'industriel. Se forçant à rester calme, il envoya à la traîtresse un SMS vengeur :

Si nos relations sont toujours au beau fixe, je rentrerai à un moment ou à un autre.

Tout était dit ! Sans plus s'émouvoir, Rauno Rämekorpi demanda à Sorjonen d'aller chercher dans son taxi le plus beau des bouquets restants et de le disposer dans le grand vase de la table de conférence du bureau directorial. Les fleurs provenaient de l'état-major général de la Défense nationale finlandaise et étaient accompagnées d'une carte de félicitations signée du colonel Sirenius, chef du Service du matériel du district Sud. La splendeur martiale de l'opulent bouquet s'accordait à merveille avec la table d'apparat.

Le conseiller à l'industrie ouvrit le minibar qui se trouvait derrière lui et en sortit deux bouteilles de bière. Il mit la main sur des chopes et y versa la rafraîchissante boisson houblonnée. Le chauffeur de taxi vida la sienne d'un trait — il pouvait, malgré son métier, s'en autoriser une pour étancher sa soif. Quand ils se furent désaltérés, Rauno Rämekorpi emmena Sorjonen visiter l'usine.

Dans les bureaux, il n'y avait pas grand-chose à voir, mais une fois dehors, le conseiller à l'industrie entreprit de raconter l'histoire du site au chauffeur. Le bâtiment en brique rouge, haut de deux étages et long de cinquante mètres, était une ancienne caserne construite au début du XIXe siècle, en 1825 ou 1826, à en croire les archives. Comme l'indiquait la plaque commémorative à l'entrée, elle avait jadis été occupée par la Compagnie d'instruction militaire de la commune rurale de Helsinki, qui dépendait de la première unité navale de Finlande et comptait, selon certaines informations, cent douze tirailleurs, dix sous-officiers et six officiers, sous le commandement du capitaine Fredrik Mallander. En 1884, à la suite du déménagement de la garnison, la caserne avait été transformée en usine. Il y avait d'abord eu là une sucrerie, mais elle avait fait faillite et avait été brièvement remplacée par une corderie et par quelques ateliers, puis, dans les premières années du siècle suivant, par une manufacture de tabac.

Rauno : C'était une entreprise très connue, à l'époque, on y fabriquait, en plus du tabac à chiquer, des cigarettes ordinaires sans filtre, de marque Ahkera, et des plus chic, avec filtre en papier, baptisées Jalo.

Il ajouta qu'à la grande époque, avant l'indépendance, la Tikkurila Tobacco Company avait été l'une des trois plus importantes manufactures de tabac de Finlande.

Après la guerre civile, toute activité industrielle avait cessé sur le site et l'ancienne caserne avait été réquisitionnée pour servir d'entrepôt à l'armée. Après la Seconde Guerre mondiale, deux des bâtiments avaient été démolis et celui-ci était resté vide jusqu'à ce que Rauno Rämekorpi le loue pour y installer sa société, dans les années soixante-dix, puis l'achète et le transforme en bureaux après avoir fait construire trois halls industriels modernes sur l'ancien terrain de manœuvres. La vieille bâtisse était maintenant inscrite à l'inventaire des Monuments historiques et l'on n'avait plus le droit d'en modifier la façade.

Le conseiller à l'industrie montra également au chauffeur de taxi ses nouveaux ateliers et leurs chaînes de montage dernier cri. Fièrement, il lui fit visiter les vastes halls déserts.

Sorjonen : On ne voit pas d'ouvriers, et les machines sont arrêtées.

Rauno Rämekorpi répliqua qu'il n'était pas du genre à obliger les gens à faire les trois huit. Une journée de travail normale suffisait et, le week-end, l'usine était fermée. Il avait une sale expérience du travail de nuit, les ouvriers déprimaient et tombaient malades, et même si les machines tournaient à plein régime, les coûts sociaux annulaient les gains.

Rauno : J'ai toujours été d'avis que le travail de nuit n'était bon que pour les putes, les cambrioleurs et les esclaves.

Sorjonen : Tu oublies les chauffeurs de taxi et les conseillers à l'industrie.

Rauno : C'est vrai, et on voit le résultat, des bâtards comme s'il en pleuvait.

Sorjonen s'en fut vaquer à ses occupations. Rauno Rämekorpi resta à l'usine à broyer du noir. Il n'avait plus goût à rien.

Il n'avait même plus de bière dans son bureau, et il en avait assez du champagne. Mais bon sang ! il y avait bien sûr un deuxième réfrigérateur dans la pièce de repos du sauna, dont la femme de ménage veillait à ce qu'il soit toujours garni de boissons rafraîchissantes. L'industriel abandonna sa cape soigneusement pliée sur la table de conférence et prit le chemin du sauna. À sa grande surprise, il découvrit de la lumière dans la pièce de repos. Au bruit, on aurait dit que quelqu'un, dans l'étuve, se flagellait vigoureusement à coups de branches de bouleau. Le poêle ronflait de chaleur. À travers la porte vitrée, Rauno aperçut une femme, en qui il reconnut sa femme de ménage Saara Lampinen. De gros seins, une abondante toison pubienne, le spectacle était appétissant pour un homme qui avait pris goût à la fête.

Saara : Ah que c'est bon ! Encore !

Des bûches de bouleau flambaient dans la cheminée, du pain, du fromage et des saucisses attendaient sur la grande table en compagnie de deux chopes, l'une vide, l'une remplie de bière fraîche. Rauno en but aussitôt une longue gorgée, puis se cacha derrière la paroi en verre dépoli des douches pour observer les faits et gestes de la baigneuse. Il constata avec satisfaction qu'il avait bien fait de faire installer une ventilation efficace dans le sauna des bureaux de sa société. L'humidité n'avait pas causé le moindre dommage, et la frisette de sapin sans nœuds du plafond avait conservé sa blondeur d'origine. Cette partie de la caserne avait jadis servi de prison militaire et, pendant la guerre civile, on y avait fusillé seize bolcheviks, tous pères de famille.

Quelques instants plus tard, Saara sortit de l'étuve pour aller prendre une douche. Elle lava sa chevelure noire, épaisse comme une crinière de cheval, qui lui descendait jusqu'au bas du dos. De la mousse éclaboussa les souliers vernis du conseiller à l'industrie, qui dut se garer. Sur la pointe des pieds, il se faufila derrière la porte du vestiaire. Saara s'enveloppa sans façon dans le peignoir de son patron et glissa ses orteils dans ses pantoufles. Elle s'assit à la table et se rinça le gosier avec la bière dont il venait à l'instant de prendre en secret une gorgée.

Saara : Chers camarades ! Buvons un peu de cet or de Laponie ! Le commerce métallurgique bilatéral est l'illustration concrète de l'indéfectible amitié et de la coopération économique entre nos deux peuples. *Kharacho!*

La femme de ménage était une actrice née. Elle incarnait avec brio le personnage d'un industriel ayant invité des partenaires commerciaux au sauna. Rauno Rämekorpi ne put s'empêcher de trouver quelque chose d'étrangement familier à ses gestes et à ses paroles. Était-ce de cela qu'il avait l'air quand il régalait ses invités? On aurait dit une rencontre avec des importateurs russes, telles qu'elles se déroulaient vingt ans plus tôt. Rien d'étonnant à ça, Saara Lampinen était une fidèle employée de l'usine, elle connaissait sûrement mieux que quiconque les ateliers et les bureaux dont elle récurait le moindre recoin depuis bientôt trente ans. Elle devait avoir la cinquantaine, mais elle était toujours pleine de force et d'allant. Elle maîtrisait parfaitement le rôle de son patron, qu'elle avait sûrement vu à l'œuvre d'innombrables fois au cours de ces décennies car il fallait bien que quelqu'un mette de l'ordre quand il se soûlait avec ses invités.

Saara : Gospodine Ponomariov! Prenez donc quelques zakouski, vous avez des saucisses, du jambon, des cornichons malossol, des harengs, des cuisses de poulet, de tout! Cul sec, mes amis! Que pensez-vous de notre eau-de-vie?

La femme de ménage tint compagnie à ses invités imaginaires pour leur collation. Après s'être restaurée, elle en vint aux négociations commerciales proprement dites. Elle avait à offrir aux Russes des cabines préfabriquées pour bateaux fluviaux et brise-glace. Elle connaissait mieux que bien des ouvriers travaillant sur les chaînes de montage les dimensions et les caractéristiques des cabines, et jusqu'à leur prix de vente.

Saara Lampinen présenta à ses clients cinq produits différents, du grand mess d'équipage à la mini-cabine pour deux personnes, qui convenait aussi bien aux bacs qu'aux bateaux de pêche modernes à bord desquels on n'effectuait que de courts séjours. Le produit phare de la gamme était une cabine de luxe pour deux ou quatre passagers destinée aux navires de croisière cinq étoiles, dont on pouvait facilement fabriquer des versions adaptées à des habitations flottantes ou à des brise-glace. Il était bien sûr aussi possible de concevoir des modules plus spacieux pour les officiers de marine.

La représentante de la société Rämekorpi regarda sans ciller ses supposés acheteurs et feuilleta sous leurs yeux des prospectus imaginaires. Les négociations semblaient en bonne voie, elle resservit à boire et invita ses interlocuteurs à piocher dans les mets mis à leur disposition.

Saara : Notre procédé, breveté dans plusieurs pays, consiste, une fois que la coque est terminée, à y installer les machines et équipements techniques puis les cabines et autres éléments préfabriqués dont nous sommes spécialistes, avant de passer aux superstructures. Nous avons des décennies d'expérience dans le domaine de la construction mécanique et de l'export. Nos prix sont compétitifs et vous ne trouverez nulle part ailleurs dans le monde de produits d'aussi bonne qualité.

Satisfaite de son efficace argumentaire, Saara Lampinen suggéra que l'on retourne un moment dans l'étuve. Il ne fallait pas laisser les questions commerciales, si essentielles soient-elles, gâcher l'extraordinaire plaisir que seul pouvait apporter un vrai sauna finlandais.

Saara : Il ne nous manque que la compagnie de jolies filles, mais normalement, une de nos techniciennes de surface devrait bientôt nous rejoindre. En voilà une qui n'a pas froid aux yeux… une certaine Saara, si mes souvenirs sont bons.

Quand la femme de ménage eut regagné le sauna avec ses prétendus invités, Rauno se faufila jusqu'à la porte des vestiaires et se glissa du côté des hommes. Il ôta en un tour de main son habit, décidé à se joindre à Saara. Il s'était suffisamment rincé l'œil, et un brin de toilette ne lui ferait de toute façon pas de mal.

Dans l'étuve retentissait de nouveau le bruit des branches de bouleau dont la baigneuse frappait vigoureusement le dos de ses partenaires commerciaux. Les Russes semblaient avoir cédé la place à des acheteurs allemands. Les négociations paraissaient plus ardues et la femme de ménage parlait d'un ton plus âpre. De retour au coin du feu, elle resta sur son quant-à-soi, à la mode germanique.

Saara : *Jawohl, bitteschön*, chers messieurs, je vous en prie, servez-vous de pieds de porc et de saucisses.

Il ne s'agissait plus cette fois de vendre des cabines de bateau mais des pompes automatiques à usage industriel. Celles-ci représentaient un tiers environ de la production de l'usine. Saara Lampinen semblait assez bien connaître les plus récentes techniques de pompage. Elle présenta tous les modèles de la société Rämekorpi, des plus petits aux plus grands, et proposa soudain aux Allemands un lot de mille gigantesques pompes d'une incroyable puissance. Le conseiller à l'industrie, tapi dans l'ombre derrière la paroi des douches du vestiaire, n'en croyait pas ses oreilles : elle prétendait vendre un millier de pièces à un prix manifestement exagéré, si élevé que les Allemands, en tout cas, ne risquaient pas d'accepter. Saara refusa cependant d'en rabattre sur son offre, déclarant que l'entreprise ne cherchait pas à supplanter la concurrence sur le terrain des prix, mais par l'excellence de sa qualité. Ses partenaires semblèrent admettre ce point de vue, et Rauno eut l'impression que le marché était sur le point d'être conclu. Après avoir imaginé quelques discussions moins importantes avec des Norvégiens et des Suédois, Saara Lampinen revint à l'énorme commande de pompes automatiques. Le prix restait trop élevé aux yeux du conseiller à l'industrie et, incapable de se maîtriser plus longtemps, il sortit de sa cachette pour donner son avis sur les méthodes commerciales de sa société, après tout c'était lui le patron.

Rauno : Écoute, Saara, on ne pratique pas l'extorsion dans cette maison, en tout cas pas pour des ventes aussi importantes.

Le PDG et la femme de ménage se tenaient nus face à face. Il fallut un moment à Saara Lampinen pour se remettre de sa stupeur, mais elle avait bien sûr tout de suite reconnu son employeur et, d'un geste naturel, elle lui versa de la bière et lui tendit le plat de saucisses.

Saara : Tiens, Rämekorpi en personne ! D'où sors-tu tout d'un coup ?

Rauno expliqua qu'il avait entendu des voix dans l'étuve et qu'il était venu voir qui y tenait des négociations commerciales. Il cherchait justement de la compagnie pour prendre un sauna et, quand il avait reconnu sa femme de ménage, il n'avait pas pu résister à l'envie de se déshabiller et de se joindre à elle. Il en avait suffisamment entendu pour se rendre compte qu'elle était seule et parlait à des acheteurs imaginaires, mais ce n'était pas parce qu'on soliloquait qu'il fallait pratiquer des prix astronomiques. Même dans un monde fantasmé, on ne pouvait pas signer de contrats sans une négociation honnête des conditions du marché, en tout cas pas avec des Allemands, et surtout pas pour un lot de mille pompes industrielles. D'ailleurs une livraison pareille exigeait neuf mois de délai, voire dix. La capacité de production de l'usine n'était pas suffisante pour faire face d'emblée à une aussi formidable commande.

À la bonne franquette, Rauno Rämekorpi et Saara Lampinen burent une chope de bière fraîche. Ils firent ensuite griller quelques saucisses à la chaleur du feu de bois de la cheminée, puis grimpèrent sur les gradins du sauna. Ils avaient la soirée devant eux pour se baigner dans les règles de l'art.

Dans l'étuve, Saara présenta ses excuses à son patron pour s'être permis d'utiliser sans y être autorisée les locaux réservés aux invités de l'entreprise. Cela ne faisait pas vraiment partie des privilèges d'une technicienne de surface. C'était juste une habitude qu'elle avait prise depuis un certain temps. Quelques années plus tôt, alors qu'elle avait fini de faire le ménage dans les bureaux et de récurer les douches et la pièce de repos, elle avait été saisie d'une irrépressible envie de profiter au moins une fois dans sa vie d'un luxueux bain de vapeur. Elle n'était qu'une simple femme de ménage, mais elle aussi avait des rêves et des sentiments et remplissait chaque semaine sa grille de loto et, si un jour elle gagnait le jackpot, elle se ferait construire une belle maison avec un superbe sauna. C'était avec ces idées en tête que Saara avait ce jour-là allumé le poêle électrique de l'étuve et, son travail terminé, s'était tranquillement installée sur les gradins. Les ateliers et les bureaux étaient déserts, seul un vigile faisait une ou deux fois par heure le tour des halls industriels. L'établissement tout entier était de fait à la disposition de Saara pendant tout le week-end.

Saara : J'ai même arrêté d'aller au sauna de la piscine, tellement le tien est meilleur.

La femme de ménage avait pris l'habitude de s'offrir un bain de vapeur une fois par semaine, le vendredi. Elle invitait parfois sa meilleure amie, mais en général elle était seule. Elle glissait une ou deux bouteilles de bière dans son sac et les mettait à rafraîchir dans le frigo de la pièce de repos pendant qu'elle faisait le ménage.

Rauno accorda magnanimement à Saara le droit d'utiliser le sauna, et par la même occasion de boire sa bière aux frais de la maison.

La femme de ménage avait trouvé excitant de se

baigner en secret, le geste lui donnait un délicieux frisson de liberté.

Saara : Tu pourrais venir me tenir compagnie de temps en temps, ça m'éviterait de vendre toute seule des pompes automatiques.

Rauno : Tu mériterais qu'on te transfère dans les services commerciaux, tes argumentaires ont l'air très au point.

Saara : Je ne parle pas assez de langues pour pouvoir négocier avec des Russes ou des Allemands. C'est tout juste si j'arrive à aligner quelques mots de suédois, et encore, seulement quand je suis pompette.

Le conseiller à l'industrie commençait à avoir le menton rêche. Il songea qu'il y avait quelque part dans les vestiaires un rasoir et des after-shave. Saara les trouva sans mal dans le placard, le coupe-chou était un cadeau laissé par des Russes, un vieux modèle de l'ère communiste à la lame solide et bien affûtée. Heureuse d'avoir obtenu le droit d'utiliser le sauna, la femme de ménage tenait à manifester sa reconnaissance à Rauno.

Saara : Couche-toi donc sur ce banc, je vais te raser et te laver.

Rauno Rämekorpi s'allongea sur le dos. Saara Lampinen enduisit sa mâchoire carrée de savon à barbe et s'installa à califourchon sur son ventre. L'eau et la mousse emportèrent les poils coupés. Saara aspergea les joues lisses de Rauno d'after-shave et y planta un gros baiser. Les ablutions s'arrêtèrent là, et la femme de ménage s'offrit sur son patron une longue cavalcade. Ah ! la folle chevauchée ! Le couple retourna ensuite sous la douche, avant un dernier séjour dans la douce chaleur du sauna.

Saara fit remarquer que Rauno Rämekorpi était quand même un sacré cochon. Râleur et fort en gueule, aussi, mais Dieu merci marié et donc peu susceptible d'avoir d'autres maîtresses. Car aucune femme qui se respecte ne tient à partager avec d'autres l'homme qu'elle a élu.

8

Kirsti

Propre et détendu, le conseiller à l'industrie Rauno Rämekorpi téléphona à Seppo Sorjonen pour lui demander de passer le prendre à Tikkurila, chemin des Intrépides. La femme de ménage Saara Lampinen resta pour sa part à l'usine afin de remettre en ordre le sauna et les locaux attenants.

Le PDG tenta une nouvelle fois de joindre son épouse Annikki, mais son portable restait obstinément éteint et personne ne décrocha non plus le téléphone fixe de leur maison de Westend. Que lui avait-il donc pris de disparaître ainsi sans un mot ? Il avait certes été lui-même en vadrouille presque toute la journée, mais pas sans la tenir au courant de ses déplacements. Au départ, il devait se débarrasser de ses bouquets d'anniversaire, et même s'il lui restait encore un peu de chemin à faire pour arriver à la décharge d'Ämmänsuo, il n'avait cessé de poursuivre ce but. Annikki ne pouvait en tout cas pas l'accuser de fainéanter ou de manquer à ses obligations, songea Rauno Rämekorpi avec amertume. Il avait rarement offert autant de fleurs, plus d'une demi-douzaine de gerbes, et avait bien sûr aussi écoulé d'assez grosses quantités de champagne, caviar et autres gourmandises. À ce propos, il songea qu'il était peut-être temps de faire pour changer un vrai repas au restaurant. Sorjonen avait-il faim, lui aussi ? Ce n'étaient pas quelques saucisses grillées qui allaient suffire à nourrir un homme dans la force de l'âge, même dégustées avec de la bière fraîche en compagnie d'une femme accueillante dans le sauna de son entreprise.

Les deux hommes se rendirent à l'*Elite*, à Töölö. Ils s'installèrent à une table près de la fenêtre et commandèrent des harengs grillés. D'après Rauno Rämekorpi, c'était là que l'on servait les meilleurs harengs de Helsinki. Sorjonen protesta, ceux du *Salvé* étaient selon lui au moins aussi bons. Les boissons, eau fraîche et vin blanc, ajoutèrent à la satisfaction du chauffeur et de son client.

Ils tombèrent d'accord sur un point : si un restaurant parisien de renom avait mis de tels plats de poisson à sa carte, il aurait aussitôt obtenu un prix et deux étoiles au Michelin en hommage au talent de son chef.

Une femme entre deux âges était assise, la mine triste, au bar de l'*Elite*. De jolies jambes, nota Rauno Rämekorpi, les yeux rivés sur ses charmes. Quelqu'un que l'on fixe de cette manière le sent instinctivement et, gêné, vous rend votre regard. Le réflexe remontait sans doute à l'aube des temps, songea l'industriel, et comme par hasard la belle esseulée se tourna vers la table des mangeurs de harengs. Il la reconnut. C'était Kirsti Korkkalainen, une vague amie d'Annikki, qui était assise là. Elle l'identifia elle aussi tout de suite et lui fit un signe de tête. Elle avait l'air d'avoir pleuré, à moins qu'elle n'ait souffert d'une grippe automnale. Le conseiller à l'industrie alla l'inviter à leur table, lui présenta son chauffeur Seppo Sorjonen et lui commanda un verre de vin blanc.

Rauno : Ça va ? Tu n'as pas l'air très gai.

Kirsti : Ma vie est un désastre. Au travail, ça se passe bien, mais pour le reste tout va de travers. Et toi ? J'ai appris que tu avais fêté tes soixante ans, félicitations.

Kirsti avait une quarantaine d'années, une formation de médiatrice culturelle et un poste de chercheuse au Musée national. À l'université, elle avait épousé un dénommé Heikki Korkkalainen, avec qui elle avait vécu heureuse un certain temps. Mais son mari avait vite fait preuve d'une jalousie maladive, l'espionnant et prétendant régenter sa vie. Il l'avait obligée à abandonner son travail, faisait irruption à toute heure du jour à leur domicile, rue du Musée, afin de vérifier sa présence, et s'était peu à peu mis à la maltraiter.

Kirsti avait connu dix ans d'enfer. Sous les coups de son mari, elle s'était retrouvée plusieurs fois à l'hôpital. Mais elle lui avait toujours tout pardonné, par peur et par amour. Heikki avait entre-temps soutenu une thèse de doctorat et travaillait comme chercheur au département de philosophie pratique de l'université de Helsinki. Il était compétent dans son domaine, occupait un poste intéressant et publiait des articles appréciés par ses pairs dans des revues scientifiques internationales.

Après leur divorce, Kirsti avait repris avec succès

sa carrière. Sa vie aurait été plutôt agréable si son ex-mari l'avait laissée tranquille, mais rien à faire ! Le couple avait beau être officiellement séparé, Heikki Korkkalainen se refusait à l'admettre. Il s'était introduit avec ses clefs dans leur ancien domicile conjugal et quand son ex-épouse avait changé les serrures, il avait continué, furieux, entrant cette fois par effraction pour la molester. Elle avait dû à plusieurs reprises appeler la police, mais la plupart du temps l'habile et perfide professeur avait réussi à retourner la situation à son avantage. Il avait été deux ou trois fois arrêté et jeté en cellule, mais, aussitôt libéré, il s'était vengé avec une brutalité accrue. La frêle Kirsti avait souvent été contrainte d'aller au bureau avec un œil au beurre noir, quand ce n'était pas avec la mâchoire brisée ou avec les côtes cassées par les violents coups de poing de son ex-mari.

Désespérée, elle avait obtenu d'un juge qu'il ordonne à Heikki Korkkalainen de se tenir éloigné d'elle, mais cela n'avait bien sûr pas suffi à le calmer. Elle avait si peur de lui qu'elle osait à peine rentrer chez elle et dormait souvent chez des amis — et même parfois sur le canapé d'Annikki et Rauno à Westend. Son martyre durait ainsi depuis des années et elle était à bout de nerfs. Ce soir-là encore, Kirsti avait l'air pitoyable, elle manquait de toute évidence de sommeil. Pas étonnant qu'elle aille si mal, songea Rauno, si sa vie était menacée tous les jours ou presque.

Il lui demanda si son ex-mari lui laissait enfin un peu de répit.

Kirsti : Tu connais Heikki… ça fait trois jours que

je ne suis pas rentrée chez moi, j'ai dormi au bureau, et hier au musée.

Elle confessa que ses chefs savaient qu'elle passait parfois la nuit sur son lieu de travail, ou du moins s'en doutaient, alertés par son épais maquillage et par son obstination à faire de longues heures supplémentaires qu'elle ne facturait jamais. Kirsti était une chercheuse compétente et efficace et, en temps normal, une collègue enjouée et facile à vivre. Tout le monde l'appréciait — parfois même trop, comme Heikki Korkkalainen.

Sorjonen grogna que l'envie le démangeait de coller une raclée à ce misérable. Rauno Rämekorpi trouvait aussi que l'infâme professeur méritait une bonne correction.

Kirsti : Même la police ne peut rien contre lui. Il s'en tire toujours, il a le chic pour se donner le beau rôle et il m'a menacée de me faire enfermer dans une clinique psychiatrique. Et c'est vrai qu'il me rend folle.

La malheureuse se mit à pleurer en silence. Sorjonen tira un mouchoir de sa poche et le lui tendit ; elle s'efforça de sécher ses larmes, puis sortit un petit miroir de son sac pour rectifier son rimmel.

Kirsti : J'ai une tête épouvantable ! Mes plus vieux amis ne me reconnaîtraient pas s'ils me voyaient maintenant. Au fait, comment va Annikki ?

Rauno Rämekorpi marmonna que tout allait bien dans leur couple, même s'il avait pas mal été en déplacement ces derniers temps. Seppo Sorjonen confirma les dires de son client.

Le conseiller à l'industrie et le chauffeur de taxi

décidèrent de raccompagner la médiatrice culturelle à son appartement, où elle n'osait pas aller seule chercher du linge propre, des médicaments, du savon, de la crème hydratante et d'autres objets de première nécessité. Rauno demanda l'addition et, pendant qu'il l'attendait, Sorjonen courut chercher dans son taxi un magnifique bouquet offert au héros du jour par Rainer Turukainen, président de la Fédération des industries métallurgiques. Revenu à l'*Elite*, il posa les fleurs dans un coin, sur une table au-dessus de laquelle étaient vissées deux modestes plaques de cuivre. L'une honorait la mémoire de Tauno Palo, l'autre celle de Matti Pellonpää, Peltsi pour ses intimes — deux immenses comédiens qui, de leur vivant, avaient bu et mangé à cette place plus que nulle part ailleurs.

En remontant la rue du Musée, Kirsti raconta que, la nuit précédente, elle avait pleuré et tenté de trouver le sommeil sur le trône du tsar Alexandre Ier. Et aujourd'hui après le travail, craignant toujours de rentrer chez elle par peur de Heikki, elle avait échoué au bar de l'*Elite*.

Kirsti : Cette nuit, je me suis dit qu'il n'aurait pas l'audace de venir me frapper sur ce siège impérial. Ma vie est un enfer, à toujours trembler et pleurer.

Les lampadaires étaient maintenant allumés. Un parfum automnal de feuilles d'érable en décomposition flottait sur la ville. Un faible vent d'ouest apportait aussi l'odeur de la mer.

Devant la porte de son immeuble, Kirsti se figea de terreur. Une voiture était garée en face, avec à l'intérieur un homme au sang chaud.

Kirsti : Mon Dieu, c'est Heikki, il a sûrement passé toute la soirée là en embuscade.

Rauno Rämekorpi et Seppo Sorjonen traversèrent la rue d'un pas vif. C'était bien Korkkalainen qui, assis dans sa voiture, leur jeta un regard noir. Le chauffeur de taxi frappa à la vitre, côté conducteur, mais le professeur de philosophie se garda bien de la baisser. Le conseiller à l'industrie ouvrit brusquement la portière et agita son poing solide.

Rauno : Ça va être ta fête, Heikki.

Korkkalainen démarra dans un hurlement de pneus. Arrivé au bout de la rue, il s'arrêta et ouvrit sa fenêtre. À distance respectueuse, il cria qu'il n'avait pas peur des menaces et qu'il ne se laisserait pas voler sa femme comme ça.

Sorjonen regrettait d'avoir laissé son taxi rue d'Hespérie. On ne rattraperait pas le professeur fou à pied.

Kirsti habitait au deuxième étage. Un bel appartement de quatre pièces, meublé avec goût. Personne n'aurait pu deviner que l'endroit avait été imprégné pendant des années de jalousie et de violence cruelle, de peur et d'amour destructif. La médiatrice culturelle demanda aux deux hommes de rester à monter la garde le temps qu'elle prenne un bain et se change. Elle n'osait pas rester seule. S'ils s'en allaient, Heikki se ruerait aussitôt ici pour la tabasser.

Sorjonen et Rämekorpi trouvèrent un jeu de cartes et entamèrent une partie de poker pendant que Kirsti vaquait à ses occupations. Le premier dépouilla le second de trois cents marks, ce qui n'était pas grand-chose, déclara ce dernier, vu que les chauffeurs de taxi passaient tout leur temps libre à taper le carton et étaient en général plus habiles à ça qu'à tenir le volant.

Constatant que Kirsti s'éternisait dans son bain, les deux hommes décidèrent, pour tuer le temps, de faire le ménage dans l'appartement — une bonne couche de poussière s'était accumulée sur le parquet depuis que la maîtresse de maison avait dû fuir son foyer. Rämekorpi passa l'aspirateur tandis que Sorjonen battait les tapis. Ils commençaient à avoir l'habitude de s'activer ensemble à ce genre de besogne. Ce n'était pas la première fois, au cours de cette virée, qu'ils remettaient de l'ordre sur leur passage.

Enfin, tard dans la soirée, Kirsti se déclara prête. Sa métamorphose était sidérante ! Elle regarda ses invités avec des yeux brillants, resplendissante de beauté, le visage radieux, la peau propre et douce, le pas dansant.

Reconnaissante, elle embrassa ses anges gardiens, mais bien qu'émue par leur soutien, elle se garda bien de verser des larmes, de crainte de ruiner son savant maquillage.

La médiatrice culturelle mit quelques vêtements de rechange et autres affaires dans un sac. L'on repartit vers la rue d'Hespérie. Le trio était d'une remarquable élégance : un fringant propriétaire de taxi coiffé d'une casquette d'uniforme et un conseiller à l'industrie tiré à quatre épingles, en habit, cape et escarpins vernis, encadrant une rayonnante beauté. On aurait dit un couple accompagné de son chauffeur, en route pour l'Opéra ou pour un night-club.

Ils prirent le taxi de Sorjonen pour aller au Musée

national. Ce dernier, rénové de fond en comble, avait rouvert depuis maintenant deux ans. Il n'avait jamais été aussi magnifique, assura Kirsti, qui pouvait se flatter d'avoir participé à la réorganisation des collections. Ils entrèrent du côté de l'avenue Mannerheim dans l'aile administrative où elle avait son bureau de chercheuse.

La médiatrice culturelle utilisa son badge pour désactiver les alarmes antivol afin d'éviter que la présence du trio n'éveille l'attention, car il faisait nuit et l'établissement était en principe fermé. Kirsti voulait malgré tout montrer à ses invités les salles les plus intéressantes. Elle alluma la lumière. Sous la conduite d'une véritable spécialiste, les deux hommes firent le tour de l'histoire décamillénaire de la Finlande. Devant le corset de Catherine Jagellon, la guide jeta un regard timide à Rauno Rämekorpi.

Face au trône d'Alexandre Ier, tsar de Russie et grand-duc de Finlande, Kirsti s'arrêta. Malgré la violence de la conquête du pays par ses troupes, au début du XIXe siècle, le souverain s'était montré éclairé et avait mis en œuvre de nombreuses réformes. Il avait surtout permis à son grand-duché de jouir pendant cent ans d'une paix durable. Aujourd'hui encore, son trône avait protégé la médiatrice culturelle, mais malgré sa taille imposante, impossible d'y dormir confortablement.

Dommage qu'il n'y ait aucun lit exposé dans le musée, soupira Kirsti Korkkalainen avant de se rappeler que le lit à baldaquin de Gustave III attendait dans la petite réserve du sous-sol d'être installé dans la salle consacrée à l'époque suédoise. Si les deux hommes le remontaient du sous-sol, Rauno pourrait y passer la nuit avec elle.

L'intéressante visite terminée, le trio s'installa pour se reposer dans les fauteuils mis à la disposition du public dans le hall. Sorjonen alla chercher du champagne dans son taxi, Kirsti rapporta trois verres de la cafétéria. Sous la voûte décorée de fresques peintes à l'origine par Akseli Gallen-Kallela pour l'Exposition universelle de Paris, Rauno Rämekorpi fit sauter le bouchon de la bouteille et remplit les flûtes. Ils burent au passé du peuple de Finlande et à un avenir meilleur.

Il régnait un calme parfait dans le hall du musée, mais pas pour longtemps. Rauno Rämekorpi, son verre de champagne à la main, regardait par les portes vitrées le patio nouvellement aménagé. Kirsti raconta qu'il accueillait pendant l'été un café en plein air et qu'on y organisait des réceptions pour des invités de marque. On aurait d'ailleurs dit qu'il s'y trouvait quelqu'un en ce moment même. Rauno sauta sur ses pieds et s'approcha de la vitre. Exact! À la lumière des lampadaires de la cour, il vit un homme de haute taille qui fixait le trio d'un regard brûlant. Heikki Korkkalainen! Le pauvre fou avait réussi Dieu sait comment à s'introduire dans le musée. Jamais on n'avait vu jaloux plus enragé que le professeur de philosophie. Un vrai diable de Tasmanie.

Le conseiller à l'industrie Rauno Rämekorpi se rua dehors et lui sauta dessus. L'échauffourée fut brutale, car Heikki Korkkalainen était solidement bâti et l'amour qui le possédait décuplait ses forces. Mais Rämekorpi n'était pas non plus un frêle adolescent. Les coups de poing pleuvaient, la queue-de-pie du conseiller à l'industrie craqua et se déchira de la nuque aux fesses, ses basques flottaient au vent dans le tumulte de la bataille. Avant même que Sorjonen puisse intervenir, Korkkalainen comprit qu'il ne faisait pas le poids et prit la fuite, terrifié, plongeant par la porte latérale dans la nuit de l'avenue Mannerheim.

Rauno Rämekorpi revint en courant dans le hall et grimpa au premier étage, dans la salle de l'époque suédoise, où il s'empara d'une hallebarde de deux mètres de long datant de la grande guerre du Nord. Brandissant la redoutable pique, il se précipita dehors par la même porte que le professeur Heikki Korkkalainen un instant plus tôt. Celui-ci avait eu le temps de parcourir une centaine de mètres et galopait en plein milieu de l'avenue Mannerheim à la hauteur du parlement. Mugissant à pleins poumons, l'industriel se lança à sa poursuite.

Rauno : Prends garde à toi, Heikki !

Sorjonen sauta dans son taxi, car à pied il n'avait plus aucune chance de rattraper les deux hommes qui brûlaient le pavé de la principale artère de Helsinki. Leur raffut couvrait le bruit de la circulation nocturne.

Le spectacle n'était pas banal : courant l'un derrière l'autre, un professeur paniqué implorait grâce et un solide gaillard vêtu d'une queue-de-pie déchirée poussait des hurlements à glacer le sang, armé d'une grande hallebarde dont le fer scintillait à la lumière des réverbères. Des badauds massés devant le Palais de verre observaient la scène. De leur avis unanime, on n'organisait que rarement dans la capitale des performances de ce style.

Premier passant : Ça dépote, leur truc.

Deuxième passant : Regardez-moi à quoi on gaspille l'argent de l'État et du contribuable.

Rauno Rämekorpi se rendit compte qu'il ne rejoindrait jamais le fuyard, son habit n'était pas conçu pour faire du sport et la lourde hallebarde à longue hampe ralentissait sa course. Il dut s'avouer vaincu, Heikki Korkkalainen avait réussi à s'échapper. Sa silhouette se détachait au loin dans la montée qui terminait l'avenue, tout espoir de lui faire la peau ce soir-là était perdu.

À bout de souffle, le hallebardier s'arrêta et baissa son arme. Il se tourna vers le public rassemblé sur le trottoir, qui s'empressa de s'écarter devant lui. À cet instant, Sorjonen arriva à la rescousse. Pneus hurlants, il arrêta son taxi devant son client et lui ordonna de monter. Mais après cette promenade de santé, le conseiller à l'industrie avait besoin de manger un morceau et, lassé du caviar, était décidé à s'offrir un hot-dog. Les quidams qui faisaient la queue devant la baraque située au coin du Palais de verre cédèrent poliment leur place au monsieur à l'habit déchiré et à la terrifiante arme d'hast.

Troisième passant : Je vous en prie, passez devant, nous ne sommes pas pressés.

Encore essoufflé par la poursuite, Rauno Rämekorpi acheta trois hot-dogs avec tous les condiments possibles et grimpa dans le taxi de Sorjonen. Ils retournèrent au Musée national où Kirsti les attendait avec impatience à la porte principale.

Dans le hall, ils levèrent à nouveau leurs verres pour oublier le regrettable incident. Kirsti raconta aux héros que, pendant qu'ils donnaient la chasse à Heikki, un vigile de la société de gardiennage était venu voir d'où venait tout ce bruit.

Kirsti lui avait présenté sa carte d'identité et lui avait expliqué que l'on répétait dans le musée une pièce de théâtre mettant en scène la lutte des Vikings suédois et des Finnois de l'âge du fer pour la domination de la route de l'Est — d'où les cris et le tumulte.

Sorjonen fit remarquer que Rauno était sûrement le premier Viking à se battre en queue-de-pie.

Ils avalèrent leurs hot-dogs, accompagnés de champagne. L'accord était parfait, ce menu pouvait être recommandé à tous — y compris aux classes laborieuses, en remplaçant par exemple le champagne par du cidre.

Après cette collation, les deux hommes eurent envie d'une cigarette. Kirsti les conduisit auprès du feu de camp électrique de la section préhistorique. Elle leur donna un cendrier et leur recommanda de ne pas souffler la fumée en direction des détecteurs d'incendie. Cet instant de détente autour d'un foyer vieux de près de deux mille ans avait quelque chose de romantique. Les North State sans filtre s'accordaient on ne peut mieux avec son atmosphère, et d'après Rauno Rämekorpi et Seppo Sorjonen, si les hommes de l'âge de pierre avaient eu du tabac et de l'argent, ils auraient à coup sûr adopté cette marque.

Après cette pause néolithique, on descendit dans la réserve du sous-sol où s'entassaient toutes sortes de vieux objets en attente de restauration ou de transfert dans les salles d'exposition du musée. Il y avait effectivement là le grand lit royal de Gustave III, surmonté d'un baldaquin en soie et orné côté tête de trois couronnes dorées et côté pied du monogramme du souverain. Sur les bords étaient sculptés d'un côté des navires à voile, de l'autre des chevaux.

Kirsti Korkkalainen expliqua que le lit avait été construit en 1785 lorsque Gustave III avait fondé la ville de Kaskinen à l'emplacement d'un ancien port du golfe de Botnie. Le roi espérait en faire une nouvelle cité marchande, entre Vaasa et Turku, et lui prédisait un brillant avenir. Hélas, Kaskinen n'avait pas répondu à ses attentes, ce devait être aujourd'hui la plus petite ville de Finlande, mais au moment de sa fondation l'enthousiasme avait été immense. En prévision de la visite de Gustave III, les armateurs et les bourgeois avaient fait fabriquer sur mesure, par un charpentier de marine, ce confortable lit à baldaquin destiné à l'accueillir. On ne savait pas si le souverain y avait jamais vraiment dormi, mais le conseiller à l'industrie entendait quoi qu'il en soit combler cette lacune en y passant la nuit en compagnie de la médiatrice culturelle.

Ils pourraient même tranquillement y faire la grasse matinée car le Musée national serait exceptionnellement fermé tout le week-end en raison d'une grève d'avertissement décidée par les gardiens et les caissières à cause de divergences de vues surgies lors de négociations portant sur l'interprétation de leurs contrats de travail.

Rauno Rämekorpi et Seppo Sorjonen démontèrent

le baldaquin et empoignèrent le lit royal. Il était lourd, mais les deux hommes étaient costauds et réussirent sans mal à le soulever. C'est à peine s'il passait par la porte à double battant de la réserve, le couloir et le monte-charge. L'industriel et le chauffeur de taxi coltinèrent le précieux meuble jusque dans le hall et remirent le dais en place, puis Kirsti termina l'installation en garnissant la couche de draps brodés ayant appartenu à de grands bourgeois des années trente, d'oreillers de la fin du XIXᵉ siècle provenant de la résidence du gouverneur de Porvoo et, en guise de couvertures, de couvre-pieds en tapisserie de style ostrobotnien.

On termina le champagne. Sorjonen remercia son client pour cette pittoresque journée et repartit vaquer à ses occupations. La médiatrice culturelle et le conseiller à l'industrie se glissèrent dans le lit à baldaquin de Gustave III.

Chuchotant dans le hall obscur, ils se demandèrent si Dieu était satisfait de cette humanité qui, dans le tumulte de l'histoire, avait fait tant de mal. Les iniquités étaient légion : jalousie, envie, violence, guerre… difficile de croire que l'homme ait été créé à l'image de sa divinité.

Pour Rauno Rämekorpi, le chef-d'œuvre de Dieu était de toute évidence entaché d'un vice de conception. S'il avait dû lui-même s'attaquer à un tel projet, il aurait tout de suite mis le prototype au rebut. L'homme était intrinsèquement obsolète, inconsistant et mal fichu, avec ses deux pieds et son corps glabre. Sa tête était vulnérable, ses mains malhabiles. Kirsti interdit au conseiller à l'industrie de blasphémer, mais il était lancé. Il déclara que le point sur lequel l'échec de Dieu était le plus patent était le cerveau de sa créature. L'homme était certes plus intelligent que l'hippopotame, mais même après avoir évolué il demeurait cupide, dépravé, cruel et fourbe — en un mot pitoyable. Aux yeux de Rauno Rämekorpi, un Dieu qui avait si lamentablement échoué ne méritait guère qu'on l'adore.

Rauno : Il n'y a pas de quoi s'extasier devant l'ingéniosité de Notre Seigneur… quel bras cassé !

Il ajouta en pouffant que si un créateur de ce genre briguait un jour un poste d'ingénieur en conception à son usine de Tikkurila et présentait l'*homme* comme preuve de son talent, il ne risquait pas d'être embauché. Et que dire si Dieu se mettait à créer des pompes ? Le système hydraulique flancherait dès le premier essai de pression et la corrosion des pièces métalliques achèverait de ruiner l'ensemble. Et les cabines de luxe conçues par le Tout-Puissant ressembleraient sans doute à des tanières d'ours — écologiques, certes, mais qui donc voudrait y passer des vacances de rêve ?

C'en était trop pour Kirsti Korkkalainen. Dans l'obscurité du Musée national, une gifle claqua, faisant taire le blasphémateur. Ce dernier ne put cependant s'empêcher de faire remarquer que les lieux devaient être hantés par un fantôme dévot et irascible qui n'admettait pas la moindre blague, même innocente, sur la Genèse.

En signe de contrition, le conseiller à l'industrie se joignit à la prière du soir de la médiatrice culturelle :

Voici, Seigneur, le jour s'éteint,
Je me remets entre tes mains.
Si mon heure sonne avant demain,
De grâce, reçois-moi en ton sein.

Avant d'enlacer sa compagne, Rauno Rämekorpi posa la hallebarde à côté du lit royal. Il avait appris, ces derniers temps, à parer à toute éventualité.

Qui fuit le loup tombe sur l'ours, songea Kirsti Korkkalainen. Mais on peut, par charité, donner à l'ours des marques de tendresse. Dans ce monde, la bonté est toujours récompensée. Heureusement, Rauno était déjà un vieil homme et n'avait sûrement pas dans sa vie d'autres femmes susceptibles de compliquer les choses.

9

Irja

Même un conseiller à l'industrie a rarement l'occasion de se réveiller dans le lit à baldaquin d'un roi. Ce matin, pourtant, Rauno Rämekorpi ouvrit les yeux sous le dais de Gustave III. À ses côtés reposait la belle Kirsti Korkkalainen, réfugiée là à cause d'un monstre de jalousie. Elle dormait à poings fermés, car cela faisait plusieurs nuits que son ex-mari ne l'avait pas laissée en paix.

Rauno se remémora les événements de la veille. La journée avait été mouvementée. Il avait fêté ses soixante ans, fait des kilomètres en taxi, coudoyé une ribambelle de femmes mais perdu au passage le contact avec son épouse Annikki. Il venait maintenant de passer la nuit au Musée national après avoir flanqué une sérieuse raclée au professeur Heikki Korkkalainen. Non sans raison. Kirsti pourrait dorénavant mener une existence plus tranquille, songea le conseiller à l'industrie, car il pensait avoir collé une bonne frousse à ce dangereux malade mental, au moins pour un moment.

Un monsieur âgé, vêtu d'un uniforme gris, entra

139

par la porte principale du musée, dont il semblait avoir la clef. Il tenait à la main un grand rouleau de papier qu'il déploya et entreprit de scotcher au vantail resté ouvert.

Ce travail terminé, il pénétra dans le hall. C'est alors qu'il vit le superbe lit à baldaquin et les deux personnes qui s'y trouvaient. Il fut un peu surpris du spectacle, mais sans rien perdre de sa dignité, il s'approcha et se présenta : gardien-chef Viljami Rosendahl. Rauno Rämekorpi se redressa sur les vieux oreillers de la résidence du gouverneur et lui tendit la main.

Le gardien-chef : Pardonnez-moi de vous déranger si tôt dans votre sommeil, mais c'est un cas de force majeure. Mes camarades et moi-même, ainsi que le reste du personnel, faisons grève ce week-end et j'ai été chargé de placarder des affiches sur les portes d'entrée du musée.

La visite avait réveillé Kirsti Korkkalainen. Sans se troubler, elle salua son collègue, qui lui demanda s'il pouvait lui apporter le petit déjeuner au lit. Sans attendre la réponse, il descendit à la cafétéria. Après avoir donné à Rauno son baiser du matin, Kirsti fit remarquer que le gardien-chef Rosendahl était un homme adorable, courtois et bien élevé. Elle ne savait pas ce que le musée aurait fait sans lui.

Rosendahl revient bientôt, portant un plateau sur lequel il avait disposé, en plus de tasses à thé, du jus de fruit, du pain grillé, du jambon, du fromage et quelques kiwis. Il posa son chargement sur un tabouret qu'il plaça près du lit à baldaquin. Il avait préparé lui-même le petit déjeuner du couple, car les serveuses de la cafétéria étaient également en grève.

Le gardien-chef : J'aimerais bien moi aussi dormir un jour dans un lit de roi, mais je crains que ce ne soit guère possible. Excusez-moi, je dois redescendre au sous-sol, l'eau du thé bout sûrement déjà.

Quand Rosendahl revint verser le breuvage dans les tasses, Kirsti Korkkalainen lui promit qu'il pourrait quand il voudrait, et pourquoi pas le soir même, passer la nuit dans le lit à baldaquin de Gustave III, il n'y avait qu'à demander.

Le gardien-chef : Je te rappellerai ta promesse avant longtemps, Kirsti, crois-moi ! Mais pour l'instant je vais vous laisser déjeuner et aller coller quelques affiches côté cour, que les visiteurs ne se cassent pas bêtement le nez. Il reste du thé, si vous voulez ! Très bonne continuation !

Le petit déjeuner servi dans le lit royal était un délice. Une fois rassasié, et après un dernier baiser, le conseiller à l'industrie Rauno Rämekorpi reprit la route.

Par-dessus les toits de la villa d'Aurora Karamzine, le soleil levant éclairait le Musée national de sa lumière automnale. On était samedi matin. Rauno Rämekorpi avait soixante ans et un jour. La fête de la veille lui avait laissé un agréable soupçon de gueule de bois et les idées un peu confuses. Il se dirigea d'un pas décidé vers la rue du Musée, en direction de l'*Ostrobotnia*. Le quartier était désert, il était seul avec ses souvenirs et ses pensées.

En passant devant le *Manala*, il aperçut un homme

de son âge couché dans l'encoignure de la porte d'entrée : sa jambe gauche, vêtue d'une chaussure noire et d'un pantalon bleu foncé, pendait sur les marches du perron de granit. En allant réveiller le vagabond endormi, le conseiller à l'industrie eut une surprise — il ne s'agissait pas d'un homme, mais uniquement d'une jambe. Le reste du corps était ailleurs, Dieu sait où. Rauno Rämekorpi saisit le membre abandonné. Il était étonnamment léger et ne semblait pas ensanglanté. La jambe de pantalon était munie d'une fermeture éclair. En l'ouvrant, le PDG comprit qu'il avait mis la main sur une prothèse. Que faire ?

Le problème trouva sa solution au coin de rue suivant, où un vieil unijambiste ronflait sur un banc du square. Rämekorpi revint sur ses pas pour ramasser le membre artificiel qu'il avait trouvé quelques instants plus tôt et tenta de réveiller l'homme, mais celui-ci n'avait rien à faire de sa jambe égarée. L'industriel examina la prothèse et constata qu'elle était facile à revisser. L'affaire fut réglée en un tour de main.

Le dormeur serrait dans sa main un portefeuille en cuir râpé. Intrigué, Rämekorpi ne put s'empêcher de le lui prendre afin de vérifier qu'on ne l'avait pas soulagé de son argent. Il n'en avait pas beaucoup, deux billets de vingt marks. Les papiers du malheureux indiquaient qu'il était retraité et abonné au bureau d'aide sociale du secteur est. Une carte d'identité froissée précisait qu'il était né à Keuruu le 17 septembre 1955. Il avait donc quinze ans de moins que Rauno Rämekorpi, bien qu'il eût l'air d'en avoir autant de plus. La vie en éprouve certains plus durement que d'autres. Le PDG fourra dans le porte-feuille une épaisse liasse de billets de cent marks et le remit dans le poing de son propriétaire. Il espérait que celui-ci se réveillerait avant qu'on ait le temps de les lui dérober, mais d'un autre côté, les voleurs aussi étaient dans le besoin, s'ils en arrivaient là.

Rauno Rämekorpi tenta de joindre sa femme, sans plus de succès que la veille. Puis il appela Sorjonen et, quand son monospace arriva à Töölö, monta devant avec lui. Encore une fois, l'industriel hésitait sur l'adresse à donner à son chauffeur. Il demanda à ce dernier s'il avait jamais auparavant véhiculé des gens qui ne savaient pas où ils allaient.

Sorjonen : J'ai embarqué un type, une fois, qui n'en savait vraiment rien, il ne se rappelait plus. Un certain Rytkönen, conseiller géomètre. Les conseillers apprécient beaucoup mon taxi.

Seppo Sorjonen raconta qu'il avait bourlingué tout l'été avec ledit géomètre. Ce dernier était monté dans son taxi à Tapiola ; puis on avait sillonné le pays et même incendié et dynamité une exploitation agricole, faute de mieux. On avait poussé jusqu'à Seinäjoki et Lestijärvi. Rauno Rämekorpi n'avait donc rien d'extraordinaire, pour un Finlandais, avec sa manie d'errer sans but en taxi à courir les femmes et transporter des fleurs.

Le conseiller à l'industrie ne savait plus trop où il en était : d'un côté il se sentait heureux, de l'autre angoissé. Qu'en pensait Sorjonen, avait-il perdu la raison ?

D'après le chauffeur, il n'y avait pas de quoi s'inquiéter. L'épouse de son client se manifesterait bientôt, et même sans elle, il n'avait guère manqué de femmes, jusqu'ici.

Rauno Rämekorpi avait toujours eu les nerfs solides, les coups de cafard ne le perturbaient pas et il n'avait jamais eu besoin de faire appel à un psy. Mais il avait malgré tout, dans sa jeunesse, vécu plus ou moins maritalement avec une psychologue, Irja Hukkanen, qui habitait maintenant à Vantaa, dans une maison avec jardin. Peut-être pourrait-elle l'aider à surmonter son vague à l'âme. Il se rappelait sa gentillesse et sa générosité, et bien sûr sa compétence professionnelle, même si elle était spécialisée en pédiatrie. Coup de fil à Irja, donc, et direction Vantaa !

La psychologue accueillit Rauno Rämekorpi en robe de chambre, car il était à peine huit heures du matin. Elle l'invita à entrer, en compagnie de Seppo Sorjonen, et leur proposa de prendre le petit déjeuner. La maison était crépie de jaune et bien entretenue. Quant à Irja, c'était une femme mince d'une cinquantaine d'années, qui sourit avec bienveillance à ses visiteurs en leur souhaitant la bienvenue. Elle rougit de façon charmante en recevant des fleurs : vite un vase pour le gros bouquet de Teemu Eerikäinen, directeur des ressources humaines du Syndicat des ingénieurs ! Le chauffeur de taxi tendit poliment à leur hôtesse une bouteille de champagne frais. Il avait pris soin de regarnir le sac isotherme de glaçons.

Seppo Sorjonen repartit en souhaitant à son client une agréable matinée. Resté en tête à tête avec Irja, Rauno ôta sa queue-de-pie. Elle était dans un triste état, depuis la bagarre, froissée et déchirée de haut en bas dans le dos.

Irja : Pauvre chou, ton habit est en lambeaux.

Rauno Rämekorpi avoua s'être battu la nuit précédente au Musée national avec un mari jaloux. C'était d'ailleurs de cet épisode et de quelques autres qu'il voulait parler avec la psychologue. Il avait non seulement abîmé sa tenue de gala, mais son épouse avait abandonné le domicile conjugal. Sa situation n'était guère brillante, d'autant plus qu'il avait été fait cocu par un ingénieur danois aspermique, et père d'un enfant illégitime par une garce sans scrupules, sans compter tous les autres motifs de préoccupation surgis au cours de cette virée.

Rauno : J'ai le moral dans les chaussettes.

Irja secoua la tête. Quand donc Rauno deviendrait-il adulte ? Il n'avait pas à se plaindre, au bout du compte. Il était en bonne santé, possédait une florissante usine, avait beaucoup d'amis. Un enfant à soixante ans était une bénédiction, et un homme de sa trempe n'avait pas à s'en faire pour un malheureux Danois. Quant à son épouse, elle n'avait sans doute pas quitté la maison pour de bon. Il était parfaitement naturel, pour une femme dont le mari courait par monts et par vaux, d'aller rendre visite à une amie, par exemple. Le fait qu'elle n'ait pas répondu à ses SMS ne signifiait rien. Avait-il d'ailleurs seulement, l'esprit embrumé par le champagne, envoyé ses messages à la bonne adresse ? Quel était le numéro de portable d'Annikki ? Le connaissait-il par cœur ou s'était-il emmêlé les pinceaux ? Dans ce cas, il s'énervait pour rien. Il ne gardait pas lui-même son téléphone allumé en permanence.

La psychologue était égale à elle-même : consolatrice, cordiale, revigorante. Elle prit le portable de Rauno, afficha les SMS arrivés et tiens donc ! il y en avait de nouveaux.

Irja : Tu as au moins dix messages, attends… et même des nouvelles de ta femme.

Les mots longtemps espérés apparurent sur l'écran :

Rauno chéri, je suis sans nouvelles de toi depuis des heures, aurais-tu oublié que j'ai changé de numéro ?

Le conseiller à l'industrie examina l'appareil et constata que son épouse s'était en effet vu attribuer un nouveau numéro lors de l'achat de son dernier portable, et qu'il avait envoyé ses messages à l'ancien. Il tapa d'un doigt fébrile une réponse émue :

Je viens de m'en rendre compte, ma chérie. Je vais bien, je rentrerai dans la soirée. Je me suis occupé des fleurs.

Rauno Rämekorpi avait repris du poil de la bête : plus rien ne le pressait de retourner chez lui, puisque sa femme y était ! Aucune menace de divorce ou de suicide ne pointait à l'horizon.

Irja sourit tristement. Puis elle se leva de sa chaise pour aller dans sa chambre. Elle en revint avec à la main un pistolet d'un noir bleuté. Elle le posa sur la table à côté de la bouteille de champagne.

Irja : Quand nous nous sommes quittés, dans les années soixante-dix, je me suis retrouvée au bord de la psychose, complètement déprimée. Tes soucis sont peu de chose, comme tu viens de t'en apercevoir. Pour ma part, j'avais acheté cette arme dans l'idée de me tirer une balle dans la tête.

Elle sortit un bâton de rouge à lèvres de son sac et se dessina de deux traits rapides une croix écarlate sur le front, au-dessus de la ligne des sourcils. Elle vérifia l'effet dans son miroir de poche puis fixa Rauno Rämekorpi droit dans les yeux.

Irja : Tu vois cette croix ? Je l'ai visée des dizaines de fois avec ce pistolet. Je t'aimais tant que j'ai failli me tuer.

Rauno : Euh… tu es psychologue, et tu te serais quand même suicidée ? Mon Dieu ! Et à cause de moi, en plus ?

Irja : Une psychologue aussi est capable de tenir une arme — la preuve !

Elle ramassa le pistolet et posa la bouche du canon sur la croix tracée au rouge à lèvres sur son front. Son doigt se crispa sur la détente, mais elle ne tira pas. Rauno Rämekorpi lui arracha l'arme des mains. Le coup partit tout seul, la balle transperça la porte du placard de la cuisine. Le conseiller à l'industrie mit le cran de sûreté et retira le chargeur, deux cartouches roulèrent sur la table. Irja poussa un petit cri, elle croyait le pistolet vide. Elle venait de frôler la mort. Rauno Rämekorpi glissa les cartouches dans le gousset de sa queue-de-pie. La psychologue alla ranger l'arme meurtrière dans l'armoire de sa chambre, derrière une pile de linge. Elle était encore toute pâle.

Du champagne frais pour se remettre ! Rauno Rämekorpi promit de faire remplacer la porte du placard de cuisine et conseilla à Irja de ne pas garder d'artillerie chez elle. Quand ils eurent retrouvé leur calme, la psychologue interrogea l'industriel sur son anniversaire. Elle avait songé à lui envoyer des fleurs, mais il semblait en avoir reçu bien assez comme ça. Rauno raconta que la réception s'était déroulée sans incident, mais qu'ensuite il était parti porter les bouquets à la décharge. De fil en aiguille, l'expédition, qui s'était prolongée plus longtemps que prévu, ne l'avait pas conduit à Ämmänsuo mais auprès d'un certain nombre de femmes, et maintenant jusque chez son ex-compagne pour se plaindre de ses malheurs.

Irja : C'est ce mari jaloux qui te préoccupe ?

Le PDG expliqua qu'il avait flanqué à Heikki Korkkalainen une raclée qui l'avait mis en fuite et que celui-ci ne devrait donc plus guère poser de problème. C'était aussi la jalousie, dans le temps, qui l'avait rapproché d'Irja. Ils évoquèrent le passé. Rauno Rämekorpi avait été marié à une vraie tigresse.

Rauno : Mirja était impossible. Elle fouillait mes vêtements avec plus de soin qu'un inspecteur de police judiciaire… elle retournait même mes pantalons pour examiner les coutures, ses lunettes sur le nez, à la recherche de cheveux féminins… vu la façon dont elle vérifiait mes mouchoirs et mes chemises, elle aurait pu faire carrière comme contrôleur de la qualité dans une usine de bonneterie.

Sa femme l'attendait aussi souvent à la maison avec une poêle à frire en fonte à la main et, quand il rentrait après de dures négociations commerciales et s'installait sur le canapé pour une sieste, elle lui en caressait le dos.

Ce n'était pas une vie! Chez lui ce n'étaient que cris et coups, et à l'extérieur il était obligé de vider verre sur verre avec ses clients. Ses fils, qui étaient tout petits, pleuraient en voyant leurs parents se quereller et étaient devenus si turbulents qu'il en avait été réduit à faire appel à une psychologue pour enfants, qui se trouvait être Irja. Il s'était en fin de compte installé chez elle, son mariage n'y avait pas survécu, mais les garçons n'avaient pas pour autant complètement perdu l'esprit.

Irja : Tu es juste resté chez moi… si tu savais comme j'étais heureuse, même si ça n'a duré qu'un an. Tu m'as quittée. Mais pourquoi? C'est ce que je me suis toujours demandé.

Rauno : Tu as les orteils trop courts.

Il expliqua que l'exceptionnelle petitesse des doigts de pied d'Irja l'avait amené à se demander s'il était bien raisonnable, tout compte fait, d'épouser une femme qui risquait de transmettre cette particularité à ses enfants et au-delà, jusqu'à la fin des temps, à toute la lignée des Rämekorpi. Irja se débarrassa d'un coup de pied de sa pantoufle gauche, passa la jambe sur le bras de son fauteuil et scruta ses orteils.

Irja : Ils ne sont peut-être pas très fins et longs, mais c'est quand même fou qu'un homme en pleine possession de ses facultés mentales attache de l'importance à un détail pareil. Si j'avais su, ça m'aurait évité d'acheter un pistolet et surtout de songer à me suicider. C'est toi que j'aurais dû tuer, en réalité.

Rauno Rämekorpi, presque sincère, lui demanda pardon. Il s'était avoué depuis des années que ce motif, bien que réel, n'était qu'un prétexte. Mais comme il s'était remarié, il n'avait pas revu Irja depuis. Il serra son pied dans sa main et y posa un gros baiser. Elle se recula et rechaussa sa pantoufle. Malgré ses orteils, elle avait trouvé un bon mari et mis au monde deux garçons.

Après le départ de Rauno, Irja avait fait de la politique pendant quelques années, milité à l'extrême gauche et soutenu de toute son âme la cause des staliniens. Elle avait collaboré au journal du parti, rédigé des discours que ses camarades masculins prononçaient ensuite en les faisant passer pour leurs. Elle avait même chanté dans un groupe engagé, malgré sa voix plutôt quelconque. À l'époque, il suffisait de faire le plus de bruit possible.

Irja avait fait partie de nombreuses délégations envoyées à Moscou et ailleurs. Personne, lors de ces voyages, ne songeait à critiquer le régime, alors que tout individu sensé aurait pu se rendre compte que tout n'était pas parfait en URSS, et ne l'avait sans doute jamais été.

Irja : À l'époque, on prenait position sur tout. On dissertait sur la guerre et la paix, on prônait les vertus du pacifisme… le racisme, la misère du tiers-monde, la criminalité, le capitalisme, les cadres dirigeants du mouvement ouvrier… on montait sur nos grands chevaux pour tout et n'importe quoi.

Rauno : Tu m'avais moi aussi inscrit sur la liste des gens à abattre ?

Irja : Ton nom y figurait, oui, mais j'avais écrit

quelque part dans un mémoire que tu devais être nommé contremaître pour toute la durée de la période de transition et n'être fusillé qu'après la nationalisation de ton usine.

Le conseiller à l'industrie entreprit de son côté de faire le bilan de la condition masculine des quarante dernières années. Les hommes, en Finlande, étaient traînés dans la boue depuis des décennies. La mode avait été lancée dans les années soixante par une bande d'idiotes travaillant dans la presse.

Rauno Rämekorpi déballa ce qu'il avait sur le cœur : à l'époque, l'homme considérait, paraît-il, la femme comme un simple objet sexuel. Dix ans plus tard, on lui reprochait de ne pas savoir se montrer tendre, ni pleurer s'il était malheureux. Les Finlandais — faute inexcusable — étaient trop durs.

Dans les années quatre-vingt, alors qu'ils avaient docilement appris à chialer, on les avait considérés comme des chiffes molles, des piliers de bistro et des ennemis de la vie de famille. Et aujourd'hui, on les accusait par pure habitude de tous les péchés du monde.

Rauno : Ce n'est plus drôle. Si un homme se permettait d'insulter publiquement les femmes avec la même grossièreté qu'elles, on le traînerait au tribunal et on le jetterait en prison. J'ai passé ma vie à me faire injurier.

Il se leva pour aller chercher un pot de caviar dans la poche de sa cape accrochée au portemanteau. Irja lui fit signe qu'il trouverait un ouvre-boîte dans la cuisine. Dans le réfrigérateur, il n'y avait pas grand-chose, ni jambon ni autres charcuteries, mais Rauno découvrit dans le bac à légumes une plaquette de médicaments sur l'étui de laquelle s'étalait un nom prometteur : Viagra. Il ne put s'empêcher de regarder de plus près et constata qu'on en avait utilisé la moitié, soit trois comprimés. Il décida de prendre le risque d'expérimenter les effets du médicament miracle. Une pilule sous la langue et retour au salon, où il l'avala avec une gorgée de champagne. La psychologue remarqua dans la main de son ancien amant, en plus du caviar, les coûteux aphrodisiaques.

Irja : Tu en as pris, imbécile ! Dans une heure, il n'y a pas que ta crétinerie qui va te donner l'air d'un âne.

Rauno : À mon âge, et compte tenu des circonstances, je me suis dit que je pouvais aussi bien essayer.

Irja se fâcha presque : elle avait acheté ces médicaments pour stimuler les érections de son compagnon actuel, pas pour le plaisir d'hôtes de passage.

Elle raconta que son premier mari, bien que beau et intelligent, était fou, à sa manière, comme tous les hommes, et avait fini par se suicider. Il avait sauté du balcon de leur domicile du cinquième étage, à Jyväskylä, et s'était tiré une balle dans la bouche pendant son vol plané. Son corps s'était écrasé dans la rue, la police n'avait même pas tenté de le ranimer, il avait son compte.

Rauno : Tout n'a pas toujours été rose pour toi.

Irja : Orteils courts, vie longue. Ensuite, j'ai eu un cancer du sein et on m'a coupé le nichon gauche.

Rauno : De mieux en mieux.

Irja : On m'en a fabriqué un nouveau en silicone, tu veux voir ?

Elle entrebâilla sa robe de chambre. Rauno Räme-korpi fixa médusé la poitrine de son ex-compagne. Plus attirante que jamais.

Irja : Ne me regarde pas comme ça, il faut attendre une heure.

Pour qui attend, rien n'est plus lent que le temps, et pour Rauno Rämekorpi l'heure s'écoula tel un fleuve paresseux. Par bonheur, Irja était bavarde. Elle s'intéressait depuis peu à la vie de Jésus. Comment avait-on pu exécuter un chef bénéficiant d'un tel soutien populaire ? Dans un sens, la psychologue éprouvait maintenant plus de respect pour le Christ que pour Lénine dans sa jeunesse. C'était un homme bon, et un personnage historique.

Selon Irja, les masses, il y a deux mille ans, n'avaient rien à envier à celles d'aujourd'hui : un dirigeant au sommet de sa popularité s'était fait huer et clouer en croix sous le coup d'une psychose col-lective, rien de plus extraordinaire. Dommage que Jésus n'ait pas eu le soutien de troupes armées, au lieu de quelques disciples grassouillets incapables de le protéger, sans compter qu'il y avait de toute évidence un traître parmi eux, Judas. Pour la psycho-logue, le Christ aurait dû se réfugier dans les mon-tagnes et mener une guérilla sans merci ; il serait alors devenu un véritable leader et toute l'histoire du pourtour méditerranéen en aurait été changée.

Rauno : Cette pilule commence à faire de l'effet. Mais à propos de Jésus, je ne pense quand même pas qu'il ait ressuscité des morts après son exécution. J'ai ma théorie sur la question.

Ils burent un peu de champagne. Le conseiller à

l'industrie exposa son point de vue : quand on avait décroché le corps du Christ de la croix, il n'avait pas été enfermé dans un caveau à attendre les gens venus le pleurer, Marthe, Marie ou autres, mais profané sous les yeux de tous ; puis les soldats romains avaient discrètement emporté l'agitateur supplicié vers un lieu soigneusement choisi où il avait été enterré, ou jeté dans un fleuve, ou traité de toute autre manière inventée pour l'occasion.

Irja considérait que cette résurrection surnaturelle fournissait une explication psychologique à la disparition de Jésus — c'était évident, sauf pour les prêtres et les évêques.

Rauno aurait bien aimé savoir où les os du malheureux pourrissaient aujourd'hui. S'il organisait une campagne de fouilles, aux frais de sa société, Irja viendrait-elle avec lui ?

La psychologue alla prendre un atlas dans sa bibliothèque et l'ouvrit à la page du Proche-Orient. Ils examinèrent la géographie actuelle de la région. Rauno nota tout de suite, en se fondant sur d'anciens sites, que les grands axes d'aujourd'hui correspondaient aux routes militaires de l'époque romaine ; le relief, avec ses fleuves et ses montagnes, n'avait pas beaucoup changé en deux mille ans.

Il entreprit de calculer combien lui coûterait la recherche archéologique des ossements du Christ.

Rauno : En investissant disons trois pour cent de la marge annuelle de l'entreprise… on pourrait financer sans mal deux ou trois équipes de chercheurs, et comme on a publié des milliers d'ouvrages sur les voies de circulation de l'époque, inutile de retourner chaque pierre.

Irja : Si nous découvrons le squelette du Christ, ou ce qu'il en reste, comment pourrons-nous démontrer qu'il s'agit bien de lui ?

Rauno : Nous devrions nous assurer le concours de cette spécialiste finlandaise de la médecine légale dentaire, Helena Ranta, c'est elle qu'il nous faut pour identifier Jésus.

Irja se laissa aller à rêver : à supposer que l'on trouve une hostie antique portant la trace des dents de Jésus, l'experte pourrait apporter la preuve scientifique irréfutable du transfert en Finlande des véritables ossements du Christ. Ce serait extraordinaire. Champagne !

Rauno déclara que si les rois mages, il y a deux mille ans, avaient trouvé la crèche de Jésus grâce à la seule astrologie, localiser son squelette ne devrait pas présenter de difficultés insurmontables pour des Finlandais.

Rauno : Tchin-tchin, vive Jésus !

Irja se fit songeuse. Se rendre en Israël serait bien sûr passionnant, mais les ossements du Christ ne résoudraient pas les problèmes actuels. Elle avait parfois été tentée de se retirer du monde, de se faire ermite, pas forcément dans un monastère, mais au cœur de forêts inhabitées. Elle avait fait des projets : construire une cabane de rondins quelque part aux alentours de Sodankylä, se nourrir de légumes du potager, de chasse et de pêche… la compagnie d'un homme débrouillard serait utile, mais rien d'autre. Retourner à la nature, comme les vieux-croyants russes du XIXe siècle dont on trouvait encore des descendants, cent ans plus tard, cachés dans la taïga sibérienne. Bel idéal pour quelqu'un revenu de tout.

L'heure avait passé étonnamment vite. Irja aida Rauno à ôter sa tenue de gala. Puis on vérifia les effets sur son organisme du plus récent remède miracle de la science. Rien à redire !

10

Ulla-Maija

Impossible, en plein week-end, de faire réparer chez le tailleur Kronqvist la queue-de-pie déchirée de bas en haut, qui n'aurait de toute façon pas retrouvé son aspect d'origine car le tissu lui-même avait souffert dans la bagarre. Irja réfléchit, il fallait vêtir un peu plus décemment le héros de la fête, il ne pouvait pas songer à retourner dans cet état auprès de son épouse.

Irja : Je sais ! Tu pourrais emprunter l'habit du défunt mari d'Ulla-Maija, comment n'y avais-je pas pensé tout de suite !

La psychologue avait une tante, une femme extra-ordinaire, Ulla-Maija Lindholm, veuve d'un évêque militaire. Ce dernier était mort depuis maintenant des années. Il avait bien sûr laissé un uniforme de général, mais aussi des vêtements civils — Irja se rappelait l'avoir vu plus d'une fois en habit. Le PDG ne se souvenait pas d'avoir jamais entendu parler de Mgr Lindholm. La psychologue lui apprit que l'évêque était décédé une dizaine d'années plus tôt, mais vu sa méticulosité, sa queue-de-pie était à coup sûr encore en bon état. Il avait été, de son vivant, à peu près de la même taille que Rauno, et si jamais son habit n'était plus mettable, il restait toujours son uniforme. Un conseiller à l'industrie pouvait très bien, pendant un jour ou deux, passer pour un évêque aux armées. C'était d'ailleurs sur le champ de bataille qu'il avait, au cours de son expédition, esquinté sa queue-de-pie.

Irja fréquentait les Lindholm depuis son enfance car son père avait lui aussi servi l'Église, d'abord comme pasteur de la paroisse rurale de Jyväskylä, puis comme doyen. Les deux hommes se voyaient beaucoup et leurs familles avaient aussi appris à se connaître.

La psychologue ajouta qu'Ulla-Maija était une personne délicieuse qui adorait faire la fête, même si sa vie aux côtés de l'évêque n'avait pas toujours été très gaie. Elle décida de lui passer un coup de fil et de lui envoyer Rauno — elle serait à coup sûr ravie de la visite impromptue d'un fringant cavalier.

Le conseiller à l'industrie tenta de protester : il ne pouvait quand même pas aller de but en blanc emprunter un habit à une veuve inconnue… surtout avec sa queue-de-pie en lambeaux.

Irja le pressa d'appeler son chauffeur de taxi. L'effet du Viagra se dissiperait bientôt, il devait faire vite s'il voulait payer de sa personne la location de l'habit.

La psychologue téléphona à sa tante, qui fut agréablement surprise d'apprendre qu'un intéressant visiteur s'annonçait : un conseiller à l'industrie qui avait arrosé ses soixante ans et tant pris goût à la fête qu'il avait couru la prétentaine en taxi à travers toute la ville. Il avait si bien mis ses vêtements en charpie, dans l'aventure, qu'il n'osait plus rentrer chez lui.

Rauno, de son côté, joignit Seppo Sorjonen, qui promit de passer le prendre au plus vite.

Sorjonen : Tu n'en as pas assez de faire la route ?

Rauno : Arrêter brutalement est la dernière chose qui me viendrait à l'esprit. Une dixième drôlesse m'a invité.

Sorjonen se fit pédagogue. Sans vouloir être vexant, il n'avait pu qu'observer, tout au long de cette distribution de fleurs, quelle vie de débauche menait l'honorable conseiller à l'industrie.

Rauno : Quoi ? Moi ?

Le chauffeur nota qu'il avait l'habitude, dans son métier, d'en voir des vertes et des pas mûres, mais Rauno Rämekorpi tenait le pompon. Cruel constat !

Le PDG y réfléchit un moment. Sorjonen n'avait pas tort, mais ses accusations masquaient peut-être aussi une pointe d'envie. Les critiques ne l'atteignaient pas.

Ils firent la paix et choisirent une nouvelle fois un bouquet — des roses jaunes offertes par la Fédération du commerce extérieur de Finlande — puis vérifièrent qu'il restait assez de champagne, ainsi que des glaçons dans le sac isotherme et même quelques pots de caviar et de foie gras.

Quand le taxi de Sorjonen eut emporté Rauno Rämekorpi, Irja rappela Ulla-Maija Lindholm.

Irja : Maquille-toi vite, sors l'habit de ton mari du placard et époussette-le. Rauno sera bientôt chez toi. Je te promets une sacrée journée, cet idiot n'a rien trouvé de mieux à faire que de chiper du Viagra dans mon frigo, qui sait s'il n'en a pas avalé plus d'un comprimé.

La psychologue expliqua qu'elle avait expérimenté les effets du médicament sur le conseiller à l'industrie et pouvait garantir à sa tante qu'il lui apporterait un bonheur palpable.

Ulla-Maija habitait la presqu'île de Katajanokka. Belle, sensuelle et polyglotte, elle avait jadis été une femme du monde enviée et rien n'avait pu entamer sa joie de vivre, pas même le puritanisme étroit de l'évêque aux armées. Elle avait l'expérience du mariage : avant Leevi Lindholm, elle s'était déjà trouvée veuve d'un marchand de voitures, suicidé par pendaison. Avant ce drame du secteur automobile, elle avait eu pour premier époux un professeur de lycée dont elle avait divorcé quand il avait sombré dans la folie ; aux dernières nouvelles, le malheureux était toujours en vie, soigné dans un hôpital psychiatrique.

La pétillante veuve se maquilla en un tournemain, impatiente d'accueillir son invité surprise. L'homme, avec sa queue-de-pie déchirée, constituait de toute évidence un défi. Ulla-Maija alla chercher l'habit de son défunt mari, l'aéra sur le balcon, le brossa et le disposa sur une chaise dans sa chambre à coucher. Puis elle se débarrassa de sa petite culotte et se glissa dans une longue robe du soir — il était certes un peu tôt dans la journée pour arborer pareille toilette, mais après tout le conseiller à l'industrie était là pour emprunter la tenue de gala de l'évêque aux armées et elle ne pouvait pas s'exhiber en tablier et chaussettes tire-bouchonnées.

Ulla-Maija balaya son visage déjà un peu ridé d'un dernier nuage de poudre et prit une pose nonchalante pour attendre l'inconnu. Elle songea lascivement qu'après toutes les femmes dont Rauno Rämekorpi avait joui au cours de son escapade, il s'en offrait encore une à lui. À près de soixante-dix ans, elle était consciente de devoir aller droit au but, mais bien sûr avec élégance.

À peine était-elle prête qu'on sonna à la porte. Deux hommes entrèrent, un chauffeur de taxi d'une quarantaine d'années, avec sous le bras quelques bouteilles de champagne et autres bocaux, et le fameux conseiller Rämekorpi tant vanté par Irja, chargé d'un merveilleux bouquet de roses jaunes ! L'arrivée ne manquait pas de classe, jugea Ulla-Maija Lindholm en leur souhaitant la bienvenue.

Sorjonen : Bon, eh bien je crois que je vais y aller. Appelle-moi si tu as besoin de moi, Rauno.

Une fois le chauffeur reparti, la veuve prit les choses en main. Après une première coupe de champagne, elle conduisit son invité dans la chambre et lui ordonna de se déshabiller.

D'une main experte, Ulla-Maija aida Rauno Rämekorpi à enfiler la chemise à plastron de l'évêque militaire. Le conseiller à l'industrie était effectivement de la même taille que le défunt, son habit lui allait comme un gant. L'essayage terminé, Ulla-Maija le pria de se dévêtir à nouveau et alla lui chercher un caleçon et des chaussettes propres. Rauno Rämekorpi, debout nu au milieu de la chambre, resta à fixer le derrière chatoyant de la robe du soir de la veuve penchée sur un tiroir en quête de sous-vêtements. Elle trouva bientôt dans le linge de l'évêque un caleçon à son goût, et apporta aussi au conseiller à l'industrie une paire de chaussettes. Il rougit jusqu'aux oreilles en voyant qu'elle regardait sa nudité. En même temps, il avait terriblement envie de la culbuter sans autre forme de procès sur son lit, mais c'était quand même délicat, il n'avait fait sa connaissance qu'un instant auparavant.

La veuve suggéra que l'on se tutoie, vu l'intimité de la situation. Elle félicita par la même occasion Rauno pour son anniversaire de la veille.

Ulla-Maija : Irja m'a dit que tu avais été saisi du démon de midi. C'est magnifique, je trouve.

Elle l'invita à s'asseoir sur le bord du lit, prit place à ses côtés et croisa haut ses jambes, exemptes de varices, comme le font les femmes quand elles veulent montrer leurs cuisses. La fente de sa robe du soir dévoila généreusement ses rondeurs jusqu'à l'aine. Rauno Rämekorpi effleura de sa patte velue les hanches de son hôtesse.

Rauno : Et si tu enlevais toi aussi tes vêtements ? Nous serions plus à l'aise tous les deux. À moins que tu ne juges cette idée déplacée ?

Ulla-Maija se défit de sa robe du soir. Elle ne portait rien dessous et, pressé de faire plus ample connaissance, le couple se laissa tout naturellement rouler sur le lit. Rauno Rämekorpi se trouva aussitôt en pleine possession de ses moyens, grâce à sa robuste constitution et au Viagra qu'il avait pris. Il constata, avec un soupir de satisfaction, que les arbres les plus vieux avaient bien les fruits les plus doux.

Le couple fit une pause pour aller boire une coupe

de champagne au salon avant de retourner au plus vite dans la chambre parfaire son rapprochement.

Ulla-Maija : Ça faisait longtemps que je n'avais pas eu de relations intimes avec un homme. Je suis heureuse que tu aies trouvé le temps de passer.

Après qu'ils eurent sacrifié une nouvelle fois à Vénus, Ulla-Maija fit un saut dans la salle de bains puis demanda à Rauno de l'aider à revêtir sa robe du soir. Elle ne jugea pas plus utile qu'avant de mettre une culotte dessous.

Ulla-Maija : Va prendre une douche, maintenant. Tu pourras ensuite endosser l'habit de Leevi. Nous devons fêter comme il se doit notre rencontre. Nous avons du champagne, mais il nous faut de quoi nous restaurer, et toutes sortes d'autres choses.

Ulla-Maija se vanta d'avoir la fête dans le sang. Depuis sa prime jeunesse, elle organisait des réceptions à la moindre occasion et plus elle avançait en âge, plus leur déroulement était fastueux. Il lui manquait hélas aujourd'hui les moyens financiers de mener la vie dont elle rêvait au fond d'elle-même. Mais maintenant qu'un riche conseiller à l'industrie avait par hasard trouvé le chemin de sa demeure et qu'ils n'avaient plus de secrets l'un pour l'autre, c'était l'occasion ou jamais de célébrer dignement l'événement. D'autant plus que le soixantième anniversaire de Rauno n'était pas vraiment terminé. Il pouvait compter sur elle, elle savait mettre de l'ambiance.

Rauno n'en doutait pas, mais il se demandait s'il ne devrait pas songer un jour ou l'autre à prendre le chemin du retour. Sa femme commençait sûrement à se demander où il traînait.

Ulla-Maija : Balivernes ! L'heure est à la fête, tu auras bien le temps de rentrer chez toi plus tard.

Après sa douche, elle aida Rauno à enfiler son nouvel habit. Elle se félicita de la clairvoyance dont elle avait fait preuve en s'abstenant de vendre à un chiffonnier la queue-de-pie du défunt évêque. Quand ils furent tous les deux habillés de pied en cap, ils se resservirent à boire. Mais soudain la veuve se rembrunit.

Ulla-Maija : C'est si rageant de vieillir !

Rauno : Tu as pourtant toujours un corps de jeune fille.

Ulla-Maija soupira que depuis quelques années elle ne supportait plus de prendre de l'âge. La vie passait beaucoup trop vite. Elle aurait voulu connaître encore tant de fêtes. Certains considéraient la mort comme un phénomène naturel, mais elle n'était pas de cet avis. Le trépas n'était pas un ami libérateur mais un intrus malvenu, un sinistre huissier de justice dont personne ne pouvait contester les saisies. Le pire était la pauvreté, sa pension de veuve d'évêque militaire était maigre, elle devait économiser sur tout. Elle n'organisait plus de fêtes que sur le papier, quelle humiliation !

Ulla-Maija alla prendre dans le tiroir de son secrétaire deux feuilles couvertes de longues listes calligraphiées avec soin. L'une contenait un programme de réjouissances, l'autre un somptueux menu.

La veuve se défendit d'être une tête de linotte futile, elle se voyait au contraire comme une véritable hédoniste et revendiquait son naturel heureux.

Ulla-Maija : J'ai toujours été gracieuse et j'ai encore une belle voix.

À ses yeux, la vocation d'une femme comme elle était de faire la fête toute sa vie, sans se laisser arrêter par la vieillesse.

Rauno Rämekorpi lut le programme :

1. Envoyer les invitations deux semaines avant la date prévue. Commander les cartons chez un imprimeur, vingt convives maximum, uniquement des personnalités en vue.

2. Lieu de la fête : chez moi. Bouquets de fleurs et parfums d'ambiance dans toutes les pièces.

3. Pendant l'apéritif (champagne, bien sûr !), récital d'un chœur de chambre masculin (élèves du conservatoire) avec piano.

4. Discours de bienvenue. Général Hedegren ou autre personnalité de même rang.

5. Déclamation de poèmes par Oiva Lohtander, textes en annexe.

6. Dîner de gala, voir menu.

7. Au dessert, quatuor à cordes.

8. Bal.

9. Café et cognac ou xérès.

10. Ouverture des portes-fenêtres. Les invités passent sur le balcon afin d'admirer un feu d'artifice tiré depuis la plage de Katajanokka. Vingt grosses pièces, cent petites.

11. Au crépuscule, à la lumière des chandelles, numéro de strip-tease d'une jolie professionnelle, puis spectacle de nu de la maîtresse de maison elle-même.

12. La nuit tombée, champagne rosé sur la plage. Promenade en mer à bord de gondoles illuminées affrétées pour l'occasion.

Rauno Rämekorpi félicita Ulla-Maija, les festivités étaient variées et magnifiques. Le projet, équilibré, était conçu avec art — la solennité semi-officielle du début s'effaçait peu à peu et la fête gagnait en intensité jusqu'au final coquin avant de se terminer par une note romantique sur les eaux calmes de la Baltique.

Ulla-Maija avait établi ces derniers temps de nombreux plans de ce genre. N'ayant plus d'argent ni d'amis haut placés et n'étant plus invitée par personne, elle en était réduite à imaginer, ne serait-ce que sur le papier, des moyens d'embellir sa triste vie. Écrire était une sorte de thérapie.

Ulla-Maija : Mais, au lieu de tenir un journal, ou de composer des poèmes, je rédige ces programmes et ces menus, qui sont pour moi beaucoup plus précieux. On dit qu'en chaque Finlandais sommeille un écrivain, eh bien voilà la prose que je pratique.

Rauno Rämekorpi loua le talent de son hôtesse. Il fallait de l'imagination et de la créativité pour ciseler de tels joyaux. Elle avait développé là un genre littéraire à part entière. Il aurait fallu, en vérité, rassembler et publier des morceaux choisis de son œuvre dans un recueil, le premier ouvrage de l'écrivaine Ulla-Maija Lindholm.

La veuve craignait que les critiques ne portent sur le livre un regard moqueur — voyez cette pauvre folle! Faute d'argent, elle donne ses réceptions par écrit!

Rauno s'engagea à financer la publication. Mais le mieux serait encore d'organiser une vraie fête.

Ulla-Maija : Il faut que je t'embrasse. Mais tu ne dis pas ça pour te moquer, j'espère, tout cela compte beaucoup pour moi. Personne ne mérite qu'on brise ses rêves, n'est-ce pas, mon cher Rauno?

Le conseiller à l'industrie lui demanda si elle avait dans ses archives un programme adapté à un tête-à-tête.

Débordante d'enthousiasme, Ulla-Maija alla chercher dans le tiroir de son secrétaire une épaisse liasse de projets, au moins cent, ainsi que des menus et des listes de vins. De quoi faire un savoureux livre! Ils choisirent ensemble un rêve intitulé :

Rendez-vous galant pour deux tourtereaux.

Ulla-Maija prit le mors aux dents. Elle commença par téléphoner à un traiteur et lui dicta le menu dans les moindres détails. Pour la facture, elle donna l'adresse de la société Rämekorpi à Tikkurila. Le montant pourrait être déduit des impôts au titre des frais de représentation de l'entreprise, au diable l'avarice!

Sorjonen fut mis à contribution, Ulla-Maija lui confia une liste de courses. Pour la musique, coup de fil à l'Académie Sibelius! Quant au strip-tease, l'organisatrice entendait s'en charger en personne. Elle commanda un feu d'artifice aux sapeurs-pompiers en permission de la brigade d'Espoo. Rayonnante, l'ordonnatrice de la fête s'activa pendant une heure, et bientôt les coups de sonnette se succédèrent à la porte. Le signal des réjouissances allait pouvoir être donné.

Le premier à se présenter fut Seppo Sorjonen, les bras encombrés de fleurs. Rauno Rämekorpi et Ulla-Maija Lindholm disposèrent les bouquets dans l'appartement : les roses de la Fondation pour l'éducation économique dans le salon, les narcisses offerts par la Centrale syndicale de Finlande au milieu de la table de fête, la gerbe rouge feu de la Ligue des travailleurs de Tikkurila dans la chambre, les œillets de l'Association ouvrière des golfeurs de Westend dans l'entrée et enfin, dans la cuisine, un plein vase de roses jaunes de l'Amicale des podagres des quartiers sud d'Espoo.

Sorjonen parti, trois élèves de l'Académie Sibelius firent leur apparition, accordèrent leurs violons et donnèrent un délicieux récital de musique de chambre, Beethoven, Bach et Grieg, sans oublier, plus tard, la *Valse triste* de Sibelius. Le trio joua aussi des airs plus entraînants. Poliment, Rauno invita Ulla-Maija à danser.

Le meilleur de la fête fut cependant le délicieux festin qu'un traiteur de Kruununhaka avait livré en un temps record. Pour potage une bisque de homard, en entrée des crevettes marinées accompagnées d'une sauce aux olives, comme plat principal des soles au beurre blanc et au dessert un sorbet aux mûres jaunes entouré de salade de fruits, et bien sûr du café, avec un succulent fraisier. On fit — cela va sans dire — le repas au champagne, mais après le café on servit comme il se doit un verre de cognac à Rauno et du xérès à la maîtresse de maison.

Avant le poisson, ce fut au tour du comédien Oiva Lohtander d'être introduit dans l'appartement. Il portait une élégante jaquette qui mettait en valeur sa puissante silhouette et donnait un cachet solennel aux vers d'Eino Leino qu'il déclama. En plus des stances du grand poète, Lohtander interpréta quelques textes choisis de Tuomari Nurmio, dont l'humour mordant enchanta tant la maîtresse de maison que son invité. Ce dernier accorda au comédien, en hommage à sa performance, un généreux pourboire.

Après le départ de Lohtander, le trio à cordes joua une sonate légère, puis ce fut l'heure du bal. Le conseiller à l'industrie se voua aux tourbillons de la valse jusqu'à ce qu'il soit temps de se pencher un instant au balcon pour admirer le feu d'artifice tiré à l'heure dite par les pompiers d'Espoo. Le ciel s'illumina de vingt grosses fusées et d'une cinquantaine de petites. Après ce divertissement pyrotechnique, Ulla-Maija Lindholm se retira un instant dans sa chambre, d'où elle revint après avoir troqué sa robe du soir contre sept voiles transparents masquant à peine son corps sensuel, les uns jetés avec grâce sur son épaule, les autres drapés sur ses hanches. Il y avait maintenant au programme le numéro spécial de la maîtresse de cérémonie, une *Danse des sept voiles* à la mode finlandaise, accompagnée avec talent par les élèves de l'Académie Sibelius. Comme l'on pouvait s'y attendre, Rauno Rämekorpi ne perdit pas une miette du spectacle et applaudit à en avoir les paumes écarlates, conquis par la gracieuse performance de son hôtesse.

La merveilleuse fête se termina par une romantique promenade en mer qu'Ulla-Maija aurait aimé faire en gondole, mais il était tout simplement impossible de trouver des embarcations vénitiennes à louer sur les rives glacées de la Baltique et elle avait donc décidé d'affréter une barque paroissiale. À l'embarcadère du restaurant *Kasino* attendaient avec impatience vingt hommes de l'équipe A du club d'aviron de Neste, rames levées, prêts à fendre de leur étrave le miroir emperlé de l'eau où se reflétait déjà la pleine lune brillant dans un ciel sans nuages.

L'heureux couple, en habit et robe du soir, monta dans la longue et fine barque villageoise. Le trio à cordes attaqua un air de circonstance, *L'Étoile et le Marin*, et le maître d'hôtel du *Kasino* servit aux passagers installés à la proue des coupes de champagne rosé.

Les vigoureux athlètes de l'équipe de Neste plongèrent leurs avirons dans l'eau et l'embarcation s'élança sur la mer argentée par le clair de lune. On fit le tour de la presqu'île de Katajanokka en direction de la place du Marché, d'où l'on poursuivit vers la pointe de Kaivopuisto, laissant à bâbord le *Klippan* et son île.

Seppo Sorjonen attendait son client à l'embarcadère de Sirpalesalmi. De la mer arrivait un vrai don juan, songea-t-il avec envie. Pourquoi n'avait-il pas le même succès ? Il se regarda dans le rétroviseur de son taxi — rien à redire à sa figure. Il était au moins aussi beau que le conseiller à l'industrie, et plus jeune. Pourquoi devait-il se contenter d'une seule petite amie, alors que ce vieux schnock plastronnait avec ses dix garces ? Les femmes le trouvaient-elles trop sage, ou trop inexpérimenté ? Et s'il laissait tomber le transport pour la métallurgie, comme Rämekorpi… ou se lançait dans des études de médecine, ou même d'orthopédie, voilà un métier où l'on menait la belle vie !

Rauno Rämekorpi donna un brûlant baiser d'adieu à Ulla-Maija Lindholm et mit pied à terre. Il resta avec Sorjonen à regarder d'un œil attendri la barque paroissiale s'éloigner en direction de Katajanokka.

Il éprouvait au bout du compte un agréable sentiment de bien-être. Il avait fêté ses soixante ans et couvert de fleurs de nombreuses femmes, mais il faisait maintenant bon retrouver sa chère épouse. Il y a un temps pour courir le monde et un temps pour rentrer chez soi.

Rauno Rämekorpi demanda à Seppo Sorjonen d'envoyer sa facture au siège de sa société et lui glissa dans la main, en guise de pourboire, un billet de mille marks. Il ne put s'empêcher de se vanter d'avoir apprivoisé dix mégères. Le chauffeur de taxi n'était plus disposé à le laisser dire.

Sorjonen : Et comment penses-tu que va réagir la seule légitime ?

Annikki Rämekorpi accueillit son mari à bras ouverts. Elle lui sauta au cou et remercia Sorjonen, qui avait apparemment bien pris soin de lui.

Les Rämekorpi retournèrent à la quiétude de leur vie conjugale. Annikki posa un regard approbateur sur son époux. Il était resté plus de vingt-quatre heures absent mais s'était à l'évidence comporté à tous égards avec sagesse et modération car son habit n'était même pas froissé et son haleine sentait à peine

171

l'alcool. Il était rasé de près et ses yeux reflétaient le plaisir serein du retour au bercail.

L'expédition avait duré un peu plus longtemps que prévu, se désola Rauno. Il n'avait pas pu se résoudre à jeter ces belles fleurs à la décharge d'Ämmänsuo et les avait distribuées au personnel de l'usine et à quelques autres. Il avait passé la nuit au bureau, y avait pris un sauna et offert un bouquet de roses à la femme de ménage.

Il raconta avoir même eu le temps de faire un tour au Musée national. Celui-ci avait été magnifiquement rénové, les collections étaient superbes. Il espérait avoir plus souvent l'occasion, à l'avenir, de visiter des musées et autres lieux culturels, au lieu de toujours travailler d'arrache-pied.

Rauno ôta sa tenue de gala. Annikki la rangea sur un cintre. Bras dessus, bras dessous, ils allèrent se coucher.

II

DISTRIBUTION
DE CADEAUX

11

Le père Noël et son lutin

C'était la période de l'Avent. Le conseiller à l'industrie Rauno Rämekorpi et le chauffeur de taxi Seppo Sorjonen se trouvaient dans l'atelier du tailleur Kronqvist, rue de la Haute-Montagne, où l'on prenait leurs mesures. Le but était de commander pour le premier un uniforme de père Noël et pour le second un costume de lutin.

Kronqvist était un professionnel réputé à qui l'on pouvait s'en remettre sans crainte pour la confection de tenues officielles. Rauno Rämekorpi avait l'habitude, il s'habillait toujours sur mesure, et le chauffeur de taxi avait pour une fois l'occasion d'en faire autant.

L'idée était d'aller distribuer des cadeaux aux dix femmes auxquelles le conseiller à l'industrie avait rendu visite à l'automne, lorsqu'il avait fêté ses soixante ans. Il était plus ou moins resté en contact avec elles et, à l'approche de Noël, quoi de plus naturel que de se rappeler à leur bon souvenir ? Un homme du monde n'oublie pas les marques d'intérêt qu'on lui a prodiguées. Il semblait aussi logique de faire appel pour cette nouvelle tournée au même chauffeur de taxi. Sorjonen endosserait donc le rôle d'un lutin factotum, Rämekorpi celui du père Noël.

Kronqvist suggéra d'habiller ce dernier d'un costume rouge, comme le voulait la mode actuelle, avec des revers en drap gris. La tenue du lutin, à l'inverse, serait grise avec des liserés rouges. Le tailleur fit valoir que l'ensemble serait ainsi coordonné et d'une grande élégance. Ses clients pourraient se produire devant le public le plus exigeant. Sorjonen eut une idée : pourquoi ne pas tailler pour Rämekorpi une culotte à pont, s'ouvrant par-devant, bien sûr, et pas par-derrière comme dans le temps pour les petits garçons. Le pantalon serait ainsi facile et rapide à défaire en cas de besoin.

Le chauffeur de taxi fit remarquer qu'en réalité, le conseiller à l'industrie tenait plus du bouc cornu des anciens mythes liés au solstice d'hiver que de son avatar moderne à costume rouge et barbe blanche. Kronqvist comprenait parfaitement que son client ait besoin d'une culotte à pont. Mais quel type de fermeture préférait-il, zip ou boutons ? Sorjonen déclara qu'il fallait de toute évidence des boutons, les fermetures à glissière risquaient de s'enrayer en cas d'utilisation trop intense.

Le tailleur promit que les costumes seraient prêts à temps pour Noël. Une fois les mesures prises et tous les autres détails réglés, les deux hommes allèrent déjeuner et mettre au point le programme de leur tournée au tout proche restaurant *Kappeli*.

Tout en consultant le menu, Rauno Rämekorpi raconta qu'il était passé au ministère du Commerce et de l'Industrie pour discuter d'affaires concernant son entreprise. Entre deux portes, il s'était entretenu avec le chef de cabinet de son futur rôle de père Noël. Le ministère s'était intéressé à la question, quelques années plus tôt, et le conseiller à l'industrie s'était vu remettre le cahier numéro 19/1998 de la série des Études et Rapports de l'administration, intitulé *L'Abécédaire du père Noël*.

Rauno doutait que le ministère du Commerce et de l'Industrie soit le mieux placé pour faire souffler l'esprit de Noël, mais ce cahier dénotait un intérêt sincère pour le sujet.

Le chauffeur de taxi feuilleta la publication et lut les explications sur l'âge du père Noël.

Sorjonen : «Le père Noël est si vieux qu'il ne se rappelle plus lui-même quand il est né. Mais peu importe, car avec ou sans carte d'identité, ce vieux bonhomme sans âge est un bienveillant messager de paix aimé et apprécié de tous.» Toi tu as soixante ans, et tu es en tout cas aimé et apprécié des femmes. Un vrai père Noël, et un vrai cochon !

En mangeant, les deux hommes réfléchirent aux cadeaux à faire aux dix femmes de Rauno Rämekorpi. Seppo Sorjonen s'avéra d'un grand secours. Il proposa entre autres que le PDG offre à l'une d'elles un séjour de balnéothérapie pour deux personnes à Naantali, dans l'établissement où il s'était lui-même relaxé à sa grande satisfaction en novembre avec son épouse Annikki. Le décor était certes surchargé de bric-à-brac — le hall d'accueil, surtout, débordait d'objets de mauvais goût —, mais le personnel était compétent, aimable et serviable.

Le chauffeur de taxi suggéra par ailleurs au conseiller à l'industrie de payer à Irja un voyage en Israël. Cela ferait du bien à l'ex-stalinienne — et pourquoi ne pas organiser en même temps des fouilles archéologiques afin de retrouver les ossements du Christ ? Rauno pourrait plus tard se joindre à la mission, peut-être même en compagnie de son chauffeur. L'idée d'exhumer Jésus de sa tombe et de rapporter son squelette en Finlande n'était pas mauvaise ! Les deux hommes spéculèrent sur la possibilité d'exposer son corps à la manière de ceux de Lénine et de Staline, restés des dizaines d'années dans un mausolée, à Moscou, sous le regard de la foule. Un peu macabre, comme au fond tout le christianisme.

Il fut convenu d'aller faire des emplettes la semaine suivante. Choisir des cadeaux de Noël pour dix femmes pouvait facilement prendre la journée, mais en taxi on gagnerait du temps.

Des livres, du parfum, des places de théâtre... la liste s'étoffait.

Sorjonen demanda à Rauno si sa générosité irait jusqu'à offrir un manteau de fourrure à Saara, la femme de ménage de sa société. Rien de mieux pour l'image de l'entreprise que de pouvoir se vanter de verser des salaires si élevés que même les techniciennes de surface se promenaient en vison.

Rauno trouva l'idée excellente : bien sûr, un manteau de vison, voire de zibeline, en espérant qu'elle le porte pour aller au travail. Une publicité géniale, et en même temps, pour Saara, l'assurance d'une tenue douillette pour l'hiver.

Le conseiller à l'industrie se demandait s'il devait

apporter, en plus de cadeaux de Noël, des boissons et des mets fins.

Sorjonen : Le champagne n'est pas vraiment de saison, mais pourquoi ne pas prévoir du vin chaud ? Pendant que tu distribueras tes paquets, je pourrai remplir les verres et servir des canapés ou des salades… il faut que je me procure un livre de recettes. Ça te laissera le temps de profiter de la compagnie de ces dames.

Le chauffeur de taxi promit d'installer dans son monospace une minicuisine où il pourrait vaquer à ses occupations de lutin factotum pendant que le père Noël dispenserait à sa manière ses bienfaits.

Restait à savoir comment garder le vin épicé au chaud. On pouvait bien sûr utiliser des thermos, mais il en faudrait au moins dix. Banal et peu pratique.

Seppo Sorjonen pensait pouvoir réchauffer la boisson dans son taxi. Il suffirait pour cela d'acheter une bouilloire et de la brancher sur la prise de l'allume-cigare, à l'aide d'un câble et d'un transformateur. Il demanderait à un électricien de s'occuper de l'installation, la cuisine du monospace serait ainsi entièrement équipée. Avec ce système, on pourrait ensuite transvaser le vin chaud dans une carafe en cristal, par exemple.

Rauno : Une carafe en cristal, oui, ce sera parfait.

Sorjonen était prêt à confectionner, en même temps que la boisson, des salades qu'il dresserait à l'avance sur un plateau. Quand ils iraient ensuite sonner aux portes, il ferait en quelque sorte office de majordome, dans son costume de lutin, pendant que le père Noël se consacrerait à distribuer ses cadeaux

179

et à faire la conversation. Chez chaque femme, le chauffeur disposerait sur une table de la baguette fraîche, des salades et du vin chaud et, quand il aurait terminé son service, il laisserait le champ libre au conseiller industriel. Une fois que celui-ci aurait assez profité de sa visite, il le conduirait en taxi à l'adresse suivante.

Rauno Rämekorpi jugea le projet excellent. Tout marcherait sûrement comme sur des roulettes. Il avait confiance en son lutin, et bien sûr en lui-même.

Ils avaient fort à propos fini de déjeuner, la serveuse débarrassa la table et Seppo Sorjonen put y étaler un plan de Helsinki et de ses environs. Rauno Rämekorpi sortit son calepin et le chauffeur marqua d'une croix les adresses. On commencerait la tournée l'avant-veille de Noël à dix heures du matin, ni trop tôt ni trop tard. On partirait de la maison du conseiller à l'industrie, à Westend. On ferait une première halte chez Eila, à Lauttasaari, rue de Pajalahti. De là, on irait surprendre Sonja rue Robert, puis Tuula à Töölö, rue des Monts, et ensuite Kirsti, qui habitait tout près rue du Musée. De Töölö, le mieux serait sans doute de filer vers les jardins ouvriers de Marjaniemi annoncer la joie de Noël à Eveliina, qui était depuis déjà longtemps sortie de l'hôpital. On se rendrait ensuite à Malmi, chez Tarja, et de là à l'usine de Tikkurila, chemin des Intrépides, pour un sauna de Noël en compagnie de Saara. Puis on passerait chez Irja, dans sa maison de Vantaa, avant de terminer la distribution de cadeaux à Katajanokka, dans l'appartement d'Ulla-Maija, où l'on organiserait sûrement une petite fête avant de rentrer chez soi.

Le programme semblait au point. Il pourrait certes y avoir des changements en cours de route, mais les grandes lignes étaient claires. La journée entière y passerait à coup sûr, dix femmes sont une sacrée gageure en toutes circonstances.

Aux yeux de Seppo Sorjonen, l'essentiel était que le conseiller à l'industrie soit de retour chez lui pour le réveillon, frais et dispos. Rien ne valait un Noël en famille.

Rauno : Tout à fait. C'est la fête familiale par excellence.

Il fut convenu que Sorjonen se chargerait du ravitaillement et du transport, mais qu'on s'occuperait ensemble de choisir les cadeaux, de les empaqueter, de les étiqueter et de les porter dans la voiture.

Le chauffeur songea soudain qu'ils avaient complètement oublié d'acheter des chaussures assorties à leurs tenues. Le père Noël ne pouvait pas distribuer ses cadeaux en escarpins vernis et le lutin ne serait pas non plus à son avantage s'il portait aux pieds des baskets ou des boots usagées.

Rauno Rämekorpi était d'avis que le père Noël, en tout cas, avait besoin de bonnes vieilles bottes traditionnelles à bout recourbé, et il serait bon que le lutin en ait aussi. Mais difficile d'en trouver chez les marchands de chaussures de la capitale : le modèle n'était pas commercialisé, faute de demande. On pouvait se procurer à Helsinki des bottes en caoutchouc et sans doute aussi des bottes d'équitation, mais pour de vraies heuses, il fallait s'adresser ailleurs. On avait besoin des services et du savoir-faire d'un savetier de village.

Seppo Sorjonen eut l'idée de téléphoner à la Fédé-ration de la cordonnerie, où l'on put, après un instant de réflexion, lui indiquer qu'il y avait à Haapavesi un artisan de confiance, Hannes Jokirönkkö, réputé pour savoir fabriquer d'excellentes bottes de cuir — et sûrement aussi des heuses. Coup de fil à l'intéressé.

Jokirönkkö : Envoyez-moi les mesures de vos plantes de pied et vous aurez vos heuses dans une semaine, mais pour un délai aussi court, je facture un supplément de dix pour cent. Payable à la livraison.

Marché conclu. Rauno Rämekorpi et Seppo Sor-jonen demandèrent à la serveuse du restaurant quatre bouts de carton pour dessiner le patron de leurs panards. Ne trouvant rien de mieux adapté, elle leur apporta quatre cartes des vins, qui firent parfaitement l'affaire. On les posa par terre, les deux hommes ôtèrent leurs chaussures et l'un plaça un premier pied dessus. L'autre en traça le contour, puis on changea de jambe et de rôle. Quand les dessins furent termi-nés, on les découpa à l'aide de ciseaux fournis par la serveuse et on les glissa dans une enveloppe à l'en-tête du restaurant sur laquelle on écrivit l'adresse :

Hannes Jokirönkkö, maître heusier
2, venelle du Tanneur
86 600 Haapavesi

Rauno Rämekorpi régla l'addition. L'esprit léger, le père Noël et son lutin s'en allèrent poster leur com-mande de bottes et acheter des cadeaux à dix belles garces finlandaises.

12

Eila

À Haapavesi, le maître heusier Hannes Jokirönkkö examina d'un regard professionnel les patrons de plante de pied qu'il venait de recevoir. Le père Noël chaussait presque du 43, le lutin une taille de moins, comme il se doit. Le cordonnier lut la carte des vins du restaurant, qui était hélas tronquée, il manquait le prix d'une bonne partie des boissons. Le sauvignon, surtout, l'intriguait, était-ce cent vingt-trois marks la bouteille, ou plus — quand même pas mille deux cent trente ? Autour du talon du père Noël, les ciseaux avaient supprimé ce renseignement essentiel.

Jokirönkkö soupira et entreprit de découper le cuir des bottes, mais cette nuit-là, l'énigme l'empêcha de dormir. Il téléphona donc le lendemain à Helsinki au restaurant *Kappeli* pour s'enquérir du prix des vins et réussit à compléter la liste grâce aux conseils d'une serveuse secourable. Le sauvignon coûtait cent vingt-trois marks, c'était heureusement une boisson relativement bon marché. Cette irritante lacune de son savoir comblée, le cordonnier se remit au travail avec entrain.

Les bottes arrivèrent en temps et heure par la poste, il ne restait plus qu'à prendre livraison des costumes de père Noël et de lutin. Rauno Rämekorpi et Seppo Sorjonen essayèrent leurs tenues, qui leur allaient à la perfection. En se regardant fièrement dans le miroir de l'atelier de Kronqvist, ils se félicitèrent mutuellement de leur élégance virile. Le père Noël vêtu de rouge et le lutin en livrée grise formaient un tandem idéal, les couleurs de leurs uniformes de drap se complétaient à merveille et leur différence d'âge rehaussait avec naturel leurs rôles respectifs.

Le coup d'envoi des opérations fut donné le lendemain, un dimanche, avant-veille de Noël et jour de la Sainte-Eugénie selon le calendrier luthérien. Les cadeaux, le vin chaud et les ingrédients à salade avaient été achetés à l'avance, tout était prêt. À dix heures du matin, le lutin se présenta à Westend où le père Noël l'attendait déjà avec impatience. Tous deux étaient soigneusement grimés, Annikki avait collé une barbe blanche au menton de Rauno et la compagne de Sorjonen, Eeva, lui avait joliment souligné les yeux de noir et posé une broussailleuse moustache grise sur la lèvre supérieure. Annikki leur souhaita une bonne et heureuse tournée. Le père Noël eut droit à un baiser, le lutin à une bise.

Annikki : Je trouve très chic de la part de Rauno de prendre la peine de distribuer en personne des cadeaux de Noël à ses employés.

Seppo Sorjonen offrit à l'épouse du conseiller à l'industrie une épaisse manique tricotée et brodée de ses initiales, au fil de laine rouge, par son amie Eeva. Le lutin reçut pour sa peine un bon gros baiser.

Annikki Rämekorpi et Seppo Sorjonen décidèrent par la même occasion de se tutoyer.

Le PDG avait chargé la directrice des relations publiques de sa société, Eila Huhtavesi, de téléphoner aux intéressées afin de les avertir, pour qu'elles se tiennent prêtes, que le père Noël passerait le 23 décembre avec son lutin leur présenter ses vœux et leur apporter des cadeaux.

Au cours de l'automne, hélas, chacune des femmes de Rauno Rämekorpi avait appris l'existence des autres et pris conscience de son statut dans ce décathlon.

Ensemble, elles avaient tenu des conférences téléphoniques vengeresses et dressé des plans pour remettre le vieux bouc dans le droit chemin. Elles avaient conclu à l'unanimité que le conseiller à l'industrie était sans l'ombre d'un doute un bellâtre braillard, un propre à rien irresponsable et un porc prétentieux. C'était beaucoup pour un seul homme.

Les femmes de Rauno Rämekorpi avaient très sérieusement entrepris de comploter son assassinat — bon débarras !

Elles pensaient, en unissant leurs forces, parvenir sans trop de mal à le tuer. La mort semblait être une juste punition pour un homme qui avait à ce point dépassé les bornes.

Le groupe avait pris contact avec le conseil juridique de la société Rämekorpi, Henrik Tavela, qui s'était élevé contre le projet, arguant qu'un meurtre collectif, même commis par des femmes, n'était pas moins grave aux yeux de la loi qu'un acte individuel. Le tribunal ne diviserait pas la peine prononcée, chacune serait condamnée, qu'elle ait ôté de sa main la vie de la victime ou profite simplement du crime. L'avocat avait calculé que si justice était rendue, autrement dit si Rämekorpi était assassiné, il en résulterait au total près de cent vingt ans de prison.

Pour supprimer l'amant coupable, un crime parfait était exclu, car il était impossible de le faire disparaître en toute discrétion. Il était bien trop en vue et connaissait trop de monde.

Effrayées par la sévérité des sanctions encourues, les conjurées avaient renoncé dans leur propre intérêt à ce séduisant projet. Un Rämekorpi ne valait pas qu'on moisisse en prison pendant des années.

On avait consulté un organisme spécialisé, à savoir l'association féministe Union, dont la chargée de mission Taina Katalainen avait suggéré, pour parer au plus pressé, la castration du conseiller à l'industrie.

Cette mesure, bien qu'efficace en soi, avait été jugée trop radicale, grossière et contraire à la dignité masculine. Le meurtre était plus ou moins acceptable, mais quel intérêt pouvait-il y avoir à émasculer le coupable, si on le laissait en vie ? On n'abuse pas d'une femme, mais on ne frappe pas un homme à terre.

Taina Katalainen s'était engagée à trouver une autre solution pour assouvir la nécessaire vengeance. On en était là.

Rauno Rämekorpi avait prévenu qu'il passerait pour commencer chez sa directrice des relations humaines. Celle-ci fit malgré tout semblant d'être surprise quand le père Noël et son lutin vinrent frapper en grande tenue à sa porte. Le premier tenait dans une main des cadeaux et dans l'autre une carafe de cristal remplie de vin chaud. Le second portait sur un plateau du pain blanc et de la salade de foies de volaille tiède.

Eila : Oh ! que vous êtes beaux, entrez, entrez ! Quelle agréable visite !

Le sourire aux lèvres, le père Noël et son lutin jouèrent leur rôle. On but un peu de vin chaud et on goûta la salade, puis des pâtisseries aux pruneaux tout juste sorties du four que Sorjonen avait également apportées. Son service terminé, ce dernier souhaita de joyeuses fêtes à la maîtresse de maison et se retira avec tact dans son taxi afin de préparer la visite suivante.

Rauno Rämekorpi avait prévu deux petits paquets pour Eila. Dans l'un, elle trouva un coûteux flacon de parfum *Electra*. Le second contenait quelques boîtes de gourmandises pour reptiles qu'elle alla aussitôt donner aux tortues de mer qui nageaient dans l'aquarium de sa chambre à coucher. Les remuants animaux se régalèrent du cadeau du père Noël.

Mine de rien, ce dernier posa la main sur la taille d'Eila, prêt à déboutonner sa culotte à pont. La directrice des relations publiques eut un mouvement de recul. Fusillant du regard le conseiller à l'industrie, elle lui fit remarquer que la situation répondait très exactement à la définition du harcèlement sexuel donnée par la loi — un supérieur en train de tripoter sa subordonnée. Ses intentions ne faisaient aucun doute.

Le PDG resta interdit. Où voulait-elle en venir ? Ils avaient toujours été bons amis, non ?

Eila déclara que les femmes de Rauno Rämekorpi avaient découvert à quel jeu il jouait. Quand elle les avait appelées pour les informer de la visite du père Noël, elle avait appris qu'elles avaient depuis un moment déjà noué des contacts entre elles et pris avec effroi toute la mesure de sa lubricité. À soixante ans, avoir le front de sortir en même temps avec dix femmes ! Il n'était qu'un immonde phallocrate ! Deux ou trois n'auraient-elles pas suffi ? Beaucoup d'hommes devaient se contenter d'une seule. Le pire était qu'il se servait pour commettre ses turpitudes de sa haute position hiérarchique et subjuguait ses conquêtes par le pouvoir de l'argent. Il n'y avait certes pas de mal en soi à faire des cadeaux, mais cette pratique portait atteinte à la dignité de la femme. Eila ajouta que plusieurs de ses maîtresses considé-raient le PDG comme un verrat de la pire espèce, l'archétype du vieux bouc qui assouvissait ses ins-tincts pervers en échange de largesses et exploitait délibérément de pauvres femmes démunies qu'il soumettait à ses désirs obscènes.

Rauno Rämekorpi marmonna qu'il était sans doute temps qu'il y aille. Il était venu chez Eila animé de bonnes intentions, apporter des cadeaux de Noël et partager un peu de vin chaud, et ne comprenait rien à ce réquisitoire.

La directrice des relations publiques le prévint qu'une femme jalouse pouvait, si elle s'y mettait, se montrer d'une dureté et d'une cruauté terribles. Ce n'était pas avec quelques cadeaux, même de prix, qu'il parviendrait à calmer dix furies. Une amoureuse bafouée, dans sa colère, est une tigresse capable du pire.

Les hommes, se plaignit Eila, ne comprenaient rien à la nature profonde et véritable des êtres. Les femmes ne se soumettaient jamais réellement à eux, même s'il leur arrivait de donner cette impression. Elles avaient été créées pour les éduquer et les dominer, et pour cela tous les moyens étaient bons.

Rauno Rämekorpi tenta de prendre congé, mais ce n'était pas non plus ce que voulait Eila Huhtavesi. Elle le serra dans ses bras, l'embrassa et lui expliqua qu'elle n'était pas comme ses autres maîtresses, elle voulait juste mettre en garde son cher vieux bouc. Il était facile, pour dix femmes, de tisser une toile si solide qu'il n'aurait pas longtemps la force de s'y débattre.

Eila se déshabilla et entraîna Rauno, pétrifié par son terrifiant discours, dans la chambre à coucher. Là, on mit pour la première fois à l'épreuve le fonctionnement de la culotte à pont du père Noël. Facile à ouvrir pour l'étreinte, et très pratique pour se rincer ensuite dans la salle de bains : ouverture du trappon, déballage de l'engin au-dessus du lavabo, aspersion d'eau tiède, reboutonnage et hop ! le père Noël était prêt à reprendre sa tournée.

Quand Rauno Rämekorpi eut retrouvé son sang-froid et rajusté sa tenue, Eila lui tendit une coupure de presse. C'était un article en langue étrangère, sur trois colonnes, paru dans le supplément économique du journal danois *Politiken* et signé par l'ingénieur Elger Rasmussen.

Eila : Quand tu l'as flanqué à la porte, à l'automne,

j'avais cru comprendre qu'il resterait en Finlande, mais il semble être retourné dans son pays et s'être mis à écrire sur notre entreprise.

Rauno : Et qu'est-ce qu'il raconte ?

D'après la directrice des relations publiques, Elger traitait dans son article de l'état de la technique dans le domaine de la pressurisation des pompes indus- trielles, mais ne considérait pas la société Rämekorpi comme un acteur de pointe du secteur dans les pays nordiques.

Eila : C'est plutôt méchant, dans l'ensemble, je me demande bien quelle mouche l'a piqué. Je peux te faire faire une traduction officielle de son texte, si tu veux.

Rauno : Inutile. Je connais quelqu'un qui parle suffisamment le danois pour me le lire.

Avant de partir, le conseiller à l'industrie demanda à Eila s'il lui restait quelques exemplaires de l'ouvrage *Du bois au métal — parcours d'un battant*, publié à l'occasion de son soixantième anniversaire. La directrice des relations publiques trouva bonne son idée de l'offrir pour Noël à des amis et connais- sances. Ils emballèrent ensemble une demi-douzaine de livres dans du papier-cadeau, et le père Noël s'en alla rendre visite à d'autres enfants sages.

Eila : Je te soupçonne plutôt de t'apprêter à cor- rompre de méchantes femmes. Tu risques d'avoir une tournée mouvementée, ces garces sont jalouses et imprévisibles.

Seppo Sorjonen attendait dans son taxi au pied de l'immeuble. Il avait ôté de la voiture une rangée de sièges qu'ils avaient laissés au garage. Il y avait à la place une petite table de jardin en plastique et, sur la banquette arrière, un grand plateau et des paniers pleins de légumes et autres ingrédients pour composer des salades. Le lutin cuisinier s'affairait. Il avait scotché à la vitre du monospace l'itinéraire de la tournée du père Noël. Pour l'étape suivante, rue Robert, il avait préparé du guacamole et une salade de bœuf sauce barbecue.

Sorjonen : C'est bien Sonja qui est alcoolique ? Je me suis dit qu'un plat plutôt roboratif la remettrait sur pied, en cas de gueule de bois. J'ai ajouté une rasade d'eau-de-vie dans le vin chaud, pour lui donner un coup de fouet, mais je t'en servirai une version moins raide — si tu veux bien, histoire que la distribution de cadeaux ne vire pas tout de suite à la beuverie.

Tout en faisant remarquer que sa capacité à lever le coude sans rouler sous la table valait largement celle de dix femmes, Rauno Rämekorpi se rangea à l'avis de son lutin. Le père Noël n'est pas un dictateur qui régente tout selon son bon plaisir, mais un vieux sage qui sait accueillir avec bienveillance les suggestions de ses assistants.

Le conseiller à l'industrie avoua à son chauffeur que la tournée risquait d'être rude, vu la sévère mise en garde d'Eila. Il avait presque peur d'aller sonner chez ses garces chéries, même avec son sac de père Noël sur l'épaule, maintenant qu'il les savait si remontées contre leur inépuisable chevalier servant.

Le lutin Sorjonen décréta d'un ton sans appel que les cadeaux devaient être distribués, de gré ou de force.

13

Sonja

Fait rare, Sonja Autere n'était pas perdue dans les brumes de l'alcool mais parfaitement sobre et pleine d'énergie. Elle était en train de passer l'aspirateur dans son appartement et fut agréablement surprise de recevoir la visite du père Noël et de son lutin. Interrompant ses tâches ménagères, elle disposa les victuailles apportées par Sorjonen sur la table de la cuisine. On goûta le vin chaud, dont le chauffeur de taxi avait discrètement vidé la version la plus forte dans l'évier pour servir à leur hôtesse celle sans alcool réservée au père Noël et à lui-même.

La vieille journaliste apprécia la réconfortante boisson, et plus encore la nourrissante salade de bœuf et le savoureux guacamole cuisinés par le lutin. Quand ce dernier fut reparti préparer dans sa voiture les mets de l'étape suivante, Rauno Rämekorpi se consacra à son rôle de père Noël. Il offrit à Sonja un service Arabia de douze pièces et une série de casseroles Hackman en acier. Au cours de ses folles années ponctuées d'accès d'ivresse, Sonja Autere avait cassé toutes ses anciennes tasses et assiettes et en était réduite à boire sa bière dans des chopes sans anse et à manger sa soupe dans un bol en tôle émaillée ébréché. Rauno lui souhaita de traiter sa nouvelle vaisselle de porcelaine avec assez de délicatesse pour la conserver jusqu'à la fin de ses jours.

Sonja : Quelle excellente idée, tu es un ange ! Si tu savais comme j'avais honte de cette situation, je n'osais plus inviter personne à dîner, sans une seule assiette sortable.

La vieille journaliste alcoolique n'avait plus rien de valeur chez elle. Elle avait laissé chez des prêteurs sur gages tous ses bijoux et objets susceptibles de rapporter un peu d'argent. La télévision, qui était pourtant encore à sa place lors de la dernière visite de Rauno, avait pris le même chemin, et les vingt-quatre tomes de l'encyclopédie auparavant rangés dans la bibliothèque avaient aussi dû se trouver un nouveau propriétaire. Sonja expliqua qu'elle s'était débarrassée de son téléviseur et n'avait pas l'intention de le récupérer. Ce n'était pas une question de moyens, elle n'en pouvait tout simplement plus de ces sempiternelles séries ineptes. Même les merveilles de la nature avaient cessé de l'intéresser et lui faisaient maintenant horreur.

La journaliste se répandit en reproches sur les documentaires animaliers, qu'elle trouvait à vomir et qui reposaient tous sur un seul et unique concept, vieux comme Mathusalem.

Sonja : Rends-toi compte, ces imbéciles filment tous le même fichu guépard en train de sprinter pour la millième fois derrière un bambi, et quand il tue sa proie et la dévore, ils se mettent à philosopher et proclament sans rire que ce n'est rien, c'est la loi de la nature, l'un doit mourir pour que l'autre vive. Merde ! Des centaines de milliers de récitants débitent sans exception les mêmes évidences dans toutes les émissions. J'en ai vraiment assez, c'est exaspérant de voir et d'écouter les histoires de ces crétins dont pas un n'a l'ombre d'une idée neuve. Putain ! Pardon, mais adieu la télévision ! Et j'ai tout de suite bu l'argent que le mont-de-piété m'en a donné.

Sonja comptait fêter Noël dans la sobriété. Elle avait l'intention d'aller dans un centre de balnéothérapie, à Ikaalinen ou à Turku, peut-être. Rauno se proposa pour payer son séjour. La journaliste le remercia, mais déclara pouvoir s'en sortir seule, car elle n'avait pas avalé une goutte d'alcool de la semaine et avait vendu deux reportages.

Sonja : J'ai bien l'intention de continuer à travailler, jusqu'à ce que je replonge. Tu m'aideras à ce moment-là.

Rauno lui suggéra d'éviter de se remettre à boire. L'idée était séduisante, bien sûr, mais Sonja ne se voyait pas renoncer totalement à son péché mignon. Le conseiller à l'industrie insista, rester sobre n'était pas si difficile. Il suffisait de boire moins, pas tous les jours et surtout pas dès l'aube.

Sonja : Pour le Nouvel An, en tout cas, j'ai bien l'intention de lichetroner, et même de me pochetronner.

Rauno : On pourrait se pochetronner ensemble, en début de soirée.

Sonja : Parce que tu t'imagines qu'à une heure plus avancée je serai ivre morte ?

Rauno : Il y a de fortes chances, oui.

La journaliste se lamenta sur l'intempérance des Finlandais et du même coup sur son propre sort. Les gens, dans ce pays, s'imbibaient sans aucune retenue aussi longtemps qu'il restait à boire, et quand les bouteilles étaient vides, ils trouvaient encore moyen de s'en procurer d'autres, jusqu'à rouler sous la table. De la folie pure.

Rauno Rämekorpi fit remarquer que les Finlandais n'étaient pas particulièrement plus soûlots que les autres habitants des mêmes latitudes. Il avait élaboré une théorie sur la consommation d'alcool des peuples de la taïga. Dans les forêts boréales, la vigne ne poussait pas. Pendant des milliers d'années, on s'y était désaltéré à la bière, mais après avoir découvert la distillation et pris goût à l'eau-de-vie, les gens avaient continué, par la seule force de l'habitude, à lamper les mêmes quantités de boisson. Rien d'étonnant à ce que vos jambes se dérobent quand on descend de pleins tonneaux de gnôle.

Le conseiller à l'industrie passa en revue d'ouest en est les peuples amateurs de liqueurs fortes : les chercheurs d'or de l'Alaska et les bûcherons canadiens faisaient de terribles soiffards, les Inuits du Groenland ignoraient la sobriété, les Islandais étaient de grands buveurs devant l'Éternel, sans parler des Irlandais dont la culture entière reposait sur le whisky. Les Norvégiens et les Suédois ingurgitaient des quantités insensées de *brännvin* et, après la Finlande sur laquelle il était inutile de s'étendre tant son statut dans ce contexte était évident, on en venait à la Russie. Doux Jésus ! Tout le vaste empire sentait la vodka, de Saint-Pétersbourg et Moscou aux régions les plus reculées de Sibérie, et, bercés par le son de l'accordéon, les Russes somnolaient à demi inconscients, n'attendant que de sombrer dans le coma, la bouteille vide à la main, leur chemise maculée de vomi et d'un cornichon malossol entamé.

Pour Rauno Rämekorpi, ce destin était dicté par la géographie. Sonja n'avait pas à s'en vouloir d'être née dans l'hémisphère Nord, les coupables étaient ses lointains ancêtres qui avaient abandonné les coteaux méridionaux où se plaisait le raisin pour peupler les murmurantes forêts de pins et de sapins.

Il ajouta que, dans la sylve australe aussi, l'eau-de-vie coulait à flots, car que dire des Australiens et des Néo-Zélandais qui éclusaient des boissons fortes du matin au soir et se montraient ensuite querelleurs et imprévisibles.

Cette théorie réconforta Sonja Autere. C'était pour elle une consolation de se dire qu'elle n'était pas la seule à avoir sombré dans l'alcool.

Rauno Rämekorpi lui demanda si elle avait de quoi régler son loyer et ses autres dépenses. Il l'avait déjà dépannée par le passé, et elle l'avait toujours remboursé.

La journaliste assura ne pas avoir besoin d'aide, même si elle avait, à y regarder de plus près, fait disparaître dans son gosier d'invraisemblables quantités de liquides souvent hors de prix. Elle raconta que sa sœur aînée Leena, veuve déjà octogénaire d'un brigadier-chef, avait calculé les sommes qu'elle avait bues au cours de sa vie.

Sonja Autere alla chercher les lettres qu'elle lui avait envoyées de Kuusamo au fil des ans. En dehors des habituelles nouvelles et autres vœux de circonstance, elles constituaient surtout un cours d'enseignement antialcoolique, prodigué par la signataire dans un style offensif, avec le décompte de l'argent gaspillé en boisson par sa petite sœur.

Afin de donner une dimension concrète à ses bons conseils, Leena avait évalué le montant de la dépense mensuelle et l'avait converti en biens immobiliers. Elle avait effectué ces calculs, rétroactivement, à partir du début des années soixante, quand Sonja avait commencé à vider ses premiers verres. Comme elle avait souvent rendu visite à sa sœur, par le passé, elle disposait de renseignements de première main sur son mode de vie ainsi que sur sa consommation d'alcool et sur les sommes qu'elle engloutissait.

Sonja : Quand je pense que quelqu'un — et ma propre sœur, en plus — a pris cette peine !

La comptabilité de Leena était détaillée. Elle avait dressé et photocopié des centaines de listes de frais. Elle avait établi des bilans annuels, conformément aux meilleures pratiques comptables, et soigneusement reporté d'année en année le solde des sommes gaspillées en beuveries. Rauno Rämekorpi constata que Sonja, qui avait maintenant la soixantaine, avait au cours de sa vie éclusé au total, d'après les calculs de sa sœur aînée, 4 672 755 marks. Après y avoir ajouté les intérêts, Leena avait converti cette somme en investissements plutôt qu'en litres d'alcool.

Avec ce capital, on aurait pu acheter un grand magasin dans le centre de Kuusamo, plus douze kilomètres de route ou, au choix, trois petits lacs.

Sonja : Que veux-tu que je fasse d'un magasin dans ce nid de traditionalistes sectaires, putain ! Et si tu veux mon avis, mieux vaut boire un bon coup que dépenser son argent pour acheter des mares aux eaux noires ou des chemins de terre boueux. Ma sœur est folle !

Rauno convint que Leena avait une façon assez particulière de tenter d'aiguiller Sonja sur la voie étroite de la tempérance. On disait bien, en général, qu'un ivrogne dépensait dans sa vie le prix d'un immeuble en pierre, mais la journaliste avait bu un grand magasin entier et plus de dix kilomètres de route. Belle performance !

Sonja claironna que jamais elle n'irait rendre visite à sa sœur à Kuusamo. Elle préférait passer les fêtes seule dans un établissement de spa. Elle espérait juste qu'il n'y aurait pas d'enfants en vacances pour lui casser les oreilles. Personne n'imposait plus aucune discipline à ces morveux, de nos jours, grogna-t-elle — il aurait fallu les tuer tous, ou en tout cas les pires brailleurs, pour faire peur aux autres.

La journaliste se plaignit du triste sort des femmes seules pendant les périodes de fête. Les grands moments de rassemblement familial étaient ce qu'il y avait de pire. La solitude se faisait alors réellement sentir, les rues étaient désertes, tout était fermé, les esseulés éprouvaient un étrange sentiment de culpabilité et d'exclusion, comme si le pays entier les rejetait. À la Saint-Sylvestre on arrivait toujours à réveillonner, le 1er Mai on pouvait se joindre dans les rues à la liesse générale et à la Saint-Jean il y avait en général une bande d'ivrognes charitable pour vous inviter à faire la fête à la campagne, surtout si on se trouvait être à peu près regardable, mais à Noël personne ne voulait de vous dans l'intimité de son foyer.

Sonja : C'est la plus cruelle des fêtes carillonnées. Pour moi, ce sont plusieurs jours d'enfer.

Elle éclata en sanglots, se pendit au cou de Rauno Rämekorpi et laissa couler ses larmes. Pris de pitié, celui-ci songea un instant à l'inviter chez lui, mais Annikki ne serait peut-être pas ravie de voir à la table du réveillon, en plus de son mari, sa vieille maîtresse alcoolique. C'était ainsi, à la Nativité, il n'y avait point de place pour une étrangère dans l'hôtellerie. La bonne volonté ne s'étendait pas au-delà du cercle familial.

Il dut le confesser. Sonja, offusquée, répliqua qu'elle n'avait rien demandé, et surtout pas que le père Noël vienne égayer sa solitude, elle en avait assez des amants infidèles, et Rauno Rämekorpi, dans le genre, battait tous les records.

La journaliste avait reçu tout au long de l'automne de nombreux coups de fil touchant aux aventures du conseiller à l'industrie, dont les perfides agissements lui étaient apparus dans toute leur ampleur. C'était ignoble ! Ne comprenait-il pas que les femmes aussi étaient des êtres humains, sans compter qu'elles étaient supérieures aux hommes, dotées d'une grande âme, indulgentes, aimantes, souvent belles et pleines de bien d'autres qualités encore.

Rauno n'était pas prêt à accepter cette surprenante

diatribe. Il lança un regard fielleux à Sonja, empoigna sa carafe de cristal, lissa sa barbe de père Noël et claqua la porte. La journaliste lui courut après dans l'escalier, une casserole Hackman à la main, et le frappa si fort à la tête qu'il s'effondra sur le palier.

Bandant tous ses muscles, Sonja Autere réussit à traîner le conseiller à l'industrie évanoui dans son appartement. Elle le fit basculer sur le lit et entreprit de le ranimer. Peu à peu, il reprit connaissance.

Rauno : On ne cogne pas sur un homme. Le père Noël aussi est un être humain.

Sonja regretta sa colère. Rauno avait une bosse sur le crâne. Mon Dieu ! Elle n'aurait bien sûr pas dû le frapper avec une casserole en acier, mais il l'avait bien cherché.

Elle plaqua un baiser de réconciliation sur la fausse barbe du père Noël, caressa son costume de drap et remarqua la coupe originale de son pantalon, avec son pont boutonné.

Sonja Autere comprit le message. Elle ouvrit le trappon, et le père Noël put délivrer concrètement son message de joie.

Dans le taxi de Seppo Sorjonen, Rauno Rämekorpi raconta à ce dernier que ses femmes avaient échangé des coups de fil et appris qu'elles étaient au moins dix. Il n'aurait pas cru qu'elles puissent être aussi jalouses. Il fallait prendre garde. Eila et Sonja s'étaient déjà révélées être de vraies mégères. Sa bosse à la tête le lançait.

Il en fallait plus que la mésaventure de Rauno pour faire peur au chauffeur. Haut les cœurs ! Il ne voyait aucune raison d'abandonner en pleine tournée de cadeaux. Un homme est un homme, une femme une femme. Cochon, bouc ou ours, la camaraderie est toujours au rendez-vous.

Sorjonen : Ce n'est pas le moment de flancher.

14

Tuula

Le lutin cuisinier avait préparé pour Tuula Virtanen une salade accompagnée d'œufs durs farcis au
caviar de corégone. Il avait coupé les œufs en deux
et retiré les jaunes pour les écraser à la fourchette
et les mélanger au caviar. La salade, assaisonnée de
vinaigrette, était composée d'avocat, de tomates, de
concombre et de poivron vert.

Rauno Rämekorpi félicita Sorjonen, il aurait fait
un grand chef. D'ailleurs pourquoi n'ouvrirait-il pas
un taxi-restaurant? Il serait lui-même heureux d'in-
vestir dans l'entreprise, à titre récréatif. Une grande
voiture, donc, dans laquelle les clients pourraient se
régaler pendant le trajet de repas gastronomiques,
bien meilleurs que dans les wagons-restaurants ou
les avions.

L'oncle de Sorjonen avait jadis expérimenté ce
genre de taxi dans la région du Häme, à Nokia. Ça
n'avait pas très bien marché, les envieux avaient eu
raison de son audacieux projet.

Le lutin cuisinier raconta que son oncle avait
acheté une baraque à hot-dogs, l'avait installée sur

une remorque et avait fixé le tout au crochet d'attelage de son taxi Mercedes. Einari — c'était son nom — avait embauché une jolie vendeuse pour servir les saucisses, hamburgers et autres sandwichs habituels. Il avait sillonné la province dans son taxi et véhiculé des clients affamés. Mais il avait oublié de demander les autorisations nécessaires.

Des envieux s'étaient inquiétés de savoir de quel droit il exerçait ses activités. Sur les marchés, il avait amassé de jolies sommes, car les paysans soûls, entre autres, appréciaient beaucoup ses services. Mais les autorités s'étaient mêlées de ce commerce ambulant et avaient invité Einari à planter sa baraque dans un endroit licite. L'entreprise avait capoté, ruinée par la jalousie des autres vendeurs de hot-dogs et chauffeurs de taxi.

Sorjonen : Einari y a quand même gagné d'épouser sa jeune et jolie vendeuse de saucisses. Il lui a fait au moins cinq ou six gosses. Il est maintenant à la retraite depuis des années, installé à Tampere. Sa femme vend du boudin noir dans le parc central.

Sorjonen gara son taxi devant chez Tuula Virtanen, rue des Monts. Le père Noël et son lutin étaient cette fois tous les deux lourdement chargés de victuailles, de vin chaud et surtout de cadeaux.

Rauno : On aurait dû prévoir un grand sac, comme le vrai père Noël et ses lutins en ont toujours.

Sorjonen : Il faudra y penser l'année prochaine.

Tuula accueillit les arrivants avec une certaine réserve mais les gratifia malgré tout chacun d'une bise. Sorjonen disposa rapidement sur la table les œufs au caviar et la salade, la carafe en cristal remplie de vin chaud et même, pour le bébé, un petit pot tiède de compote d'églantine. Quand tout fut prêt, le major-dome souhaita un joyeux Noël à la jeune mère et à son enfant et redescendit dans son monospace préparer le plateau de gourmandises suivant.

Tuula : C'est gentil. Dans un sens je suis folle de toi, si on peut dire, mais tu es un beau salaud, quand même. Tu as au moins dix femmes, tout le monde est au courant.

Rauno Rämekorpi se racla la gorge et se tortilla, gêné — ses liaisons semblaient être de notoriété publique. Mais c'était Noël, l'heure était aux cadeaux. Le conseiller à l'industrie offrit à Tuula une broche en or inspirée d'une peinture rupestre de l'âge de pierre représentant un grand serpent. La jeune femme l'épingla aussitôt à son corsage.

Pour sa fille, le père embarrassé avait acheté de nombreux cadeaux convenant à son avis à un bébé de cet âge. Il y avait une série complète de poupées Barbie avec leurs poneys, équipées de pied en cap, sous-vêtements compris, ainsi qu'une brassée de livres d'images, de cubes et de hochets et, pour couronner le tout, un gros paquet mou dans lequel Tuula découvrit une superbe poupée de chiffon. Tout rougissant, Rauno révéla qu'il l'avait cousue de ses mains. Il raconta qu'il avait appris, dans les petites classes de l'école communale, à réaliser des maniques au crochet et à fabriquer des chameaux et des hippopotames rembourrés de foin.

Il expliqua qu'à l'époque, pour faire les chameaux, on dessinait l'animal de profil sur un tissu épais, à la craie, puis on le découpait, et pareil en miroir pour l'autre côté. Puis on assemblait les deux pièces par une couture en laissant le ventre ouvert pour pouvoir remplir les pattes, le cou et la tête de foin séché. On terminait en cousant l'abdomen. Le conseiller à l'industrie avait appliqué la même méthode pour confectionner la poupée de chiffon de son enfant, mais comme de nos jours on ne trouvait plus de bon foin sec, il l'avait bourrée d'ouate. Il lui avait peint sur le visage des yeux, un nez, une bouche et des oreilles. Puis, ne sachant comment lui coudre des vêtements, il lui avait commandé chez Kronqvist une jupe et un chemisier sur mesure. Ils lui allaient à ravir, comme on pouvait s'y attendre, car le meilleur tailleur de la capitale avait fait un excellent travail.

Rauno : Figure-toi que Kronqvist ne me les a facturés que la moitié du prix de la veste de smoking que je me suis fait faire par la même occasion.

Tuula : Mon gros bêta chéri !

La jeune femme annonça à Rauno Rämekorpi qu'Elger Rasmussen était reparti au Danemark presque aussitôt après avoir été mis à la porte de l'usine à l'automne. L'ingénieur n'était même pas passé lui dire au revoir, sans doute furieux de ce brusque retournement de situation. Plus un mot sur leurs projets de mariage, juste une lettre de rupture glaciale.

Rauno Rämekorpi sortit de sa poche l'article du journal économique danois dans lequel Elger Rasmussen traitait de l'état de la technique des systèmes d'eau pressurisée et du développement international du secteur.

Tuula Virtanen traduisit le texte.

Tuula : «Par rapport à la construction mécanique

danoise, l'expertise hydraulique finlandaise accuse un sérieux retard... la faiblesse de la métallurgie, en Finlande, est due au fait que l'on n'y est pas conscient du rôle essentiel des spécialistes d'envergure internationale dans le développement des produits et l'adoption d'innovations d'avenir... le leader finlandais du marché, la société Rämekorpi, a choisi de se priver de ses experts européens... cela ne peut qu'entraîner, pour la Finlande, une perte de compétitivité de sa métallurgie de transformation et sa rétrogradation au rang de pays producteur de seconde zone, en particulier dans le domaine de la fabrication des systèmes d'eau pressurisée... ce recul risque d'être accéléré par une gestion des ressources humaines erratique et irréfléchie, qui a pour effet de pousser à l'exil, au sens le plus littéral du terme, les ingénieurs les plus talentueux et les inventeurs les plus géniaux... »

Rauno : Il a vraiment l'air de m'en vouloir.

Elger avait écrit à Tuula qu'il regrettait les années qu'il avait perdues avec elle. Il avait même griffonné à la fin de sa lettre d'adieu qu'il avait l'intention de prendre une épouse danoise et ne regarderait plus jamais, même pour pisser, en direction de la Finlande.

La jeune femme avoua avoir versé son lot de larmes, cet automne, mais s'être consolée en pensant à son adorable bébé, auquel elle avait donné le nom de Rauna Irmeli. Elle n'avait pas demandé l'avis du conseiller à l'industrie sur la question.

Tuula : Irmeli est ma fille, un de ses pères a disparu au Danemark et on n'a pas vraiment beaucoup vu l'autre non plus, si on peut dire.

Elle ajouta qu'elle avait choisi le prénom de Rauna d'après celui de Rauno, bien que ce dernier soit un dépravé irresponsable.

Le père Noël s'approcha du berceau en bambou et regarda l'enfant qui, sa sucette neuve dans sa jolie petite bouche en cœur, serrait dans sa menotte le hochet qu'il lui avait offert.

Rauno : Eh bien… pourquoi pas… Rauna Irmeli Virtanen… ça fait beaucoup de *r* pour une petite fille. Est-ce qu'il ne faudrait pas aussi ajouter mon nom… Rauna Irmeli Virtanen-Rämekorpi.

Tuula : Ça ferait bien trop de *r*, mais si tu m'épouses, alors oui.

Rauno Rämekorpi fit remarquer qu'il était déjà marié à Annikki. Il n'avait pas l'intention de prendre une seconde épouse, d'ailleurs la loi l'interdisait. Tuula rétorqua aigrement qu'à ce qu'elle savait, il était marié de la main gauche avec au moins dix femmes, pas étonnant qu'il n'en veuille pas d'autres. Elle, en revanche, devait se battre seule contre les vicissitudes de l'existence au nom de son bébé qui, dans son pauvre petit studio, pleurait après son vieux richard de père parti courir le monde et distribuer des cadeaux à Dieu sait qui.

Rauno Rämekorpi tenta de calmer la jeune femme. Il lui rappela que s'il était devenu père, ce n'était pas de son plein gré mais au prix d'un plan machiavélique destiné à lui faire un enfant dans le dos, et qu'il n'y était pour rien. Il s'était malgré tout engagé à s'occuper de l'éducation de sa fille, autrement dit à lui verser une pension conséquente jusqu'à sa majorité, puis à lui léguer par testament, le moment venu, une part importante de ses biens. C'était bien le but de Tuula ! Elle n'avait aucune raison d'accabler de reproches un pauvre innocent.

D'ailleurs il n'était pas un dépravé, mais bien au contraire un industriel conscient de ses responsabilités qui veillait au bien-être de ses salariés, les payait correctement pour leur travail, leur offrait même des fleurs à l'occasion et s'était lancé, pour Noël, dans une longue tournée de distribution de petits cadeaux destinés à surprendre agréablement ses employés et autres contacts. Était-ce là un comportement irresponsable ? Un homme qui prenait aussi bien soin de ses semblables ne méritait ni qu'on le frappe à coups de casserole, ni qu'on le houspille.

Lui-même ému par sa grandeur d'âme, Rauno Rämekorpi serra respectueusement dans ses bras la mère de son enfant et lui montra l'ingénieux trappon dont le tailleur Kronqvist avait équipé son uniforme de père Noël. Mais Tuula Virtanen, loin de céder à la tentation, s'écarta du conseiller à l'industrie et, sans rien lui accorder d'autre qu'un bref baiser sans chaleur, lui conseilla d'un ton sec de reboutonner sa culotte à pont. Les joies de l'amour n'étaient pas pour aujourd'hui. Et de toute façon, elle avait ses règles.

Le père Noël déçu referma son pantalon. Il jeta un regard excédé à Tuula, qui, prise de pitié, l'autorisa à lui rendre visite un autre jour, par exemple le lendemain de Noël. On pourrait peut-être alors revenir sur le sujet.

Le père Noël ramassa les papiers-cadeau qui traînaient par terre et les jeta d'un geste rageur à la poubelle.

15

Eveliina

La feuille de route prévoyait ensuite une visite chez Kirsti, rue du Musée. Mais quand Rauno Rämekorpi lui téléphona, son répondeur l'informa qu'elle était sortie faire des achats de Noël et ne serait de retour que dans la soirée. Il laissa un message disant qu'il rappellerait plus tard.

Le lutin cuisinier Seppo Sorjonen avait eu le temps de préparer à l'intention de Kirsti une salade gourmande aux harengs marinés et aux pommes fruits. Le plan de la tournée devait maintenant être révisé. Rauno Rämekorpi passa à l'adresse suivante et téléphona à Eveliina, dans les jardins ouvriers de Marjaniemi, afin de la prévenir de sa visite imminente.

Sorjonen avait prévu de servir à Eveliina une salade au roquefort et aux noix, mais il décida de la remplacer par celle de Kirsti. La métallurgiste apprécierait sûrement aussi les harengs. Sans rester plus longtemps à se demander si le vin chaud était la boisson la mieux choisie pour accompagner du poisson et des pommes, les deux hommes partirent porter leurs cadeaux à Marjaniemi.

Sous le givre et la neige, les cabanons et les vergers des jardins ouvriers offraient un spectacle féerique. Le père Noël et son lutin restèrent saisis par la beauté du lieu, jusqu'à ce que le premier se rappelle que les petits chalets étaient aussi pleins de courants d'air que des nids de pie. De loin, ils avaient le charme de maisons de poupées, mais quiconque devait y résider tout au long du cruel hiver était condamné à souffrir du froid, ou pour le moins des factures astronomiques de chauffages d'appoint dévorant jour et nuit un coûteux courant électrique. C'était ce que vivait Eveliina Mäki.

À l'automne, Rauno Rämekorpi et Seppo Sorjonen étaient passés la voir à l'hôpital de Meilahti où ils l'avaient conduite après sa crise cardiaque. Elle y avait subi une angioplastie coronaire. L'opération avait parfaitement réussi. Plus tard, le conseiller à l'industrie avait téléphoné un certain nombre de fois à la soudeuse convalescente, et venait maintenant à nouveau lui rendre visite. À strictement parler, Eveliina n'était d'ailleurs plus soudeuse mais ingénieure. Rauno Rämekorpi se rappelait lui avoir délivré un diplôme, à l'automne, peu avant qu'elle soit victime de son attaque.

Le père Noël avait acheté pour la métallurgiste un puissant ordinateur équipé d'une connexion internet, d'une imprimante et d'un scanner, plus quelques logiciels de conception industrielle. Les grosses boîtes étaient emballées dans du papier-cadeau. À titre plus personnel, il y avait aussi un exemplaire de la biographie de Rauno, *Du bois au métal — parcours d'un battant.*

Dans le cabanon d'Eveliina, une bonne vingtaine de perroquets aux couleurs vives étaient perchés de-ci, de-là, la mine confiante. Le sol était recouvert de journaux pour recueillir leurs fientes. L'odeur était pestilentielle. L'air était plein de plumes, on se serait cru dans un poulailler. Les plus gros des oiseaux jacassaient sans arrêt, mais pas en finnois, ils devaient être étrangers. Les perroquets étaient apprivoisés, ils voletaient un peu partout dans la pièce, l'un vint se jucher sur l'épaule d'Eveliina, d'autres étaient grimpés sur la bibliothèque et les appuis de fenêtre. Une perruche piaillait sur l'abat-jour. Rauno Rämekorpi s'étonna un peu de cette invraisemblable quantité d'oiseaux. La métallurgiste qui vivait en ermite dans son cabanon ne manquait pas de compagnie, mais un peu moins aurait peut-être suffi, sans compter qu'en plus de ces volatiles, elle avait déjà une ribambelle de souris apprivoisées. Celles-ci étaient-elles seulement encore en vie, ou les perroquets tropicaux à gros bec les avaient-ils dévorées ?

Quoi qu'il en soit, quand le père Noël et son lutin entrèrent, chargés d'énormes paquets, ils trouvèrent Eveliina Mäki rayonnante de beauté et de santé. Sorjonen posa la salade de harengs aux pommes sur la petite table de la cabane de jardin et servit le vin chaud dans sa carafe de cristal. Après des embrassades générales, il s'empressa de prendre congé et de retourner à son taxi ravitailleur. Il devait lui aussi aller acheter quelques cadeaux de Noël et faire en même temps le plein d'essence.

Une fois le lutin parti vaquer à ses occupations,

Eveliina et Rauno trinquèrent, puis goûtèrent la salade. La métallurgiste la trouva délicieuse.

Les perroquets réclamèrent leur part et semblèrent eux aussi apprécier le hareng, même s'ils se nourrissaient sans doute plutôt de fruits et de graines. Satisfaits, ils jasaient entre eux. Ils avaient l'air particulièrement intéressés par la barbe du père Noël. Avant que celui-ci réussisse à le chasser, un grand cacatoès bleu en becqueta quelques poils.

Eveliina n'aurait jamais imaginé recevoir d'aussi coûteux cadeaux : elle remercia Rauno pour toute l'aide qu'il lui avait apportée.

Un gros radiateur électrique ronflait au milieu de la pièce, il faisait chaud et douillet, malgré l'odeur des oiseaux. Dans la bibliothèque, les *Œuvres complètes* de Lénine avaient disparu, remplacées par d'autres ouvrages, dont l'énorme *Livre noir du communisme*. À côté se trouvaient deux manuels consacrés aux perroquets : *Le Régime alimentaire et l'Hygiène des psittacidés* et *J'apprends à parler à mon cacatoès*.

Eveliina avait l'air bien portante et débordante d'énergie. Quand comptait-elle revenir à l'usine ?

Eveliina : Le docteur a dit que je ne serai plus jamais apte à travailler comme soudeuse, mon cœur ne le supporterait pas, paraît-il.

Rauno : Mais tu es ingénieure, maintenant. Dès que tu auras commencé à ton nouveau poste, tu pourras quitter cette baraque pour l'appartement d'Elger, il y a trois pièces et une cuisine, les oiseaux auront leur propre volière.

Eveliina : Ingénieure, tu parles ! Arrête de dire des bêtises. Je risque surtout de finir en prison.

La métallurgiste avait vécu une année de cauchemar. Elle avait d'abord perdu son appartement et avait été obligée de s'installer dans ce cabanon, puis elle était tombée malade et avait dû être opérée du cœur, comme Rauno Rämekorpi le savait. Et quand elle était revenue dans son petit chalet après son angioplastie, elle l'avait trouvé vidé par des cambrioleurs de tout ce qui pouvait avoir la moindre valeur. Il n'y avait plus ni télévision, ni réfrigérateur, ni cuisinière à gaz, ni outils de jardinage, les voleurs avaient même embarqué les *Œuvres complètes* de Lénine. Tout s'était effondré autour d'elle et elle n'avait même pas eu la force d'avertir Rauno de ce coup de grâce. Cette accumulation d'épreuves défiait le sens commun et la déchéance dans laquelle elle était tombée lui avait semblé sans fond. Elle s'était sentie condamnée par le sort à rester exclue de la société, telle une triste épave, et le pire était qu'elle n'avait rien fait pour mériter ces interminables souffrances.

Eveliina avait téléphoné au commissariat pour porter plainte. Le vol avait été enregistré, mais la police ne s'était même pas dérangée. On lui avait froidement déclaré que l'on n'avait pas assez d'effectifs pour enquêter sur d'aussi petits méfaits, sans parler d'élucider des crimes bien plus graves.

Eveliina : J'ai vécu l'enfer, je suis restée couchée deux jours à pleurer du matin au soir et du soir au matin, sans rien manger. Mais après, quand je me suis levée, j'ai décidé que ça suffisait.

Eveliina était si excédée et endurcie par ses malheurs qu'elle s'était promis de donner une leçon aux malfrats et de reprendre par la même occasion les rênes de son existence. Elle avait elle-même mené l'enquête, interrogé les voisins, examiné avec attention les traces de bris, flairé tel un limier les alentours, déterminé le mode opératoire des cambrioleurs et finalement retrouvé leur piste. Les indices ne manquaient pas : de vieux chewing-gums dans l'allée du cabanon et même le numéro minéralogique de la camionnette des voleurs, que quelqu'un avait vus quitter les lieux.

Eveliina : J'étais soufflée. Quel culot ! Ils avaient tout juste pris la peine de se cacher et je n'ai pas eu beaucoup de mal à leur mettre la main dessus.

Le gang avait pour quartier général un entrepôt de Malmi. Eveliina s'y était introduite par effraction, sans plus de scrupules que les professionnels qu'elle traquait.

Dans l'antre des truands, elle était tombée sur un type supposé monter la garde, un drogué maigrichon qui ne faisait pas le poids face à elle. De sa solide poigne de soudeuse, elle l'avait attrapé par la peau du cou et des fesses et balancé dehors, puis avait fouillé l'entrepôt. Elle avait rassemblé toutes ses affaires dans la cour avant de les charger dans la camionnette volée de la bande. Elle n'avait pas pris la peine de récupérer les *Œuvres complètes* de Lénine, s'instruire un peu sur la cause ouvrière et la dialectique ne pouvait faire que du bien aux gangsters, entre deux coups.

Dans le hangar, Eveliina avait entendu des gazouillis d'oiseaux provenant de caisses en carton percées de trous d'aération. Les malfrats s'étaient apparemment emparés de tout un chargement de contrebande de perroquets en voie d'extinction qu'ils avaient enfermés là. La métallurgiste avait embarqué les caisses dans la voiture et était retournée avec son butin aux jardins ouvriers de Marjaniemi. Elle avait remis ses meubles en place, puis libéré et nourri les oiseaux affaiblis. Pour finir, elle avait garé la camionnette sur la place du marché de Hakaniemi et passé un coup de fil anonyme aux forces de police pour les prévenir qu'elles pouvaient en prendre livraison, si ça les intéressait, et nettoyer en même temps le reste de l'entrepôt de Malmi.

Eveliina ouvrit le tiroir qui se trouvait sous le lit de son alcôve et fouilla un instant parmi les draps et les couvertures. Elle en sortit deux pistolets, un Beretta et un FN, ainsi que quelques couteaux, coups-de-poing américains et autres outils du même acabit. Elle avait confisqué à toutes fins utiles les armes du gang.

Eveliina : Ces zozos n'ont pas intérêt à se montrer ici, ou je les expédie en enfer. Je n'attends qu'une chose, c'est de pouvoir les flinguer.

Rauno : Ils n'oseront sûrement pas revenir.

Eveliina avoua avoir vendu sous le manteau quelques perroquets et chercher pour les autres aussi de bons maîtres. Elle n'avait pas l'intention de passer le restant de ses jours dans une volière. Les cacatoès, les aras, les loris et surtout les perroquets d'Amazonie valaient une fortune au marché noir, les plus grands rapportaient facilement jusqu'à dix mille marks par tête. La métallurgiste ne manquait plus d'argent, sans avoir rien fait d'autre que profiter du hasard qui lui avait permis de sauver ces pauvres oiseaux des griffes de leurs ravisseurs.

Rauno Rämekorpi médita avec un peu d'effroi sur le triste sort d'Eveliina. À l'automne, elle avait failli mourir d'une crise cardiaque, puis, une fois remise, avait sombré dans la dépression avant de réagir et de se faire justice — ce qui était heureusement moins dangereux et ne l'empêchait pas, selon lui, de reprendre son travail. Une malade du cœur ne pouvait pas exercer le dur métier de soudeuse, mais ce n'était pas parce qu'elle était neurasthénique et cinglée qu'elle ne pouvait pas réussir dans la profession d'ingénieure. Il y en avait de nombreux exemples édifiants dans différentes branches de l'industrie, en Finlande et ailleurs dans le monde.

Mais où étaient donc passées les talentueuses souris apprivoisées d'Eveliina ? Les perroquets les avaient-ils croquées ? Comment les petits rongeurs s'étaient-ils débrouillés pendant l'absence de leur maîtresse ?

Les souris allaient aussi bien que possible, vu les circonstances. De son lit d'hôpital, Eveliina avait envoyé une carte postale à ses anciens voisins des jardins ouvriers maintenant domiciliés dans les palais de la République. La présidente Tarja Halonen et son compagnon Pentti Arajärvi avaient passé de nombreux étés à Marjaniemi, ruelle du Cidre. Ils étaient tous les deux simples et gais, même si Tarja était assez stricte et parfois autoritaire, mais avec au fond un cœur d'or. Leur popularité n'avait donc rien d'étonnant, et ils avaient eu d'excellents rapports avec la jeune soudeuse esseulée, lui rendant de temps à autre visite, échangeant des boutures et des plants de vivaces. Dans sa carte, Eveliina leur avait confié qu'elle s'inquiétait pour ses souris apprivoisées, mais sans imaginer que les plus hauts personnages de l'État puissent y faire quoi que ce soit. La présidente, prise par des tâches plus urgentes, n'avait d'ailleurs pas elle-même nourri les petits rongeurs, mais Pentti Arajärvi s'en était acquitté de bonne grâce, d'autant plus qu'il avait conservé les clefs du cabanon d'Eveliina.

Tout au long de l'absence de celle-ci, il avait pris sa voiture, au crépuscule, pour se rendre dans les jardins ouvriers de Marjaniemi, chargé de toutes sortes de gourmandises à l'intention des souris : flocons d'avoine, miettes de fromage, restes de dîners officiels. Les petites bêtes s'étaient vite habituées à leur nouveau soigneur et, reconnaissantes, avaient même exécuté pour lui quelques-uns des tours que leur avait enseignés leur maîtresse.

Arajärvi restait souvent une heure ou plus à regarder ce spectacle, jusqu'à ce que ses obligations protocolaires le réclament à la résidence de Mäntyniemi ou au palais du gouvernement. Il arrivait aussi qu'il n'ait pas le temps de venir en personne nourrir les souris, par exemple quand il était en visite officielle avec son épouse dans des pays amis. C'était alors un jeune aide de camp de la présidente qui s'occupait des rongeurs. Eveliina, de retour chez elle après son angioplastie, avait ainsi retrouvé ses protégés en pleine forme.

Quand elle avait ensuite installé dans le cabanon sa bande de perroquets au bec crochu, elle avait dû enfermer ses souris dans une cage en grillage à mailles serrées qu'elle conservait dans le bas de sa penderie — car sinon ces oiseaux sans cervelle auraient été capables, dans leur ignorance, de n'en faire qu'une bouchée. De timides couinements, en provenance de l'armoire, prouvaient que les petits rongeurs étaient bien là, frais et dispos. Mais l'heure était trop matinale pour organiser un spectacle, et les souris n'osaient pas se produire sous le regard des cruels emplumés. On émietta cependant dans leur cage quelques canapés confectionnés par Sorjonen.

Rauno Rämekorpi demanda à Eveliina quel genre de cicatrice lui avait laissée son angioplastie. Elle répondit que l'opération n'avait pas laissé de traces, à peine une minuscule marque à l'aine : c'était par là que la sonde munie d'un ballonnet gonflable avait été introduite dans l'artère coronaire. Elle ôta sa jupe et sa petite culotte afin de lui montrer l'endroit.

Le père Noël se pencha pour étudier le cas de plus près, en conséquence de quoi il fut pris d'une irrépressible envie d'ouvrir le trappon de son pantalon. Mais quand il culbuta Eveliina sur son lit, les perroquets déclenchèrent un tel vacarme que ses projets tournèrent court. Dans un nuage de plumes et de duvets, les oiseaux voletaient à travers la pièce, criant et caquetant comme des fous. Un cacatoès atrabilaire se risqua même à becqueter les fesses de Rauno Rämekorpi. Ses bijoux de famille étaient une nouvelle fois en danger.

Le couple tenta de mener à bien sous le porche du cabanon de jardin son noble et exaltant projet érotique, mais l'endroit était glacial et plein de courants d'air, le désir du père Noël tiédit et s'éteignit. Il ne lui restait plus qu'à reboutonner sa culotte à pont. Un baiser sur la bouche, une dernière étreinte, et en route pour de nouvelles aventures !

16

Tarja

La tournée du père Noël n'attend pas, mais avant de partir, Rauno Rämekorpi prit le temps de convenir avec l'ancienne soudeuse qu'elle reprendrait le travail tout de suite après les fêtes de fin d'année. Elle se verrait attribuer le poste d'ingénieur d'Elger, puisqu'elle avait depuis l'automne le diplôme nécessaire. On lui laisserait le temps de se familiariser avec ses nouvelles fonctions. Le conseiller à l'industrie ne doutait pas de sa réussite.

Eveliina pouvait aussi commencer à organiser son déménagement de son joli cabanon de jardin à l'appartement laissé vacant par Elger Rasmussen. Avec ses oiseaux et ses souris !

L'étape suivante de la distribution de cadeaux avait été planifiée : de Marjaniemi, le plus simple était de filer vers Malmi. Le conseiller à l'industrie téléphona à Tarja Salokorpi, qui n'était pas chez elle, mais répondit sur son portable du cimetière où elle était allée allumer une bougie sur la tombe de sa mère. Rauno lui proposa de la rejoindre, après avoir d'abord déposé ses cadeaux de Noël dans son appartement, rue de la Demi-Lune.

Cette fois encore, ce fut Sirena, la fille finno-tunisienne de Tarja, qui ouvrit la porte du haut de ses dix ans. Elle était vêtue d'une jolie robe rouge et son espiègle visage café au lait était surmonté d'une coiffure afro. Elle déballa avec ravissement son présent, une paire de beaux chaussons de danse qu'elle passa aussitôt à ses pieds menus pour faire quelques entrechats devant le père Noël et son lutin.

Seppo Sorjonen, qui commençait à avoir le coup de main, disposa sur la table une salade orientale qu'il avait préparée pendant que Rauno Rämekorpi rendait visite à Eveliina.

Quand tout fut prêt, il conduisit son client au cimetière de Malmi. Vêtu de son costume rouge et de ses bottes en cuir souple, le père Noël entra par la grille principale. On entendait par-dessus le mur de pierre le grondement régulier du trafic de la rocade n° 1 et de l'autoroute de Lahti. Au nord, au bout d'un sombre chemin bordé de sapins de Sibérie bleu-noir, brillaient les toits de tôle galvanisée, argentée par le givre, d'un bâtiment de brique rouge qui abritait une grande chapelle mortuaire sous sa coupole, et deux plus petites dans ses ailes. Dans l'allée, longue de quelques centaines de mètres, voletaient des mésanges et des bouvreuils, tandis qu'au sol gambadaient des écureuils en quête de nourriture auxquels le père Noël n'avait rien à offrir.

Le cimetière était grand et austère. Ses immenses pins et sapins étaient si vieux qu'ils n'étaient même plus bons à faire du bois d'industrie, ils étaient à coup sûr complètement vermoulus, songea Rauno Rämekorpi en son âme d'ancien propriétaire de scierie. On en avait d'ailleurs abattu quelques-uns. Leurs imposantes souches évoquaient tristement les générations passées, elles avaient vu des milliers d'enterrements et leurs racines avaient puisé dans les restes pourrissants d'innombrables morts de quoi alimenter leur croissance finalement interrompue par un hurlement de tronçonneuse. Dans ce lieu désolé reposaient le prolétariat et les classes moyennes inférieures de la capitale, et même quelques bourgeois, mais bien que ce fût l'avant-veille de Noël, il n'y avait que peu de monde dans les allées mélancoliques. Alors que Rauno tentait en vain de repérer Tarja, deux petits garçons qui n'avaient pas encore l'âge d'aller à l'école surgirent derrière lui, ravis de voir dans le cimetière le père Noël en personne. Ils lui réclamèrent des bonbons, mais il n'avait rien à leur donner et, déçus, ils l'abandonnèrent pour descendre en courant l'allée de sapins et rejoindre leur mère qui les attendait à la grille.

Rauno Rämekorpi se dirigea vers la tombe de Saara Langenskiöld, où il trouva Tarja, les yeux fixés sur le tertre orné de fleurs fraîches et de plusieurs bougies. Il alluma celle de la professeure de dessin et, ensemble, ils la posèrent sur la sépulture. Le père Noël ôta son bonnet. Ils se recueillirent en silence.

Tarja constata avec émotion que les amants de sa mère continuaient d'honorer sa mémoire en apportant fidèlement des fleurs en toute saison et en venant à Noël allumer des chandelles. Un instant plus tôt, un élégant monsieur s'était promené aux alentours en surveillant Tarja du coin de l'œil et, profitant d'un moment où elle s'était éloignée de la tombe, s'était dépêché d'y déposer son bouquet et son photophore. Il avait retiré son chapeau et tressailli comme s'il avait pleuré.

Rauno : Il y a encore de l'amour sincère, dans ce monde.

Ils retournèrent attendre Sorjonen à la porte principale. De l'autre côté de la rue, quelques fleuristes voisinaient avec des marbreries. Dans la cour de la plus grande étaient exposés, en plus de pierres tombales ordinaires, de grandes stèles de marbre et des cerfs en béton. La professeure de dessin ne put s'empêcher de faire remarquer que l'art funéraire était en général d'une naïveté inouïe, les monuments se ressemblaient tous et, quand ils étaient un tant soit peu originaux, se distinguaient par leur kitsch prétentieux. Si elle faisait un jour poser une stèle sur la sépulture de sa mère, elle en créerait elle-même le modèle, sobre et élégant. Rauno Rämekorpi s'engagea à financer le projet.

Les petits garçons et leur mère montèrent dans un autobus. Rauno Rämekorpi repensa à ses propres fils. Après leur divorce, Mirja les avait par vengeance éloignés de lui. Il habitait à Helsinki, à l'époque, eux à Oulu. Pendant des années, il avait été empêché de voir ses enfants malgré le droit de visite que le juge lui avait dûment accordé. Son ex-femme ne répondait pas aux lettres et raccrochait brutalement quand il tentait de téléphoner à ses fils. Il n'était pas le bienvenu chez elle, les serrures avaient été changées et un

223

autre homme habitait là, un misérable ivrogne qui, quand il était soûl, maltraitait les petits garçons de Rauno. Les assistantes sociales, qui n'avaient pas pris ses plaintes au sérieux, n'avaient pas levé le petit doigt. Le pauvre père, dans son désespoir, s'était abonné aux journaux d'Oulu et lisait les faits divers, le cœur glacé, craignant à chaque instant d'apprendre que ses fils s'étaient fait écraser par une voiture ou qu'il leur était arrivé quelque autre catastrophe épouvantable, sans lui pour les protéger.

Une année, à Noël, incapable de supporter plus longtemps ce tourment, Rauno Rämekorpi avait pris l'avion — les vols intérieurs se faisaient alors en Caravelle. Il avait, il faut bien l'avouer, bu un coup de trop. De l'aéroport, taxi pour le centre-ville et irruption au pas de charge dans l'appartement de son ex-femme pour voir ses enfants ! Le nouvel homme de la maison s'était mis en travers de son chemin et il s'en était fallu de peu que Rauno ne le tabasse à mort. Mirja avait participé à l'échauffourée en giflant son ex-mari, mais celui-ci avait tenu bon et distribué une brassée de cadeaux à ses fils, les avait serrés dans ses bras et leur avait parlé tendrement — on avait ce jour-là versé beaucoup de larmes, tant d'amour que de haine.

Mais la première femme de Rauno avait vite appelé une patrouille de police et l'avait sûrement prévenue qu'un forcené ivre et violent menaçait son foyer. Les archers d'Oulu avaient déboulé dans l'appartement avec leurs chiens-loups et leurs mitraillettes pour ramener le calme dans la réunion de famille.

Furieux de cette intervention, le malheureux père

avait opposé une vive résistance et, dans la bagarre, un des bergers allemands avait perdu sa langue, un morceau de près de deux kilos qu'il lui avait arraché de la gueule. Mais le combat était inégal, il avait été traîné au violon. C'était là qu'il avait passé Noël et, le lendemain, il avait été interrogé et menacé de prison par la police judiciaire. Rauno Rämekorpi avait payé le prix de la vie du chien policier, et remboursé cash les ecchymoses, les douleurs et les souffrances du concubin de son ex-femme. Il s'en était tiré avec une amende en plaidant qu'il avait perdu la raison après avoir dû vivre brimé pendant des années, sans savoir ce que devenaient ses fils.

Tarja : Tu es vraiment effrayant, mais c'est compréhensible, dans un sens, quand on n'est même pas autorisé à voir ses enfants.

Cette nuit de Noël en cellule au commissariat d'Oulu avait été une expérience éprouvante que n'avait guère adoucie la permission donnée à Rauno de décorer avec les agents de police le petit sapin de l'entrée des locaux de détention. Dieu sait pourquoi, la joie de Noël n'était pas au rendez-vous.

Sorjonen vint s'arrêter à la grille du cimetière. Ils se rendirent chez Tarja, où Sirena attendait déjà avec impatience le père Noël et son lutin.

Rauno Rämekorpi lui demanda si elle connaissait des chansons de Noël finlandaises. À titre d'exemple, il entonna un couplet du répertoire traditionnel.

Vieux père Noël à barbe blanche,
Ton fardeau n'est-il pas trop lourd ?

225

Le père Noël et son lutin constatèrent que la fillette en savait plus qu'eux. De sa jolie voix d'enfant, elle chanta un grand classique.

> *Quand viennent les neigeuses cohortes,*
> *Noël, Noël frappe à la porte !*

Le contraste était émouvant entre la peau sombre et la tête frisée de Sirena et ces paroles évoquant la neige et le gel. Une larme faillit perler à la paupière du conseiller à l'industrie.

La fillette montra à sa mère ses nouveaux chaussons de danse, brodés de soie des deux côtés. Et le père Noël avait su choisir la bonne taille !

Quand ils eurent mangé et bu un verre de vin chaud, Tarja déclara qu'elle avait à parler en tête à tête avec Rauno d'histoires de grandes personnes. Sorjonen proposa à Sirena de venir un moment avec lui dans son taxi l'aider à préparer une salade. Le père Noël et son lutin avaient encore un long trajet devant eux, il y avait de quoi faire, et si ça l'amusait, on pourrait aussi faire une petite balade en voiture.

Rauno Rämekorpi et Tarja Salokorpi restèrent seuls dans l'appartement. Le conseiller à l'industrie commença par offrir à l'enseignante un petit paquet contenant un écrin à bijou dans lequel elle découvrit un scintillant diamant. Ce n'est pas souvent que la main d'une professeure de dessin sans le sou peut s'orner d'une bague de ce prix. Elle la passa vivement à son doigt fin. Le père Noël rougit un peu lorsqu'en guise de remerciement elle le couvrit de baisers.

Tarja : Tu devrais passer me voir plus souvent.

Mais tu as d'autres femmes, au moins dix, si ce n'est plus. Tout le monde sait ça. Tu es un porc, en réalité.

Rauno Rämekorpi sentit la moutarde lui monter au nez. Qu'avaient-elles toutes aujourd'hui ? On l'accueillait presque partout avec des reproches ! C'en était trop. Ces mégères jalouses avaient concocté une potion si amère que le père Noël, si débonnaire soit-il, avait du mal à l'avaler.

Rauno : Je peux bien t'avouer, puisque c'est Noël, que j'ai au total plus de quarante maîtresses. Tu es bien sûr la première, et la meilleure de toutes.

Il se mit à se vanter de ses conquêtes. Il déclara qu'il n'y avait pas dans les bureaux et les ateliers de soudure de son usine une seule employée avec qui il n'ait pas noué des relations intimes, toutes l'adoraient, de la petite coursière à la plus ancienne des femmes de ménage, mais ce n'était pas tout, des donzelles énamourées l'attendaient dans presque tous les quartiers de la ville. Il entretenait des liaisons avec sa dentiste, sa coiffeuse, sa masseuse, sa tailleuse, sa kinésithérapeute. Lors de ses voyages à l'étranger, il était accompagné de deux interprètes, qui étaient naturellement elles aussi ses maîtresses. D'après ses calculs, il couchait au total avec quarante-deux femmes, mais aux alentours de Noël le chiffre augmentait toujours, il devait bien atteindre cinquante en Finlande même, à quoi il fallait ajouter ses amantes d'autres pays.

Rauno : Je dirais cent.

Dans le Nord, de jolies Skoltes et des serveuses d'hôtel laponnes se languissaient de lui. Dans le

Centre et dans le Savo, de belles blondes aux cheveux de lin étaient tombées sous son charme, sans parler de l'Ostrobotnie où des luronnes aux longues jambes allaient jusqu'à se battre pour obtenir ses faveurs. Il collectionnait les jeunes filles, mais ne crachait pas non plus sur les beautés vieillissantes, la plus âgée venait de fêter ses soixante-dix ans, si ses souvenirs étaient bons, mais elle était toujours incroyablement désirable, et qui plus est fidèle. Rauno pensait aussi avoir engendré plus d'une dizaine de bâtards, mais n'était pas prêt à jurer que ce soit là toute sa descendance.

Une fois lancé, le père Noël aurait pu continuer sans fin ses grossières fanfaronnades, mais Tarja y mit le holà.

Le vieux bouc exagérait, il racontait des craques. À soixante ans, il ne pouvait quand même pas passer son temps à coucher, et il n'avait de toute façon pas assez de charme pour que les femmes viennent s'offrir à lui.

Tarja : Arrête ton baratin !

Elle gifla violemment le hâbleur. Celui-ci protesta, c'était un péché de frapper le père Noël. Et il n'était pas si mauvais, en fin de compte. Même s'il avait quelques amies, il n'aimait au fond qu'elle, en plus de son épouse.

Tarja Salokorpi regarda le diamant scintillant à son doigt. Elle reconnut être allée trop loin en soufflant le bon vieillard. À sa manière, Rauno Rämekorpi était quelqu'un de bien. Immoral et débauché, certes, mais avec un cœur d'or. Tarja demanda pardon au père Noël et lui donna un baiser repentant, puis lui caressa la joue, flatta sa fausse barbe et déboutonna sa culotte à pont. Ils passèrent dans la chambre à coucher. À peine avaient-ils terminé leurs ébats que le lutin Sorjonen téléphona de son taxi pour demander si Sirena pouvait rentrer à la maison. Bien sûr ! Les problèmes entre adultes étaient réglés et la joie de Noël était à son comble.

Sirena raconta que Seppo projetait d'écrire un livre de cuisine axé sur les légumes, provisoirement intitulé *Le Cochon dans les choux*. Sorjonen était un chef expérimenté — et avait en Rauno Rämekorpi un éditeur tout trouvé. En plus de la potée et du chou farci, il y aurait dans l'ouvrage de nombreuses recettes de bœuf et surtout de porc.

Pendant ce temps, la chargée de mission de l'association féministe Union, Taina Katalainen, avait conçu un plan machiavélique dont elle réglait pour l'heure les derniers détails. Il s'agissait de mettre en œuvre une éclatante humiliation publique, aux frais et aux dépens du conseiller à l'industrie Rauno Rämekorpi en personne.

17

Saara

Rauno Rämekorpi se plaignit à Seppo Sorjonen de se trouver avec ses mégères dans un terrible sac de nœuds, difficile à gérer même pour un homme de bonne volonté.

Le lutin, qui ne trouvait pas que le problème, vu les circonstances, vaille trop la peine de s'en inquiéter, conseilla au père Noël de voir les choses du bon côté, sans se laisser abattre par ces regrettables déboires, et sans fatalement condamner l'évidente inconstance des femmes ou exagérer leur indéniable tendance au commérage.

Rauno : Allons prendre un sauna avec Saara.

La salade composée suivante était prête à être servie quand le conseiller à l'industrie s'engouffra en coup de vent dans l'ancienne caserne de la compagnie d'instruction militaire où sa société avait ses bureaux. Le sauna de la salle de réunion était chaud et la femme de ménage Saara Lampinen accueillit en peignoir de bain le père Noël et son lutin. Une solide personne, parée à tout.

On commença par goûter à la salade et au vin

chaud. Saara déballa du paquet que lui remit Rauno Rämekorpi un superbe manteau de vison. Elle se défit de son harnachement pour essayer la précieuse fourrure. Le PDG s'était bien souvenu des mensurations de sa femme de ménage.

Le père Noël et son lutin ôtèrent leurs beaux habits pour aller au sauna, et Saara abandonna elle aussi son manteau. Il régnait une douce chaleur dans l'étuve, les petites louchées d'eau jetées sur les pierres s'évaporaient en sifflant, le poêle ronronnait avec bienveillance. Les baigneurs passèrent ensuite dans la pièce de repos pour se rafraîchir et boire un peu de bière, puis se lavèrent les cheveux.

Une fois propre et sec, le lutin retourna dans son taxi, garé chemin des Intrépides, pour préparer les délices qu'il servirait à l'étape suivante.

Dans les bureaux, le téléphone sonna. En cette fin d'année, les marchés industriels et financiers étaient menacés de surchauffe. Un journaliste économique de la radio avait contacté plusieurs grands patrons afin de connaître leur sentiment sur cette délicate situation conjoncturelle. C'était maintenant le tour de Rauno Rämekorpi. Saara décrocha avec naturel.

Saara : Société Rämekorpi, ici Saara Lampinen, directrice des ventes internationales… je vous passe monsieur le conseiller à l'industrie.

Il s'agissait d'une émission en direct — impossible, donc, de rien préparer, mais sans plus réfléchir, Rauno, impavide, balança dans l'éther quelques fortes pensées.

Il déclara que le système des stock-options, entre autres, était aberrant. Une entreprise saine ne récompensait pas ses dirigeants par des pots-de-vin, ce qu'étaient en réalité ces rémunérations.

Rauno : Si un cadre veut quitter une firme, tant pis pour lui. Ce sont les ouvriers qui assurent la production, pas les supposées têtes pensantes. Jamais une société ne s'est trouvée à court de dirigeants, que je sache, il y a toujours quelqu'un pour vouloir s'y coller.

Aucune entreprise, si grande soit-elle, n'avait selon lui intérêt à s'assurer de la fidélité de son personnel de direction en lui distribuant des stock-options. Le procédé créait une ambiance de rapacité néfaste qui conduisait rapidement la firme à sa perte. Si on accordait par exemple aux dirigeants, au moment de leur recrutement, une avance de cinq ans de salaire, il y avait des chances pour qu'ils changent dès que possible d'employeur, ou prennent leur retraite afin de profiter de leurs avantages immérités. Aux échelons inférieurs, les ouvriers, eux, continuaient à fabriquer des produits que l'entreprise saignée à blanc était obligée de vendre à prix cassés pour conserver ses parts de marché, et l'on se trouvait ainsi contraint de réduire un résultat déjà médiocre par l'attribution de stock-options à de nouveaux profiteurs.

L'interviewer voulut ensuite savoir si l'esprit de Noël soufflait dans la métallurgie — était-il jamais possible de tenir vraiment compte du facteur humain dans une entreprise industrielle ? Du point de vue de l'avenir de l'humanité, quelles étaient les responsabilités éthiques d'un homme riche ?

Rauno Rämekorpi lui asséna quelques exemples des préoccupations humanitaires de sa société : des

Russes lui avaient demandé à quelles conditions il pouvait livrer 18 000 cabines de passagers. Après avoir étudié avec soin le cahier des charges, il avait décliné la proposition — c'était hors de question. Il s'agissait de toute évidence de cellules destinées à équiper des navires-prisons. Au vu de la criminalité galopante de la Russie et de l'état de ses établissements pénitentiaires, l'initiative se défendait, mais la société Rämekorpi s'était refusée à contribuer par ses produits à ce projet répressif.

Le journaliste demanda au conseiller à l'industrie comment il pouvait savoir qu'il s'agissait de locaux carcéraux flottants. Peut-être les Russes voulaient-ils équiper une importante flotte touristique. Rämekorpi répliqua qu'il ne pouvait pas en dire beaucoup plus sur cette affaire, pour cause de secret professionnel, si ce n'est que les couchettes des navires de croisière n'étaient généralement pas coulées en métal et soudées au mur, et que les judas de leurs portes étaient supposés permettre de regarder à l'extérieur, pas le contraire. Il n'y avait pas trente-six solutions : le touriste jetait un coup d'œil dans la coursive, la milice dans la cabine.

Les États-Unis, de leur côté, avaient carrément lancé un appel d'offres concernant 2 200 cellules pour condamnés à mort, dont 1 700 destinées au Texas et le reste à l'Illinois. Les Américains s'étaient aussi renseignés sur le prix des presses hydrauliques, mais ces marchés, bien qu'intéressants, avaient fait l'objet d'une décision négative. On pouvait craindre que les exécutions se fassent en compressant les prisonniers, méthode qui évitait les effets secondaires des procédés électriques et chimiques actuellement utilisés. On avait calculé aux États-Unis que l'exécution hydraulique coûterait 32 % moins cher que les précédentes méthodes. Elle était en outre respectueuse de l'environnement et permettait des économies sur les frais d'enterrement. On avait constaté, lors d'expériences menées sur des animaux, que le cadavre d'un individu exécuté par compression tenait dans un porte-documents. Pour les condamnés noirs les plus baraqués, il fallait cependant compter un attaché-case. Tout produit soumis à une forte pression se trouve en effet purgé du liquide qu'il contient, et chacun sait que le corps humain est composé à plus de 90 % d'eau.

En conclusion de son interview, Rauno Rämekorpi souligna que, d'après son expérience, les experts internationaux, et en particulier les ingénieurs danois, étaient non seulement peu fiables et mal embouchés, mais coûtaient inutilement cher à des pays industriels hautement développés tels que la Finlande.

Les obligations officielles de l'avant-veille de Noël étant ainsi remplies, Saara Lampinen s'enveloppa dans son épais manteau de vison et retourna au sauna. Le père Noël était lui aussi curieux de voir comment les dépouilles de mustélidés provenant d'un élevage bio d'Ostrobotnie résisteraient à une forte chaleur et à des variations hygrométriques extrêmes. Après s'être douchée avec sa fourrure, Saara Lampinen constata avec plaisir que c'était du vrai : le poil était souple et brillant et supportait à merveille les agressions, même brutales. Elle secoua énergiquement le vêtement avant de le ranger sur un cintre pour admirer son tombé, aussi impeccable que s'il n'avait jamais été au sauna ou sous la douche.

Profitant de ce qu'ils étaient nus, le conseiller à l'industrie Rauno Rämekorpi, animé d'une ambition virile, entreprit de se rapprocher de Saara Lampinen. Il se targuait d'être un homme énergique, épris de beauté féminine, et souhaitait le prouver concrètement, dans l'esprit de Noël.

Mais les femmes sont orgueilleuses, arrogantes et compliquées. Saara, outrée, déclara d'un ton froid qu'elle n'était pas une pute mais une honnête technicienne de surface qu'on n'achetait pas comme ça, même avec un manteau de vison imperméable.

Le père Noël en resta muet de désespoir. Les poings serrés, il s'écarta frustré du délicieux objet de son amour, grognant malgré tout qu'il n'était qu'un homme et qu'il n'y pouvait rien. Il n'était pas mauvais, il ne voulait humilier personne, et ses moyens financiers ne faisaient pas de lui un salaud.

Saara Lampinen fut sensible à sa déception. Elle se radoucit, prise de pitié pour le pauvre homme, et résolut de l'aimer comme elle l'avait toujours fait.

Saara : Allez, allonge-toi là.

18

Irja

C'était déjà l'après-midi, le magique instant bleu avant l'obscurité vite tombée d'une journée d'hiver. Irja Hukkanen s'affairait à déblayer la neige de son jardin, à Vantaa, quand le taxi de Sorjonen vint s'arrêter devant chez elle. Un spitz à poils roux folâtrait dans ses jambes. Le père Noël et son lutin embrassèrent l'énergique psychologue et portèrent dans la maison cadeaux et victuailles.

Rauno Rämekorpi avait acheté à Irja un voyage en Israël pour deux personnes. Elle pourrait emmener qui elle voulait à Jérusalem. Mais si elle ne trouvait pas d'autre compagnie, il était prêt à l'escorter en Terre sainte pour chercher les ossements de Jésus. La psychologue répliqua qu'elle n'avait jamais vraiment pris ce projet au sérieux, retrouver le squelette du Christ était sans doute impossible, et qu'en ferait-elle ? — la plaisanterie avait assez duré, d'autant plus qu'avec Noël on s'apprêtait à célébrer la naissance du Sauveur. D'ailleurs il y avait sans arrêt des troubles au Proche-Orient, il était dangereux de s'y rendre. Elle aurait préféré aller à Rome ou à Venise, par exemple. Heureusement, le chèque-cadeau était valable pour n'importe quel voyage, la destination n'était pas précisée.

Quand le lutin Sorjonen se fut comme à son habitude retiré dans sa voiture pour cuisiner la collation de l'étape suivante, Irja proposa à Rauno du Viagra qu'elle gardait au frigo.

Irja : On pourrait bavarder et évoquer le bon vieux temps, une heure est vite passée. Et j'aurais aussi besoin d'aide pour pelleter la neige.

Le conseiller à l'industrie avoua que sa virilité n'avait pas été très sollicitée au cours de cette tournée. Il était capable de mener la besogne à bien sans médicaments.

Ils sortirent dans le jardin. Rauno Rämekorpi creusa des sentiers dans la poudreuse. Irja en balaya les dernières traces de neige. De la lumière brillait dans l'habitacle du monospace de Seppo Sorjonen garé le long du trottoir. Le lutin y cuisinait ses petits plats.

Une fois les allées dégagées, Rauno Rämekorpi entreprit de construire une lanterne en boules de neige. Malgré ses soixante ans, il n'avait pas oublié le savoir-faire de son enfance. Irja alla chercher une bougie et, ensemble, ils admirèrent l'œuvre du conseiller à l'industrie. Le monde était merveilleusement beau, convinrent-ils, malgré sa terrible cruauté. Irja raconta qu'elle avait lu de bout en bout la traduction du *Livre noir du communisme*, rédigé par un collectif d'auteurs français. C'était effroyable. Le bel idéal de l'égalité avait servi de prétexte à une dictature barbare qui avait coûté la vie à cent millions de personnes. Imaginer le fleuve que formerait le sang de tous ces innocents !

Rauno Rämekorpi calcula qu'il y aurait coulé plus de six cents millions de litres d'hémoglobine. Le flot aurait pu alimenter une centrale électrique de moyenne puissance. Combien de kilowatts aurait-elle donc été en mesure de produire... les péchés de l'humanité auraient permis de chauffer une ville entière.

Irja : Dire que moi aussi j'étais communiste dans les années soixante-dix, pure et dure. Une vraie stalinienne, comme tu sais.

Rauno : Tu n'as quand même tué personne.

Il regarda la lanterne de neige dont la palpitante bougie dessinait des motifs changeants sur le blanc manteau du jardin. Il faisait déjà sombre, presque nuit. Rauno songea à la journée écoulée, durant laquelle il avait eu le temps de rendre visite à près de dix femmes. Il avoua à la psychologue qu'il avait peur d'être anormal, dans un sens, à ne pas pouvoir rester chez lui même à Noël. Irja confirma qu'à ses yeux aussi, il avait tout d'un Raspoutine.

Rauno Rämekorpi lui confia avoir beaucoup réfléchi au destin de ce débauché qui avait fréquenté la cour impériale au début du XXe siècle. Raspoutine était au départ un moujik sibérien, un *fol en Christ* aux yeux de braise qui avait parcouru toute l'immense Russie en prêchant d'une voix aiguë tout en roulant des yeux. Il avait séduit de nombreuses femmes et réussi avec habileté à s'insinuer dans les plus hautes sphères de l'État, en tant que confident de la tsarine et conseiller du tsar en personne.

Raspoutine était devenu l'intercesseur auprès de Dieu du fils hémophile de la famille régnante et, en quelque sorte, son médecin personnel, ce qui en avait fait un hôte aimé et vénéré de la cour. Il s'était peu à peu trouvé en position d'exercer une influence sur les décisions du souverain. Quand la Première Guerre mondiale avait éclaté, les folies de la cour avaient contribué à déclencher en Russie une révolution dont les conséquences avaient infléchi l'histoire de l'Europe entière.

Le conseiller à l'industrie craignait, si ses propres aventures venaient à être connues, d'y laisser sa réputation ou pour le moins son honneur.

Irja lui assura qu'il n'avait pas à s'inquiéter de son penchant pour les femmes. Il avait la tête sur les épaules et pas la moindre tendance à la folie mystique, ni le goût de Raspoutine pour les orgies et autres délires.

Irja : Tu es quelqu'un de bien, un point c'est tout. Moi qui suis psychologue, je peux te dire, au cas où tu ne t'en serais pas encore aperçu, que presque tout homme en bonne santé rêve de satisfaire autant de femmes que possible, et dans ce domaine tu peux te féliciter d'avoir de l'énergie à revendre.

Rauno Rämekorpi revint sur la place de Raspoutine dans l'histoire mondiale. Et si la cour avait écouté les avis de médecins compétents, et le tsar réussi à gouverner paternellement le grand Empire russe ? Il n'y aurait pas eu la révolution, ni la dictature de Lénine et de Staline, et peut-être les réformistes auraient-ils acquis une influence raisonnable aussi bien en Russie qu'ailleurs en Europe — ce qui, à son tour, aurait empêché l'arrivée au pouvoir de Hitler dans l'Allemagne des années trente, ce qui…

Le couple rentra dans la maison. La psychologue donna à manger à son infatigable spitz. Elle réchauffa un peu de vin épicé, une agréable boisson par cette soirée d'hiver. Puis on partit promener le chien, Hupi, baptisé ainsi d'après celui du beau-père d'Irja. Il était d'ailleurs son descendant, de la race des champions. Le vieil homme était mort, de même bien sûr que son cher toutou, mais ils avaient eu de leur vivant le temps de faire un inoubliable voyage à Rome.

Sérieusement, pourquoi ne pas aller en Italie plutôt qu'à Jérusalem, et pourquoi ne pas emmener le spitz ? Maintenant que la Finlande était membre à part entière de l'Union européenne, les voyages touristiques des chiens étaient plus faciles qu'avant.

Irja raconta qu'à la fin des années soixante-dix, son beau-père avait gagné un séjour à Rome pour deux personnes en participant à un concours du magazine *Anna*. Il avait rempli le bulletin pour s'amuser, sans la moindre intention de visiter sur ses vieux jours cette grande ville bruyante où l'on courait de nombreux dangers et où l'on se ferait de toute façon escroquer ou même voler. Mais une fois le prix remporté, la mère d'Irja avait décidé que l'on profiterait de ces vacances de rêve : elle avait toujours voulu voir la Ville éternelle et, pour une fois qu'elle en avait la possibilité, il ne restait plus à son entêté d'époux qu'à faire ses bagages et à l'accompagner. Ce dernier avait protesté et prétexté qu'il ne pouvait pas laisser Hupi seul en Finlande, aux soins de Dieu sait qui, pour toute la durée d'un tel voyage. Aux mains d'ignorants, son excellent chien de chasse risquait de prendre de mauvaises habitudes.

La mère d'Irja s'était obstinée et avait décidé d'emmener à Rome aussi bien son mari que Hupi. Elle s'était occupée des formalités de quarantaine du spitz, et tous trois avaient passé une semaine entière en Italie.

En connaisseurs, le beau-père d'Irja et son chien avaient visité de nombreux musées et églises et découvert les nobles monuments antiques, parmi lesquels ils avaient particulièrement apprécié les vestiges pavés et les nombreux réverbères de la voie Appienne. Hupi n'avait pas été autorisé à entrer au Vatican, mais le Saint-Siège n'était pas non plus ce qui intéressait le plus son maître. Pendant que la mère d'Irja courait les magasins et les galeries d'art, ils s'étaient tous deux offert une excursion en autocar à Pompéi, qui leur avait fait forte impression. Bel endroit pour lever la patte.

À Rome, Hupi avait imposé sa loi aux chiens errants et aux chats sauvages, et n'avait pas non plus laissé les pigeons à demi apprivoisés de la grande ville s'en tirer à bon compte. Il avait si bien profité de la généreuse hospitalité des Italiens qu'il avait grossi de plusieurs kilos et, de retour en Finlande, n'avait cessé de réclamer des pizzas et des spaghettis bolognaise.

Rauno Rämekorpi caressa le remuant spitz roux d'Irja et déclara qu'il pourrait lui aussi se décider à partir pour Rome avec eux, s'il arrivait à lâcher son travail. Quel plaisir ce serait de promener le chien dans les jardins de la villa Borghèse et de le laisser étancher sa soif dans la fontaine de Trevi pendant qu'Irja s'achèterait des fringues à la mode dans les boutiques du Corso. On pourrait dîner à la terrasse d'un café de la piazza Navona, où il était sûrement possible de commander des plats spéciaux pour chiens de race.

Irja redemanda très sérieusement à Rauno s'il ne voulait pas prendre du Viagra, il n'était quand même plus tout jeune, mais le père Noël se sentait plus en forme que jamais.

Après en avoir apporté la preuve et retrouvé son souffle, le conseiller à l'industrie passa dans la salle de bains avant de leur resservir un peu de vin chaud. Irja alluma la radio. On y donnait des nouvelles du sport : un journaliste à la voix douloureusement nasillarde débitait des résultats de matchs. Même à Noël, on n'y échappait pas. La psychologue tourna le bouton.

Rauno se rappela soudain que le lutin cuisinier Sorjonen l'attendait dans sa voiture. Il était grand temps pour le père Noël de poursuivre sa tournée.

Dans l'intervalle, la chargée de mission de l'association féministe Union, Taina Katalainen, avait réservé sur la chaîne de télévision MTV deux coûteuses minutes de temps d'antenne destinées à faire passer un message publicitaire vantant le savoir-faire métallurgique de la société Rämekorpi, et surtout les méthodes de son PDG. Elle avait également fait parvenir au grand quotidien *Helsingin Sanomat*, pour son numéro de Noël, un faire-part de fiançailles dont le but était de mettre en lumière les conséquences de

la dépravation des mœurs masculines et les extrémi-
tés auxquelles elle pouvait conduire.

Il y avait urgence, le projet exigeait encore de
nombreuses heures de travail, mais, comme chacun
sait, les féministes sont toujours prêtes à se sacrifier
pour une noble cause.

La société Rämekorpi paierait la facture.

19

Kirsti

La soirée était déjà bien avancée et on en était à l'avant-dernière étape de la tournée de cadeaux. Rauno Rämekorpi appela Kirsti Korkkalainen, rue du Musée. Celle-ci semblait préoccupée. Son ex-mari paranoïaque la harcelait-il de nouveau ?

Après la raclée que le conseiller à l'industrie, dans l'excitation de son soixantième anniversaire, lui avait administrée dans le patio du Musée national, le jaloux professeur Heikki Korkkalainen avait enfin compris qu'il devait laisser son ex-femme tranquille. Il avait décidé de suivre un traitement psychiatrique — même ses collègues, à l'université, avaient remarqué qu'il était fou. Le problème était donc plus ou moins réglé du point de vue de Kirsti, elle avait pour l'instant d'autres soucis. Rien d'angoissant, cependant, ni de comparable aux terribles années de violence qu'elle avait vécues.

Elle était maintenant chargée d'organiser des expositions pour l'Office national du patrimoine culturel, ce qui l'occupait plus qu'à plein temps. Mais le poste était intéressant, elle était libre d'appliquer ses idées, et le succès était au rendez-vous. Pour la première fois de sa vie, Kirsti était réellement heureuse.

Elle expliqua qu'elle devait filer dare-dare au musée, où elle travaillerait toute la soirée et la journée du lendemain, réveillon ou pas.

Le père Noël et son lutin passèrent la prendre rue du Musée. Pendant le trajet, Rauno tapa sur son téléphone portable un message à l'intention de son épouse :

Annikki chérie, cette distribution de cadeaux risque de s'éterniser, je serai peut-être obligé de passer la nuit en ville, mais je serai à la maison demain pour fêter tranquillement Noël avec toi. Bisous de ton Rauno !

Kirsti raconta en chemin qu'elle avait organisé des expositions tout au long de l'automne, dans différents lieux, dont une foire industrielle inspirée de celles du milieu du xixe siècle, au musée des Techniques de Vanhakaupunki. Elle avait fait venir d'une fabrique de baignoires de Karkkila des moules de fonderie et d'autres objets. Pour le Musée national, elle avait maintenant conçu une mise en scène plutôt originale.

Kirsti : J'ai obtenu la permission de reconstituer dans un coin du hall une cabane finlandaise primitive. On va étaler de la paille par terre et exposer de vieux objets et des décors de Noël paysans, et on servira de la bière de ménage.

L'établissement resterait ouvert le 25 décembre et l'on célébrerait dans l'église attenante une messe à l'ancienne mode, après laquelle le public pourrait découvrir les traditions populaires associées aux fêtes de fin d'année. Le Musée national présenterait donc une sorte de crèche nordique, il ne manquerait que l'enfant Jésus et les rois mages.

Le chef des pompiers s'était de prime abord opposé à la construction de cette cabane dans le musée, la paille présentait, paraît-il, un danger pour la sécurité, et ce n'était qu'après de longues négociations qu'il avait enfin autorisé le projet. L'exposition n'avait ainsi pu être installée qu'à la dernière minute.

On avait commandé trois grosses balles de paille à un agriculteur de Siuntio, mais elles venaient seulement d'être livrées et déposées dans la réserve du sous-sol.

Kirsti Korkkalainen avait maintenant grand besoin de l'aide de bras vigoureux pour mettre en place son décor. Le père Noël Rauno Rämekorpi et le lutin Seppo Sorjonen ne pouvaient pas mieux tomber. Ils se vantèrent d'être assez costauds pour transbahuter s'il le fallait une grangée entière de paille jusque dans la nef centrale du musée. À l'automne, il y avait eu au même endroit le lit à baldaquin de Gustave III où Rauno et Kirsti avaient passé une nuit inoubliable. Le meuble, restauré, avait depuis été transféré au nouveau musée de la Literie de Katajanokka, dans les anciens entrepôts du quai du Canal.

Porter la paille du sous-sol au hall se révéla plus ardu qu'il n'y paraissait au premier abord. Les balles pesaient lourd, c'est à peine si les deux hommes eurent la force de les traîner jusque dans le monte-charge puis de les en sortir et, quand on défit leurs liens, des barbes volèrent dans tout le musée. Il fallut près de deux heures pour les balayer. On confectionna ensuite en toute hâte une douzaine de couronnes de Noël que l'on accrocha à des pieux, ce qui prit aussi un certain temps. Kirsti apporta des tines, une seille, des chopes à bière en bois et d'autres objets anciens. Puis l'on fit une pause pour aller se restaurer au premier étage dans la salle consacrée à la période de l'oppression panslaviste, où il y avait une table et des chaises ayant servi aux réunions du mouvement de résistance pro-allemand. Le lutin Sorjonen servit des harengs marinés aux oignons. Les convives burent dans une grande chope commune de la bière de Laponie que Kirsti avait achetée, dans un souci d'authenticité, pour son exposition.

Rauno Rämekorpi remit à la médiatrice culturelle un paquet enveloppé de papier-cadeau : un bijou en or représentant une tête d'élan sculptée datant du paléolithique. C'était un pendentif d'une beauté austère, un message vieux de milliers d'années venu d'un peuple antique dont les descendants fêtaient là un modeste et discret Noël.

Il se faisait tard. Dans la pénombre de la salle, ils regardèrent en silence les meubles et autres objets de la fin du XIXᵉ siècle : la vie était dure, en Finlande, à cette époque où l'immense et puissante Russie avait décidé de slaviser sa province occidentale. Rien n'y avait fait, pas même la grande pétition nationale qui avait recueilli en peu de temps des centaines de milliers de signatures. Le tsar, dans sa morgue, n'avait pas daigné lire cet appel au secours, mais avait néanmoins déclaré avec indulgence ne pas tenir rigueur à ses sujets de cette étrange entreprise.

Attablés devant leur repas typiquement finlandais

de harengs, d'oignons et de bière, les convives contemplaient sans mot dire le grand tableau allégorique d'Eetu Isto montrant l'aigle russe à deux têtes en train d'arracher son recueil de lois des blanches mains d'une demoiselle affolée personnifiant la Finlande. Sous un ciel chargé de nuages noirs, on apercevait, loin à l'horizon, un mince filet de lumière, symbole de l'espoir naissant d'un avenir meilleur. Reproduite à l'époque à des milliers d'exemplaires, cette toile avait trouvé sa place au cœur de tous les foyers. Ç'avait été pour les Finlandais une façon de défendre le peu d'autonomie qui leur restait. Le sang n'avait pas coulé, les larmes si.

Sa collation terminée, le trio alla mettre la dernière main à l'exposition de Noël de l'indestructible peuple finnois. On balaya les derniers brins de paille du monte-charge et du couloir du sous-sol, on disposa baquets, sapines et couronnes à leur place, on pendit à des clous les traditionnelles peaux de bête et cornes de bouc de la mascarade du lendemain de l'Épiphanie.

Quand tout fut fin prêt, le lutin Seppo Sorjonen annonça qu'il allait laisser le père Noël et la médiatrice culturelle dormir dans la paille et rentrer chez lui auprès d'Eeva pour la nuit. Il était bien sûr disposé à reprendre le volant dès le lendemain matin.

Aussitôt le chauffeur de taxi parti, un père Noël se présenta à la porte du musée. Kirsti, qui était allée ouvrir, revint en hurlant. Quand Rämekorpi s'approcha, il reconnut sous le masque et le costume l'ex-mari fou de la médiatrice culturelle.

Rauno : Et si je t'en collais une, en l'honneur de Noël.

Heikki Korkkalainen, se forçant à sourire, déclara qu'il n'y avait aucune raison de se mettre à boxer entre pères Noël. Il n'était pas animé de mauvaises intentions, il était juste venu apporter un cadeau à Kirsti, qu'il reconnaissait avoir harcelée pendant des années. Il n'était plus jaloux depuis longtemps, et en tout cas pas de Rämekorpi.

Le professeur expliqua qu'il était soigné depuis l'automne dans un hôpital psychiatrique. Mais, comme on ne versait aux patients ni salaire ni même indemnités journalières, il était contraint de faire des petits boulots : quelques traductions scientifiques et, en cette période de fêtes, un travail de père Noël, dont il avait entendu dire qu'il rapportait gros.

Il demanda à Rauno s'il avait de son côté décroché beaucoup d'engagements. Le conseiller à l'industrie répondit qu'il avait dix adresses sur sa liste. Heikki Korkkalainen en avait quinze, et pensait en avoir encore d'autres le lendemain. Il avait donc assez d'argent pour se permettre d'acheter un petit cadeau à Kirsti.

L'éprouvé professeur remit à Rauno Rämekorpi un paquet contenant une douzaine de collants de taille un destinés à son ex-femme. Il se rappelait lui en avoir déchiré des centaines au cours de leurs tumultueuses années de mariage.

Heikki n'était plus jaloux de Kirsti — il avait trouvé une nouvelle compagne, psychothérapeute à l'hôpital. Ils avaient deux fois par semaine des conversations confidentielles et parfois passionnées.

Heikki : J'ai hélas l'impression que Leila ne m'est pas très fidèle, elle a beaucoup d'autres interlocuteurs avec qui elle entretient des relations suivies et parle de questions intimes…

Rauno fit remarquer qu'il s'agissait d'une psy, de tels tête-à-tête faisaient sans doute partie de son travail.

Le professeur ne le niait pas, mais il était convaincu qu'elle et lui étaient liés par des sentiments tout à fait spéciaux… ce qui n'empêchait toutefois pas Leila d'avoir d'autres contacts.

Rauno Rämekorpi alla porter le cadeau de Heikki à Kirsti. En revenant, il constata que le malheureux père Noël s'éloignait déjà dans l'avenue Mannerheim.

Ne voulant pas abandonner froidement le professeur fou à son sort, sans autre mot d'adieu ou de consolation, le conseiller à l'industrie se lança au pas de course sur ses talons. L'ex-mari jaloux, effrayé, prit ses jambes à son cou, craignant de se faire rouer de coups comme à l'automne. On put ainsi voir deux pères Noël galoper l'un derrière l'autre dans l'artère principale de la capitale. Rauno Rämekorpi rattrapa Heikki Korkkalainen au pied de la statue équestre de Mannerheim, lui tapa amicalement sur l'épaule et lui fourra dans la main quelques billets de cent marks. Il lui transmit ensuite les remerciements de Kirsti pour son cadeau et lui souhaita un très heureux Noël.

MTV et *Helsingin Sanomat* préparaient de coûteux messages de Noël, dans lesquels dix belles garces entendaient faire connaître leur opinion et se venger d'un vieux bouc. D'avenantes photos de chacune d'elles avaient été envoyées à la télévision et au journal.

Pour couronner cette dure journée, le conseiller à l'industrie Rauno Rämekorpi se laissa tomber sur l'odorante litière de la cabane d'exposition, attira la médiatrice culturelle dans ses bras, déboutonna d'un geste sûr sa culotte à pont et s'attela à sa besogne favorite.

Se rouler dans la paille avait sûrement été l'un des plus grands plaisirs des générations passées : les tiges de céréales crissaient agréablement, leur parfum excitait les sens. Il y avait dans ce passe-temps une dimension paysanne historique à laquelle l'homme moderne n'avait que très rarement l'occasion d'accéder au cœur de l'hiver.

20

Ulla-Maija

Le matin du 24 décembre, Kirsti et Rauno se réveillèrent calmes et heureux sur la paille finlandaise du hall du Musée national. Au plafond, sur les fresques kalévaléennes d'Akseli Gallen-Kallela, Joukahainen labourait le champ aux vipères et Väinämöinen menait une féroce bataille contre la sorcière du Nord, mais il en aurait fallu plus pour troubler la sérénité du couple qui avait déjà connu là un autre réveil agréable, à l'automne, dans le lit à baldaquin de Gustave III.

Le père Noël se rinça le gosier d'une gorgée de bière et téléphona à son lutin. Celui-ci vint aussitôt le chercher à la porte principale du musée. Il était temps d'aller distribuer des cadeaux à la dernière adresse, chez Ulla-Maija Lindholm, à Katajanokka. La veuve commençait déjà sûrement à s'impatienter.

Rauno Rämekorpi prit cependant le temps d'envoyer un message d'excuse à son épouse Annikki :

Comme je m'y attendais, ma chérie, ma tournée de cadeaux s'est un peu prolongée et j'ai passé la nuit en ville. Je rentrerai de bonne heure pour fêter Noël en famille. Ton Rauno qui t'aime.

Le père Noël et son lutin embrassèrent la médiatrice culturelle avant de monter en voiture. Ils prirent l'avenue Mannerheim en direction de Katajanokka. Sorjonen demanda comment s'était passée la nuit sur la paille du Musée national et, Rauno s'étant vanté d'une totale réussite, fit remarquer que celui-ci ne semblait pas souffrir de son âge. En effet.

Le conseiller à l'industrie se mit à faire des projets : quand il prendrait sa retraite, dans cinq ans, il aurait enfin tout son temps pour courir le jupon.

Le chauffeur de taxi se déclara prêt à l'accompagner à plein temps dans cette entreprise. Il conseilla au futur retraité de penser à se munir de Viagra dans une poche et de préservatifs dans l'autre, sans oublier son portefeuille dans sa poche revolver.

Sorjonen annonça avoir composé pour Ulla-Maija, à son réveil, un menu plus roboratif et plus festif que les précédents, puisque c'était déjà le jour du réveillon. Avec son amie Eeva, il avait préparé une salade au roquefort et aux noix accompagnée d'une assiette de poissons fumés.

Arrivés à Katajanokka, le père Noël et son lutin portèrent dans l'appartement les victuailles, le vin chaud et les cadeaux. Rauno Rämekorpi avait choisi pour Ulla-Maija un lustre en cristal de Bohême. Il était sûr qu'elle apprécierait le geste.

Il avait vu juste : lorsqu'elle ouvrit le grand carton enveloppé de papier doré et découvrit la scintillante suspension, la veuve de l'évêque aux armées en pleura de bonheur. Elle voulut aussitôt voir l'effet qu'elle faisait et Sorjonen se chargea de l'installer à la place de son vieux plafonnier poussiéreux. Le lustre tintinnabulant brilla bientôt de tous ses feux et Ulla-Maija plaqua deux gros baisers sur les joues du lutin. Rougissant, ce dernier servit le repas, but une goutte de vin chaud et redescendit dans la rue. Avant de filer, il précisa qu'il allait passer acheter un sapin pour Eeva et lui, mais se tenait prêt à venir prendre le père Noël quand il lui viendrait enfin à l'idée de rentrer à Westend auprès de sa chère mère Noël.

Le lutin parti, Ulla-Maija et Rauno levèrent à nouveau leurs verres pour porter quelques toasts. Puis la maîtresse de maison se mit en tête d'organiser une folle fête de Noël. Elle chercha un scénario adéquat dans ses archives, où il n'y avait que l'embarras du choix, y compris pour de telles occasions.

Ulla-Maija : Attends-moi un instant, je vais m'habiller. Tu peux commencer à décorer le salon, pendant ce temps. Il y a ce qu'il faut dans un carton au fond du placard.

Rauno Rämekorpi étudia le programme des festivités, puis accrocha un peu partout dans la pièce des boules de verre rouges, bleues et dorées, tendit d'un mur à l'autre des guirlandes multicolores en papier crépon, disposa ici et là des couronnes de paille, des étoiles, des anges, des bergers et des enfants Jésus. Il se prit à fredonner pour lui-même les chansons du Mystère de la Nativité qu'il avait apprises en Laponie dans son enfance.

La décoration prit un tour plus professionnel quand Ulla-Maija Lindholm réapparut. Elle avait revêtu une robe du soir blanche et des escarpins argentés à talons aiguilles. Pour compléter ce ravissant ensemble, elle avait ceint son front d'une couronne de lumière. Rauno Rämekorpi jeta un coup d'œil au scénario — aucun doute, la veuve s'était attribué le rôle de sainte Lucie !

Le père Noël alluma les bougies de la couronne de son hôtesse, transportée d'enthousiasme. Il en aurait volontiers profité pour griller une cigarette, mais malgré sa violente envie de tabac, il n'en était pas question.

Ulla-Maija : Crois-moi ou pas, mais en 1975 j'ai été la Lucie de la fête de Noël des évêques militaires !

S'avançant d'un pas digne, la veuve entonna la traditionnelle chanson venue des pays catholiques :

> *Le jour s'achève,*
> *L'astre aux reflets d'argent...*

Ulla-Maija avait beau avoir plus de soixante-dix ans, sa voix était intacte. Dans cette pieuse atmosphère, le conseiller à l'industrie embrassa poliment le décolleté de la chanteuse couronnée de flammes.

Ce fut au tour de Rauno Rämekorpi d'improviser une représentation du Mystère de la Nativité, sur la base des couplets dont il se souvenait. Arpentant le salon décoré, il joua tour à tour Hérode, son serviteur Nihti, le roi nègre et l'enfant à l'étoile, Mänkki. Sainte Lucie s'abstint de toute critique, même si la solide silhouette sexagénaire du père Noël n'évoquait guère celle du jeune Mänkki, et applaudit ravie à la fin du spectacle.

Après ce récital, Ulla-Maija Lindholm et Rauno Rämekorpi décidèrent de s'amuser vraiment. Ils laissèrent tomber le programme officiel pour interpréter avec un entrain juvénile de vieilles chansons de Noël, courir à la queue leu leu et danser la ronde dans la pièce illuminée ; puis ils firent une pause pour boire du vin chaud, manger des harengs et se régaler de bonshommes et de cochons en pain d'épice avant de repartir de plus belle. Riant aux larmes de tous les jeux qu'ils inventaient, ils chahutaient comme des enfants excités d'avoir trop longtemps attendu Noël.

En plein charivari, le conseiller à l'industrie Rauno Rämekorpi se rappela son rôle premier et mugit d'une grosse voix la traditionnelle question du père Noël, légèrement adaptée pour la circonstance.

Rauno : Est-ce qu'il y a ici des petites vieilles bien sages ?

Ulla-Maija : Oui, oui !

Le père Noël, après avoir délicatement ôté la couronne des cheveux de sainte Lucie et en avoir soufflé les bougies presque entièrement consumées, l'entraîna à pas feutrés dans la chambre, l'aida à se déshabiller et déboutonna sa culotte à pont. Vint le clou tant attendu de la fête.

Après ce moment de bonheur, le couple resta à paresser dans la crèche, ou plus exactement dans le grand lit de la veuve de l'évêque militaire. Celle-ci, qui avait maintenant le visage grave, passa le bras autour du cou du père Noël et embrassa sa fausse barbe. Il lui demanda ce qui n'allait pas.

Ulla-Maija déclara qu'elle lui était juste reconnaissante de ce Noël. Elle était seule, elle n'avait reçu de ses petits-enfants qu'une simple carte de vœux.

Ulla-Maija : La famille de ce fichu évêque ne me laisse même pas aller les voir pour Noël. La vie est dure mais j'ai de la chance, tu es là, et la fête avec toi. Je suis à la fois triste et heureuse.

Rauno Rämekorpi se remémora avec émotion la cruauté de Noël, quand ses fils étaient petits. Après leur éprouvante séparation, sa femme lui avait interdit de les voir et, à l'époque, les droits des pères divorcés n'étaient pas garantis par la loi, ou plus précisément, en dépit de la loi, par les pratiques des services sociaux.

Ayant appris qu'un de ses anciens voisins avait été embauché par sa femme pour jouer le rôle du père Noël auprès de ses enfants, le jeune père l'avait payé pour prendre sa place. Un masque sur la figure, et direction l'appartement !

Rauno : Je me suis trouvé assis là pendant plus d'une heure sans pouvoir dire un mot, mes gamins sur les genoux, à leur distribuer des cadeaux et à les écouter chanter d'une voix claire, et j'avais l'impression qu'ils m'appréciaient beaucoup.

Ce n'était qu'en faisant la bise au père Noël que son ex-épouse avait compris qui s'était introduit chez elle. Sans commentaires, le divorcé avait jeté son sac à cadeaux vide sur son épaule et était sorti dans la nuit glacée. Il avait passé Noël seul dans une chambre mal chauffée.

La veuve soupira, la vie de Rauno n'avait pas non plus été un chemin de roses. Quelle pitié ! Ulla-Maija avait toujours été très sentimentale, mais n'avait pas trouvé l'âme sœur qu'elle méritait. Elle n'en pouvait plus de cette existence si ingrate et banale.

Quand elle était jeune fille, à Rovaniemi, elle était tombée amoureuse d'un beau garçon, un étudiant, mais leurs familles s'étaient opposées à leur mariage. Ils avaient décidé de s'enfuir. À l'étranger ! Ulla-Maija avait planifié un enlèvement merveilleusement romantique, mais tout le magnifique projet avait capoté. Le garçon s'était certes montré enthousiaste, mais d'une maladresse désespérante. Le couple avait pris un taxi pour Tornio et Haparanda, mais n'avait même pas pu aller là-bas à l'hôtel car l'audacieux ravisseur avait dû avouer qu'il n'était pas majeur. Les fuyards avaient été piteusement ramenés chez eux par la police et, quelques années plus tard, s'étaient bourgeoisement mariés chacun de son côté.

Ulla-Maija prit soudain Rauno par les épaules et réclama qu'il réalise un de ses plus fabuleux rêves de jeunesse : le rapt de sainte Lucie ! Pour rire, bien sûr, mais ce serait une expérience extraordinaire, et tellement romantique, d'être traînée dehors par un homme fort comme un ours qui l'emmènerait où il voudrait tandis qu'elle hurlerait sans pour autant vouloir à aucun prix rentrer chez elle !

Il ne restait plus au conseiller à l'industrie qu'à enlever la veuve de l'évêque militaire. Ils allèrent d'abord prendre une douche et s'habiller.

Le père Noël téléphona à son lutin afin de lui annoncer qu'il rentrerait bientôt au bercail mais devait d'abord régler une petite affaire. Puis il jeta Ulla-Maija sur son épaule et se rua dans l'escalier.

Bousculant tout sur son passage, il descendit quatre à quatre au rez-de-chaussée et déboula dans la rue avec son fardeau.

Sainte Lucie hurla de joie quand le père Noël se mit à courir. Ce dernier s'amusait tout autant, à vrai dire. Il fit le tour du pâté de maisons au galop, sa victime sur l'épaule. La robe du soir d'Ulla-Maija flottait au vent et sa couronne faillit tomber sur le trottoir mais elle la retint d'une main tout en étreignant son ravisseur de l'autre.

Dans la foule qui emplissait les rues en cette veille de Noël, le spectacle ne passa pas inaperçu. Certains criaient à Rauno de lâcher sa proie, mais beaucoup l'encourageaient à accélérer encore l'allure.

On aurait sans doute fini par appeler la police pour calmer le couple déchaîné si Seppo Sorjonen n'était arrivé. Médusé, il crut d'abord que le conseiller à l'industrie Rauno Rämekorpi avait perdu la raison, ce en quoi il n'avait pas tout à fait tort.

Il inventa vite une histoire pour expliquer l'étrange scène : il déclara d'une voix forte aux badauds que tout allait bien, il ne s'agissait que de la répétition d'une pièce de théâtre. Selon une vieille légende finno-sicilienne, en effet, le père Noël avait jadis enlevé sainte Lucie, et l'on remettait au goût du jour ce lointain événement. Le lutin eut la présence d'esprit d'ajouter que le spectacle serait donné le jour de Noël au Musée national, où le public pourrait aussi goûter au confort d'une authentique litière de paille finlandaise.

Après avoir fait trois fois le tour du pâté de maisons avec la veuve glapissante sur le dos, le conseiller à l'industrie, fatigué de cavaler, la ramena chez elle. Rayonnante de bonheur, elle le serra dans ses bras, ainsi que son chauffeur, et leur souhaita à tous deux un paisible Noël.

21

Annikki

Le 24 décembre, de nombreux pères Noël sont un peu pompettes, et le conseiller à l'industrie Rauno Rämekorpi ne faisait guère pencher la balance du côté de la sobriété : il était pour le moins éméché en rentrant chez lui auprès de son épouse Annikki, sa tournée de distribution de cadeaux terminée. Il était près de midi, et l'on proclamait à la radio le début de la trêve de Noël.

Le lutin Seppo Sorjonen embrassa chaleureusement la maîtresse de maison avant de sortir de sa voiture un jambon entier qu'il avait eu la prévenance d'acheter pour les Rämekorpi. Il le dressa sur un plat, accompagné comme l'exigeait la tradition de gratin de rutabagas, de pommes de terre de Laponie, de petits pois et d'autres spécialités de saison. Comme boissons, bière, vin blanc et schnaps avec les hors-d'œuvre. Quand tout fut prêt, le lutin souhaita un joyeux Noël au couple et partit retrouver son Eeva à Lauttasaari. Le conseiller à l'industrie lui demanda d'envoyer la facture de la tournée à l'usine de Tikkurila.

Annikki disposa sur la table des assiettes, des couverts en argent et des serviettes rouges artistiquement pliées. Elle s'exclama qu'il y avait là assez de victuailles pour nourrir dix personnes. Fixant son mari d'un regard mauvais, elle semblait attendre qu'il réagisse à cette réflexion. Il resta coi.

Annikki prit son arrosoir et versa de l'eau dans le pied pour sapin qui attendait, vide, dans un coin du séjour. Elle fit remarquer que l'on n'avait pas d'arbre. Le père Noël avait été si occupé qu'il en avait oublié son propre foyer et ses préparatifs de réveillon.

Aucun des deux époux n'avait encore très faim et le conseiller à l'industrie suggéra que l'on aille acheter un sapin au centre commercial de Haukilahti. Il fallait faire les choses dans les règles, c'était Noël, après tout.

Le temps de prendre un manteau et en route ! Rauno Rämekorpi voulut donner le bras à sa femme, mais celle-ci s'écarta sèchement pour marcher à quelques pas derrière lui. Elle s'ébroua d'un air furieux et il n'eut pas grand mal à comprendre qu'il aurait bientôt droit à des remontrances plus aigres qu'à l'accoutumée.

Aux abords du parc de Toppelund, le sermon de Noël commença.

En préambule, Annikki Rämekorpi se déclara profondément déçue et irritée des agissements de son mari. Elle était parfaitement au courant de ses relations féminines, qui étaient nombreuses — et pas seulement amicales. Il avait abusé de son pouvoir, délaissé son épouse légitime et pris neuf maîtresses. C'était impardonnable.

Il y avait encore du chemin jusqu'à Haukilahti. Ça laissait du temps. Annikki souligna qu'elle avait toujours naïvement cru que Rauno, en vieillissant, renoncerait à ses turpitudes et se rangerait enfin, mais l'âge avait au contraire aggravé son insanité, ce qui n'était pas peu dire.

Déjà à l'époque de leurs fiançailles, il s'était mal conduit, notamment lors d'un bal populaire à Keuruu, en 1972. Toute la soirée, il avait fait du gringue à la moitié des femmes présentes et ne l'avait charitablement invitée à danser, nom de Dieu, que pour la dernière valse. Elle avait rarement eu si honte, la moutarde lui en montait encore au nez.

Et l'incendie de sa scierie d'exportation ! La police l'avait interrogée et elle avait dû se parjurer devant la justice, alors qu'elle savait, ou du moins soupçonnait, qu'il s'agissait d'une escroquerie à l'assurance destinée à couvrir les énormes dettes de la société de Rauno, et même si l'affaire avait été classée, l'idée que la vérité puisse être découverte lui avait rongé le cœur pendant des décennies.

Le conseiller à l'industrie grogna qu'il ne s'agissait en rien d'un incendie volontaire — les scieries avaient tendance à prendre feu au seuil des périodes de crise. C'était de la planification industrielle prospective.

Plutôt que de se prononcer sur cette question, Annikki se remémora la fois où, à Noël, son époux l'avait laissée seule à la maison pour aller faire le mariolle chez son ex-femme, à Oulu. Il y était resté pendant toute la durée des fêtes, sans un mot pour la prévenir, et était rentré couvert de bleus et de bosses, puant l'alcool. Après avoir passé Noël au violon ! Pire encore, l'aventure s'était soldée par un pénible procès qui leur avait coûté beaucoup d'argent et de larmes. Mais elle l'avait supporté comme le reste, par amour pour son arrogant mari.

Annikki en vint à l'habitude de Rauno de se défiler quand il aurait fallu faire le ménage et, surtout, d'en profiter pour fuir le domicile conjugal sous prétexte de rendez-vous avec des partenaires commerciaux ou de négociation de grosses commandes, alors qu'il allait en réalité se planquer dans le plus proche bar à bières pour lever le coude avec ses copains de bistro et se vanter bruyamment de sa situation, qui lui permettait de traiter son épouse comme une bonniche.

Rauno s'était en outre refusé à lui faire un enfant, alors qu'elle en aurait tant voulu. Non seulement sa vie en avait été gâchée, mais il l'avait obligée à s'occuper tous les étés des rejetons de son premier mariage, deux petits crétins auxquels elle avait prodigué des soins maternels. D'un autre côté, c'était bien le moins qu'il puisse faire pour son bonheur, à défaut d'enfants, mais là n'était pas le sujet.

Pourquoi Rauno se montrait-il si insensible, et souvent même caustique, quand elle lui dévoilait le fond de son âme et ses pensées intimes ?

Rauno : Si tu crois que j'ai le temps de commenter tous tes épanchements.

Au nom de l'égalité, Annikki se plaignit de ce que son époux, quand ils avaient des invités, n'essuyait jamais leur grande table de salle à manger.

Le conseiller à l'industrie se défendit en rappelant à sa femme qu'on l'avait privé de son ramasse-miettes préféré. À cause de l'asthme d'Annikki, ils avaient dû envoyer leur cher Killukka chasser les souris à la campagne, à Somero. Rude épreuve, pour un chat des villes.

Aller faire des courses avec Rauno était un vrai calvaire. Au supermarché, il cavalait à toutes jambes, entassait n'importe quoi dans son chariot et ne pensait qu'à arriver le plus vite possible à la caisse pour pouvoir retourner à ses détestables passe-temps — se soûler avec d'autres ivrognes et séduire des gourgandines.

Entre autres extravagances, il exigeait qu'on lui serve son petit déjeuner au lit, ou plus exactement — quelle horreur! — par terre. C'était invraisemblable!

Rauno Rämekorpi protesta que les chiens en faisaient autant et qu'il ne fallait voir là qu'un signe de son heureux caractère. Il n'y avait pas de quoi s'offusquer. Le procédé dénotait non seulement sa soumission conjugale, mais aussi sa capacité d'organisation: allongé sur le côté gauche, encore ensommeillé, le plus simple était de croquer ses tartines de saumon et de jambon fumé à même le sol, plutôt que de grignoter des tranches de pain grillé brûlées assis à la table de la cuisine, sous le regard d'une femme jalouse.

Annikki s'emporta à l'idée qu'elle n'avait réussi qu'à grand-peine, en jetant toutes ses forces dans la bataille, à s'opposer au souhait insensé de Rauno de boire au réveil du thé de Chine infusé. Elle avait refusé tout net, elle n'était pas la bonne d'un mandarin, céder à ce caprice aurait réduit ses nuits de sommeil d'au moins une heure et son espérance de vie de dix ans.

Bon Dieu ! Non seulement il se prenait pour un chien, mais il réclamait le journal avec son plateau de petit déjeuner joliment présenté, et cela avant même qu'elle ait eu le temps de le feuilleter.

Annikki en était à traiter son mari de grossier personnage quand ils arrivèrent chez le marchand de sapins de Haukilahti. Consciente de son statut social, elle fit taire sa langue acérée. Le père Noël acheta pour trois cents marks le premier arbre qui lui tomba sous la main. Sa femme l'empoigna par la cime, lui par le pied, et ils reprirent le chemin de Westend.

Annikki ne put s'empêcher de souligner à quel point elle souffrait des ronflements de Rauno, et fit comme si elle n'avait pas entendu quand il grommela qu'elle aussi, du moins quand elle avait bu plus de cidre que de raison, râlait dans son sommeil comme une vieille locomotive rouillée.

L'épouse du père Noël trouvait particulièrement irritante l'incurable mauvaise volonté qu'il mettait à s'acheter des vêtements conformes à son standing. À cause de son allure négligée, il lui arrivait sans cesse lors de cérémonies officielles qu'on le regarde de haut, surtout quand il se pavanait en pantalon informe au milieu d'une foule élégante avec une ostentation si vulgaire que son seul souvenir lui faisait honte pendant des semaines.

En repassant devant le parc de Toppelund, Annikki s'en prit avec véhémence à la manière dont son mari l'exhortait à arracher les mauvaises herbes au pied des groseilliers de leur résidence secondaire, même

266

si elle avait plus ou moins consenti à cet esclavage par goût de l'ordre — mais l'obliger à planter des oignons dépassait les bornes, la terre glaise des champs abîmait ses doigts fins. Le pire, c'est qu'une fois ces satanés oignons séchés, triés et emballés dans des filets, il les distribuait sans vergogne à des femmes à la cuisse légère qu'il employait à son usine, prétendument comme soudeuses.

Annikki Rämekorpi dressa la liste nominative des maîtresses de son époux, dont il aurait été inconvenant d'évoquer en public les agissements, et revint d'un ton aigre à la liste de ses péchés. Elle y ajouta son entêtement, trait de caractère qui, allié à son autoritarisme, éprouvait durement sa nature sensible et délicate.

Mais le pire était le tintouin qu'il faisait. Aucune femme honnête ne pouvait supporter toute sa vie ses gueulantes, ses brames épouvantables et ses sempiternelles rodomontades. Sans même parler des salopes qui lui collaient aux basques par dizaines.

Le conseiller à l'industrie Rauno Rämekorpi commençait à en avoir sa claque. Ça suffit ! beugla-t-il. Son épouse laissa tomber la cime du sapin sur le trottoir et prit ses jambes à son cou, consciente d'être allée trop loin. Les pères Noël, au bout du compte, ne sont pas de mauvais bougres.

Annikki s'enfuit en hurlant vers les bunkers et les tranchées creusés pendant la guerre russo-japonaise de 1905 dans la partie sud du bois de Toppelund, où elle tomba dans un nid de mitrailleuses profond de deux mètres.

Le père Noël se précipita pour sauver sa colérique

épouse, la sortit de son trou, en pleurs, et lui tâta le corps pour voir si elle n'avait pas les membres ou le crâne brisés.

Elle n'avait heureusement rien de cassé. Des ecchymoses étaient certes prévisibles, mais c'était un moindre mal après une si violente scène de ménage.

Rauno Rämekorpi, penaud, serra Annikki dans ses bras. Réconciliés séance tenante, les époux retournèrent acheter un nouveau sapin, haut de trois mètres, neuf cents marks, et le portèrent chez eux.

Annikki lut l'Évangile de Noël.

À titre exceptionnel, la chaîne MTV diffusa en ce 24 décembre un message publicitaire mettant en lumière l'expertise métallurgique de la société Rämekorpi et la manière dont son PDG gérait cette entreprise familiale — dont dépendaient dix femmes au caractère bien trempé. «Rämekorpi — un patron qui en a», clamait le slogan.

Avant de réveillonner, le conseiller à l'industrie et son irascible épouse prirent un sauna. Pour se rafraîchir en sortant de l'étuve, Rauno resta un moment nu sur le balcon du premier étage à regarder d'un air songeur la mer glacée. Son corps encore fumant était propre, sa conscience un peu moins, mais un heureux sentiment de paix emplissait malgré tout son âme.

Après son bain de vapeur, le PDG abandonna son costume de père Noël dans le panier à linge. Il enfila un pantalon de ville, une chemise blanche et des pantoufles à passements dorés. Annikki avait revêtu une robe du soir rouge. Ils décorèrent le sapin. Rauno Rämekorpi commençait à avoir le coup de main pour accrocher boules et étoiles.

Puis le conseiller à l'industrie téléphona à Seppo Sorjonen : avait-on, par hasard, oublié le cadeau de son épouse ?

Non ! Un manteau en véritable renard bleu attendait dans son paquet et le lutin se tenait prêt à l'apporter à Westend. Il avait fait envoyer la facture chemin des Intrépides. Pendant la tournée du père Noël, il avait trouvé le temps de s'occuper aussi de cette emplette.

Annikki, de son côté, avait acheté sur ses fonds propres, pour le lutin, le dernier modèle de téléphone portable de Nokia, très pratique pour les chauffeurs de taxi. Elle y avait entré d'avance les numéros de téléphone de son mari. Pour ce dernier, elle avait prévu une cravate de soie dont les couleurs s'harmonisaient selon elle à merveille avec ses rares chemises chic.

Plus tard dans la soirée, quand la paix de Noël fut descendue sur les hommes de bonne volonté, Rauno Rämekorpi ouvrit la porte-fenêtre du balcon. Aussitôt, une mésange noire entra d'un coup d'aile dans la grande salle de séjour, pépiant gaiement, et, confiante, alla se percher sur une branche du sapin à côté d'un ange de paille. Elle ferma les yeux et s'endormit.

Annikki et Rauno soufflèrent les bougies de la table de fête et se dirigèrent enlacés vers leur chambre.

Le couple veilla tard dans la sainte nuit, plutôt heureux, en fin de compte, vu les circonstances.

Taina Katalainen n'avait pas chômé. Le matin de Noël parut dans le journal, à la rubrique *Fiançailles*, un faire-part illustré annonçant que Rauno

Rämekorpi s'était fiancé en secret avec ses dix maîtresses et en était très heureux. Les photos des dix
belles garces s'étalaient dans le principal quotidien
national, aux côtés d'un portrait de Rauno, choisi
avec soin pour l'air niais qu'il arborait. La potion
était amère — trop de vinaigre, de poivre et de moutarde, même pour un vieux porc.

Le conseiller à l'industrie fixa décontenancé la
grande affiche où lui avait été réservé le rôle du
fiancé.

Son esprit bouillonnait de pensées contradictoires.
Le rouge au front et l'humeur sombre, tenaillé par
un vague sentiment de culpabilité, Rauno Rämekorpi
froissa le journal et le jeta dans la corbeille à papier,
non sans avoir constaté que parmi les dix élues figurait sa propre épouse.

En Finlande, se fiancer marié est puni par la loi.

I. DISTRIBUTION DE FLEURS

1. Annikki 11
2. Tarja 25
3. Eila 42
4. Tuula 53
5. Sonja 70
6. Eveliina 86
7. Saara 105
8. Kirsti 122
9. Irja 139
10. Ulla-Maija 157

II. DISTRIBUTION DE CADEAUX

11. Le père Noël et son lutin 175
12. Eila 183
13. Sonja 192
14. Tuula 202
15. Eveliina 209

16. Tarja   220
17. Saara   230
18. Irja   236
19. Kirsti   244
20. Ulla-Maija   252
21. Annikki   261

DU MÊME AUTEUR

Aux Éditions Denoël

LE LIÈVRE DE VATANEN, 1989 (Folio n° 2462).

LE MEUNIER HURLANT, 1991 (Folio n° 2562).

LE FILS DU DIEU DE L'ORAGE, 1993 (Folio n° 2771).

LA FORÊT DES RENARDS PENDUS, 1994 (Folio n° 2869).

PRISONNIERS DU PARADIS, 1996 (Folio n° 3084).

LA CAVALE DU GÉOMÈTRE, 1998 (Folio n° 3393).

LA DOUCE EMPOISONNEUSE, 2001 (Folio n° 3830).

PETITS SUICIDES ENTRE AMIS, 2003 (Folio n° 4216).

UN HOMME HEUREUX, 2005 (Folio n° 4497).

LE BESTIAL SERVITEUR DU PASTEUR HUUSKONEN, 2007 (Folio n° 4815).

LE CANTIQUE DE L'APOCALYPSE JOYEUSE, 2008 (Folio n° 4988).

LES DIX FEMMES DE L'INDUSTRIEL RAUNO RÄMEKORPI, 2009 (Folio n° 5078).

COLLECTION FOLIO

Dernières parutions

4691. Thierry Taittinger   *Un enfant du rock.*
4692. Anton Tchékhov   *Récit d'un inconnu* et autres nouvelles.
4693. Marc Dugain   *Une exécution ordinaire.*
4694. Antoine Audouard   *Un pont d'oiseaux.*
4695. Gérard de Cortanze   *Laura.*
4696. Philippe Delerm   *Dickens, barbe à papa.*
4697. Anonyme   *Le Coran.*
4698. Marguerite Duras   *Cahiers de la guerre* et autres textes.
4699. Nicole Krauss   *L'histoire de l'amour.*
4700. Richard Millet   *Dévorations.*
4701. Amos Oz   *Soudain dans la forêt profonde.*
4702. Boualem Sansal   *Poste restante : Alger.*
4703. Bernhard Schlink   *Le retour.*
4704. Christine Angot   *Rendez-vous.*
4705. Éric Faye   *Le syndicat des pauvres types.*
4706. Jérôme Garcin   *Les sœurs de Prague.*
4707. Denis Diderot   *Salons.*
4708. Isabelle de Charrière   *Sir Walter Finch et son fils William.*
4709. Madame d'Aulnoy   *La Princesse Belle Étoile et le prince Chéri.*
4710. Isabelle Eberhardt   *Amours nomades.*
4711. Flora Tristan   *Promenades dans Londres.*
4712. Mario Vargas Llosa   *Tours et détours de la vilaine fille.*
4713. Camille Laurens   *Philippe.*
4714. John Cheever   *The Wapshot.*
4715. Paule Constant   *La bête à chagrin.*
4716. Erri De Luca   *Pas ici, pas maintenant.*
4717. Éric Fottorino   *Nordeste.*
4718. Pierre Guyotat   *Ashby* suivi de *Sur un cheval.*
4719. Régis Jauffret   *Microfictions.*
4720. Javier Marías   *Un cœur si blanc.*

4721. Irène Némirovsky — *Chaleur du sang.*
4722. Anne Wiazemsky — *Jeune fille.*
4723. Julie Wolkenstein — *Happy End.*
4724. Lian Hearn — *Le vol du héron. Le Clan des Otori, IV.*
4725. Madame d'Aulnoy — *Contes de fées.*
4726. Collectif — *Mai 68, Le Débat.*
4727. Antoine Bello — *Les falsificateurs.*
4728. Jeanne Benameur — *Présent?*
4729. Olivier Cadiot — *Retour définitif et durable de l'être aimé.*
4730. Arnaud Cathrine — *La disparition de Richard Taylor.*
4731. Maryse Condé — *Victoire, les saveurs et les mots.*
4732. Penelope Fitzgerald — *L'affaire Lolita.*
4733. Jean-Paul Kauffmann — *La maison du retour.*
4734. Dominique Mainard — *Le ciel des chevaux.*
4735. Marie Ndiaye — *Mon cœur à l'étroit.*
4736. Jean-Christophe Rufin — *Le parfum d'Adam.*
4737. Joseph Conrad — *Le retour.*
4738. Roald Dahl — *Le chien de Claude.*
4739. Fédor Dostoïevski — *La femme d'un autre et le mari sous le lit.*
4740. Ernest Hemingway — *La capitale du monde* suivi de *L'heure triomphale de Francis Macomber.*
4741. H. P. Lovecraft — *Celui qui chuchotait dans les ténèbres.*
4742. Gérard de Nerval — *Pandora* et autres nouvelles.
4743. Juan Carlos Onetti — *À une tombe anonyme.*
4744. R. L. Stevenson — *La Chaussée des Merry Men.*
4745. H. D. Thoreau — *«Je vivais seul, dans les bois».*
4746. Michel Tournier — *L'aire du Muguet* précédé de *La jeune fille et la mort.*
4747. Léon Tolstoï — *La Tempête de neige* et autres récits.
4748. Tonino Benacquista — *Le serrurier volant.*
4749. Bernard du Boucheron — *Chien des os.*
4750. William S. Burroughs — *Junky.*
4751. Françoise Chandernagor — *La voyageuse de nuit.*
4752. Philippe Delerm — *La tranchée d'Arenberg et autres voluptés sportives.*
4753. Franz-Olivier Giesbert — *L'affreux.*

4754. Andrea Levy — *Hortense et Queenie.*
4755. Héléna Marienské — *Rhésus.*
4756. Per Petterson — *Pas facile de voler des chevaux.*
4757. Zeruya Shalev — *Thèra.*
4758. Philippe Djian — *Mise en bouche.*
4759. Diane de Margerie — *L'Étranglée.*
4760. Joseph Conrad — *Le Miroir de la mer.*
4761. Saint Augustin — *Confessions. Livre X.*
4762. René Belletto — *Ville de la peur.*
4763. Bernard Chapuis — *Vieux garçon.*
4764. Charles Julliet — *Au pays du long nuage blanc.*
4765. Patrick Lapeyre — *La lenteur de l'avenir.*
4766. Richard Millet — *Le chant des adolescentes.*
4767. Richard Millet — *Cœur blanc.*
4768. Martin Amis — *Chien Jaune.*
4769. Antoine Bello — *Éloge de la pièce manquante.*
4770. Emmanuel Carrère — *Bravoure.*
4771. Emmanuel Carrère — *Un roman russe.*
4772. Tracy Chevalier — *L'innocence.*
4773. Sous la direction d'Alain Finkielkraut — *Qu'est-ce que la France?*
4774. Benoît Duteurtre — *Chemins de fer.*
4775. Philippe Forest — *Tous les enfants sauf un.*
4776. Valentine Goby — *L'échappée.*
4777. Régis Jauffret — *L'enfance est un rêve d'enfant.*
4778. David McNeil — *Angie ou les douze mesures d'un blues.*
4779. Grégoire Polet — *Excusez les fautes du copiste.*
4780. Zoé Valdés — *L'éternité de l'instant.*
4781. Collectif — *Sur le zinc. Au café avec les écrivains.*
4782. Francis Scott Fitzgerald — *L'étrange histoire de Benjamin Button* suivi de *La lie du bonheur.*
4783. Lao She — *Le nouvel inspecteur* suivi de *Le croissant de lune.*
4784. Guy de Maupassant — *Apparition et autres contes de l'étrange.*
4785. D. A. F. de Sade — *Eugénie de Franval.*
4786. Patrick Amine — *Petit éloge de la colère.*
4787. Élisabeth Barillé — *Petit éloge du sensible.*
4788. Didier Daeninckx — *Petit éloge des faits divers.*
4789. Nathalie Kuperman — *Petit éloge de la haine.*
4790. Marcel Proust — *La fin de la jalousie.*

4791. Friedrich Nietzsche — *Lettres choisies.*
4792. Alexandre Dumas — *La Dame de Monsoreau.*
4793. Julian Barnes — *Arthur & George.*
4794. François Bégaudeau — *Jouer juste.*
4795. Olivier Bleys — *Semper Augustus.*
4796. Éric Fottorino — *Baisers de cinéma.*
4797. Jens Christian Grøndahl — *Piazza Bucarest.*
4798. Orhan Pamuk — *Istanbul.*
4799. J.-B. Pontalis — *Elles.*
4800. Jean Rolin — *L'explosion de la durite.*
4801. Willy Ronis — *Ce jour-là.*
4802. Ludovic Roubaudi — *Les chiens écrasés.*
4803. Gilbert Sinoué — *Le colonel et l'enfant-roi.*
4804. Philippe Sollers — *L'évangile de Nietzsche.*
4805. François Sureau — *L'obéissance.*
4806. Montesquieu — *Considérations sur les causes de la grandeur des Romains et de leur décadence.*
4807. Collectif — *Des nouvelles de McSweeney's.*
4808. J. G. Ballard — *Que notre règne arrive.*
4809. Erri De Luca — *Sur la trace de Nives.*
4810. René Frégni — *Maudit le jour.*
4811. François Gantheret — *Les corps perdus.*
4812. Nikos Kavvadias — *Le quart.*
4813. Claudio Magris — *À l'aveugle.*
4814. Ludmila Oulitskaïa — *Mensonges de femmes.*
4815. Arto Paasilinna — *Le bestial serviteur du pasteur Huuskonen.*
4816. Alix de Saint-André — *Il n'y a pas de grandes personnes.*
4817. Dai Sijie — *Par une nuit où la lune ne s'est pas levée.*
4818. Antonio Tabucchi — *Piazza d'Italia.*
4819. Collectif — *Les guerres puniques.*
4820. Patrick Declerck — *Garanti sans moraline.*
4821. Isabelle Jarry — *Millefeuille de onze ans.*
4822. Joseph Kessel — *Ami, entends-tu...*
4823. Clara Sánchez — *Un million de lumières.*
4824. Denis Tillinac — *Je nous revois...*
4825. George Sand — *Elle et Lui.*
4826. Nina Bouraoui — *Avant les hommes.*
4827. John Cheever — *Les lumières de Bullet Park.*

4828. Didier Daeninckx   *La mort en dédicace.*

4829. Philippe Forest   *Le nouvel amour.*

4830. André Gorz   *Lettre à D.*

4831. Shirley Hazzard   *Le passage de Vénus.*

4832. Vénus Khoury-Ghata   *Sept pierres pour la femme adultère.*

4833. Danielle Mitterrand   *Le livre de ma mémoire.*

4834. Patrick Modiano   *Dans le café de la jeunesse perdue.*

4835. Marisha Pessl   *La physique des catastrophes.*

4837. Joy Sorman   *Du bruit.*

4838. Brina Svit   *Coco Dias ou La Porte Dorée.*

4839. Julian Barnes   *À jamais* et autres nouvelles.

4840. John Cheever   *Une Américaine instruite* suivi d'*Adieu, mon frère.*

4841. Collectif   *«Que je vous aime, que je t'aime!»*

4842. André Gide   *Souvenirs de la cour d'assises.*

4843. Jean Giono   *Notes sur l'affaire Dominici.*

4844. Jean de La Fontaine   *Comment l'esprit vient aux filles.*

4845. Yukio Mishima   *Papillon* suivi de *La lionne.*

4846. John Steinbeck   *Le meurtre* et autres nouvelles.

4847. Anton Tchékhov   *Un royaume de femmes* suivi de *De l'amour.*

4848. Voltaire   *L'Affaire du chevalier de La Barre* précédé de *L'Affaire Lally.*

4849. Victor Hugo   *Notre-Dame de Paris.*

4850. Françoise Chandernagor   *La première épouse.*

4851. Collectif   *L'œil de La NRF.*

4852. Marie Darrieussecq   *Tom est mort.*

4853. Vincent Delecroix   *La chaussure sur le toit.*

4854. Ananda Devi   *Indian Tango.*

4855. Hans Fallada   *Quoi de neuf, petit homme?*

4856. Éric Fottorino   *Un territoire fragile.*

4857. Yannick Haenel   *Cercle.*

4858. Pierre Péju   *Cœur de pierre.*

4859. Knud Romer   *Cochon d'Allemand.*

4860. Philip Roth   *Un homme.*

4861. François Taillandier   *Il n'y a personne dans les tombes.*

4862. Kazuo Ishiguro   *Un artiste du monde flottant.*

4863. Christian Bobin — *La dame blanche.*
4864. Sous la direction
     d'Alain Finkielkraut — *La querelle de l'école.*
4865. Chahdortt Djavann — *Autoportrait de l'autre.*
4866. Laura Esquivel — *Chocolat amer.*
4867. Gilles Leroy — *Alabama Song.*
4868. Gilles Leroy — *Les jardins publics.*
4869. Michèle Lesbre — *Le canapé rouge.*
4870. Carole Martinez — *Le cœur cousu.*
4871. Sergio Pitol — *La vie conjugale.*
4872. Juan Rulfo — *Pedro Páramo.*
4873. Zadie Smith — *De la beauté.*
4874. Philippe Sollers — *Un vrai roman. Mémoires.*
4875. Marie d'Agoult — *Premières années.*
4876. Madame de Lafayette — *Histoire de la princesse de Montpensier et autres nouvelles.*
4877. Madame Riccoboni — *Histoire de M. le marquis de Cressy.*
4878. Madame de Sévigné — *« Je vous écris tous les jours… »*
4879. Madame de Staël — *Trois nouvelles.*
4880. Sophie Chauveau — *L'obsession Vinci.*
4881. Harriet Scott Chessman — *Lydia Cassatt lisant le journal du matin.*
4882. Raphaël Confiant — *Case à Chine.*
4883. Benedetta Craveri — *Reines et favorites.*
4884. Erri De Luca — *Au nom de la mère.*
4885. Pierre Dubois — *Les contes de crimes.*
4886. Paula Fox — *Côte ouest.*
4887. Amir Gutfreund — *Les gens indispensables ne meurent jamais.*
4888. Pierre Guyotat — *Formation.*
4889. Marie-Dominique
     Lelièvre — *Sagan à toute allure.*
4890. Olivia Rosenthal — *On n'est pas là pour disparaître.*
4891. Laurence Schifano — *Visconti.*
4892. Daniel Pennac — *Chagrin d'école.*
4893. Michel de Montaigne — *Essais I.*
4894. Michel de Montaigne — *Essais II.*
4895. Michel de Montaigne — *Essais III.*

4896. Paul Morand — *L'allure de Chanel.*
4897. Pierre Assouline — *Le portrait.*
4898. Nicolas Bouvier — *Le vide et le plein.*
4899. Patrick Chamoiseau — *Un dimanche au cachot.*
4900. David Fauquemberg — *Nullarbor.*
4901. Olivier Germain-Thomas — *Le Bénarès-Kyôto.*
4902. Dominique Mainard — *Je voudrais tant que tu te souviennes.*
4903. Dan O'Brien — *Les bisons de Broken Heart.*
4904. Grégoire Polet — *Leurs vies éclatantes.*
4905. Jean-Christophe Rufin — *Un léopard sur le garrot.*
4906. Gilbert Sinoué — *La Dame à la lampe.*
4907. Nathacha Appanah — *La noce d'Anna.*
4908. Joyce Carol Oates — *Sexy.*
4909. Nicolas Fargues — *Beau rôle.*
4910. Jane Austen — *Le Cœur et la Raison.*
4911. Karen Blixen — *Saison à Copenhague.*
4912. Julio Cortázar — *La porte condamnée* et autres nouvelles fantastiques.
4913. Mircea Eliade — *Incognito à Buchenwald...* précédé d'*Adieu!...*
4914. Romain Gary — *Les trésors de la mer Rouge.*
4915. Aldous Huxley — *Le jeune Archimède* précédé de *Les Claxton.*
4916. Régis Jauffret — *Ce que c'est que l'amour* et autres microfictions.
4917. Joseph Kessel — *Une balle perdue.*
4918. Lie-tseu — *Sur le destin* et autres textes.
4919. Junichirô Tanizaki — *Le pont flottant des songes.*
4920. Oscar Wilde — *Le portrait de Mr. W. H.*
4921. Vassilis Alexakis — *Ap. J.-C.*
4922. Alessandro Baricco — *Cette histoire-là.*
4923. Tahar Ben Jelloun — *Sur ma mère.*
4924. Antoni Casas Ros — *Le théorème d'Almodóvar.*
4925. Guy Goffette — *L'autre Verlaine.*
4926. Céline Minard — *Le dernier monde.*
4927. Kate O'Riordan — *Le garçon dans la lune.*
4928. Yves Pagès — *Le soi-disant.*
4929. Judith Perrignon — *C'était mon frère...*
4930. Danièle Sallenave — *Castor de guerre*
4931. Kazuo Ishiguro — *La lumière pâle sur les collines.*
4932. Lian Hearn — *Le Fil du destin. Le Clan des Otori.*

4933. Martin Amis — *London Fields.*

4934. Jules Verne — *Le Tour du monde en quatre-vingts jours.*

4935. Harry Crews — *Des mules et des hommes.*

4936. René Belletto — *Créature.*

4937. Benoît Duteurtre — *Les malentendus.*

4938. Patrick Lapeyre — *Ludo et compagnie.*

4939. Muriel Barbery — *L'élégance du hérisson.*

4940. Melvin Burgess — *Junk.*

4941. Vincent Delecroix — *Ce qui est perdu.*

4942. Philippe Delerm — *Maintenant, foutez-moi la paix!*

4943. Alain-Fournier — *Le grand Meaulnes.*

4944. Jerôme Garcin — *Son excellence, monsieur mon ami.*

4945. Marie-Hélène Lafon — *Les derniers Indiens.*

4946. Claire Messud — *Les enfants de l'empereur*

4947. Amos Oz — *Vie et mort en quatre rimes*

4948. Daniel Rondeau — *Carthage*

4949. Salman Rushdie — *Le dernier soupir du Maure*

4950. Boualem Sansal — *Le village de l'Allemand*

4951. Lee Seung-U — *La vie rêvée des plantes*

4952. Alexandre Dumas — *La Reine Margot*

4953. Eva Almassy — *Petit éloge des petites filles*

4954. Franz Bartelt — *Petit éloge de la vie de tous les jours*

4955. Roger Caillois — *Noé* et autres textes

4956. Casanova — *Madame F.* suivi d'*Henriette*

4957. Henry James — *De Grey, histoire romantique*

4958. Patrick Kéchichian — *Petit éloge du catholicisme*

4959. Michel Lermontov — *La Princesse Ligovskoï*

4960. Pierre Péju — *L'idiot de Shangai* et autres nouvelles

4961. Brina Svit — *Petit éloge de la rupture*

4962. John Updike — *Publicité*

4963. Noëlle Revaz — *Rapport aux bêtes*

4964. Dominique Barbéris — *Quelque chose à cacher*

4965. Tonino Benacquista — *Malavita encore*

4966. John Cheever — *Falconer*

4967. Gérard de Cortanze — *Cyclone*

4968. Régis Debray — *Un candide en Terre sainte*

4969. Penelope Fitzgerald — *Début de printemps*

4970. René Frégni   *Tu tomberas avec la nuit*
4971. Régis Jauffret   *Stricte intimité*
4972. Alona Kimhi   *Moi, Anastasia*
4973. Richard Millet   *L'Orient désert*
4974. José Luís Peixoto   *Le cimetière de pianos*
4975. Michel Quint   *Une ombre, sans doute*
4976. Fédor Dostoïevski   *Le Songe d'un homme ridicule et autres récits*
4977. Roberto Saviano   *Gomorra*
4978. Chuck Palahniuk   *Le Festival de la couille*
4979. Martin Amis   *La Maison des Rencontres*
4980. Antoine Bello   *Les funambules*
4981. Maryse Condé   *Les belles ténébreuses*
4982. Didier Daeninckx   *Camarades de classe*
4983. Patrick Declerck   *Socrate dans la nuit*
4984. André Gide   *Retour de l'U.R.S.S.*
4985. Franz-Olivier Giesbert   *Le huitième prophète*
4986. Kazuo Ishiguro   *Quand nous étions orphelins*
4987. Pierre Magnan   *Chronique d'un château hanté*
4988. Arto Paasilinna   *Le cantique de l'apocalypse joyeuse*
4989. H.M. van den Brink   *Sur l'eau*
4990. George Eliot   *Daniel Deronda, 1*
4991. George Eliot   *Daniel Deronda, 2*
4992. Jean Giono   *J'ai ce que j'ai donné*
4993. Édouard Levé   *Suicide*
4994. Pascale Roze   *Itsik*
4995. Philippe Sollers   *Guerres secrètes*
4996. Vladimir Nabokov   *L'exploit*
4997. Salim Bachi   *Le silence de Mahomet*
4998. Albert Camus   *La mort heureuse*
4999. John Cheever   *Déjeuner de famille*
5000. Annie Ernaux   *Les années*
5001. David Foenkinos   *Nos séparations*
5002. Tristan Garcia   *La meilleure part des hommes*
5003. Valentine Goby   *Qui touche à mon corps je le tue*
5004. Rawi Hage   *De Niro's Game*
5005. Pierre Jourde   *Le Tibet sans peine*
5006. Javier Marías   *Demain dans la bataille pense à moi*
5007. Ian McEwan   *Sur la plage de Chesil*
5008. Gisèle Pineau   *Morne Câpresse*